TORRENT

par William Beechcroft

Pour mettre en place l'explosif, creuser le trou avec un marteau et une tige d'acier exigeait une sacrée patience ; ça n'allait pas vite. Mais peut-être Mr. Llewellyn avait-il raison, se disait Giovanni, tandis qu'il cognait avec son énorme marteau sur l'extrémité de la tige que Stefan maintenait en position. Elle s'enfonçait d'à peine un demi-centimètre à chaque coup dans la noire paroi d'anthracite, mais la dynamite devait libérer beaucoup plus de charbon que Stefan, Yanek et lui ne pouvaient en extraire avec leurs pics au prix de harassants efforts.

« Mes deux Polacks et un métèque, un Rital » ; même en présence de Giovanni, il ne se gênait pas pour les qualifier comme ça, Mr. Llewellyn. Ce *bastardo* de Gallois ! Mais à tous les trois Mr. Llewellyn fournissait du travail, même si ce boulot était *illegale* dans cette mine désaffectée ; désaffectée, Giovanni le savait, non seulement parce que la demande en anthracite de Pennsylvanie s'était considérablement ralentie après la guerre, mais encore parce que cette mine avait été fermée pour raison de sécurité. Cela sans aucun doute parce que, deux années auparavant, onze mineurs avaient péri écrasés sous un effondrement, à quatre cents mètres de l'entrée d'une des nombreuses galeries latérales situées derrière eux. Et peut-être aussi parce que les chantiers d'exploitation étaient si proches du fleuve Susquehanna. A présent, en 1947, la mine était officiellement fermée, et son entrée barrée par des planches.

De tout cela, Mr. Llewellyn ne semblait guère se soucier. Six jours par semaine, le maigrichon Giovanni Silvestro, le « Taureau Tracassé » Stefan Popowski et « Bouche Cousue » Yanek Belinski se faufilaient entre les planches pour aller manier le pic et la pelle toute la journée dans l'obscurité. Tard le soir, Carlo encastrait son camion dans la brèche juste en dessous de l'entrée. Les planches étaient descellées, puis les deux Polacks et le Rital de Mr. Llewellyn véhiculaient chargement après chargement le long de l'étroite voie ferrée jusqu'à l'ouverture de la mine. Ils faisaient alors basculer leur berline pour déverser le charbon dans le camion.

Tout le monde était tenu de garder le secret. Le gisement était encore riche, et offert à la rapine. Une seule chose semblait préoccuper Mr. Llewellyn : la lenteur de leur travail. Si seulement il venait par ici avec eux, il verrait quelle quantité de *sudore* — de sueur — il faut se tirer du corps pour remplir de charbon un seul wagonnet.

Mais, faut dire, Mr. Llewellyn payait recta chaque semaine. Quinze dollars chacun pour un plein wagonnet de charbon ; du charbon arraché à la paroi à pénibles coups de pics, entassé à la pelle dans la berline, puis acheminé dans un bruit de ferraille jusqu'au camion de Carlo, attendant dans la nuit à l'entrée délabrée de la mine. Le chargement du camion se faisait dans le noir, afin de réduire le risque pour Mr. Llewellyn. Mais rien pour réduire notre risque à nous, songeait Giovanni tout en assenant ses coups réguliers sur la tige, veillant à frapper bien droit, en plein dessus. Ce n'était pas facile, car il tanguait pas mal, le cercle lumineux projeté par la lampe électrique fixée à son casque, et les grosses mains gantées de Stefan ne se trouvaient qu'à quelques centimètres au-dessous de la tête de la tige. Ils travaillaient sans mot dire depuis un quart d'heure lorsque, dans un des intervalles de silence séparant les coups de marteau, Stefan laissa tomber soudain :

— Je n'aime pas ça.

— Le boulot, c'est moi qui me le tape, lui fit remarquer Giovanni. Toi, tu tiens la tige et c'est tout.

— Pas le boulot. La dynamite. On ne s'en est encore jamais servi, de la dynamite. On n'est pas, comment dit-on ? à la coule pour ce truc-là. Sais-tu quelle quantité on doit utiliser ?

— Suffisamment pour faire sauter cette *maledetta* de paroi, grommela Giovanni en abattant de nouveau son marteau. (Toujours prêt à se laisser gagner par l'*agitazione* Stefan.)

— Mais on n'est même pas sûr de savoir où on est.

— On est dans ce foutu trou, c'est là qu'on est.

— Mais, insista Stefan, le Taureau Tracassé, on ne sait pas ce qu'il y a au-dessus. On devrait avoir un topo des lieux.

— Si c'est le fleuve qui te tracasse, dit Giovanni, j'ai compté la distance de l'entrée jusqu'ici. Trois mille pas. Le fleuve, lui, en est à quatre mille. Je l'ai compté, ça aussi, en y allant samedi.

Quatre mille pas à travers les ronces plus ou moins gelées d'octobre, le laurier de montagne et les coriaces rhododendrons. Ça l'avait éreinté, vanné, cette trotte jusqu'au fleuve, sans cesse à grimper puis descendre, avec en plus un tas de pierraille sur son chemin. Ça avait fait quatre mille pas. Il en était... oui ; sûr. *Certo.* Toujours plein d'*agitazione grande*, Stefan.

Giovanni cogna six fois encore sur la tête de la tige de forage. Le trou dans la paroi de charbon était maintenant bien assez profond pour y fourrer un bâton de dynamite, enveloppé de papier parafiné. Assez profond, même, pour deux bâtons. Giovanni ne s'était pas rendu compte à quel point il avait cogné avec son marteau.

— Deux ? fit Stefan.

A la lumière vacillante de la lanterne de Giovanni, sa large face, striée de traînées noires, se levait vers lui comme celle d'un enfant inquiet, peu rassuré.

— Yanek, bouchon allumeur et cordeau.

Le silencieux Polonais avait pour une fois laissé échapper un petit flot de paroles quand Giovanni leur avait dit que Mr. Llewellyn pouvait leur procurer de la dynamite ; il s'était targué d'avoir déclenché des explosifs dans une carrière du New Jersey.

A le voir glisser dans le bouchon le cordeau d'un bon mètre de long, puis enfoncer le bouchon au bout d'un des bâtons d'explosifs, Yanek paraissait être à son affaire et savoir ce qu'il faisait. Il introduisit dans le trou de la paroi le bâton tout équipé, le poussa jusqu'au fond avec la tige, et tourna vers Giovanni son long visage chevalin.

— Deux bâtons, Yanek.

Yanek coula un bref coup d'œil à Stefan, lequel braqua son regard sur Giovanni, puis haussa les épaules. Yanek haussa les épaules à son tour et engagea dans le trou le second bâton de Du Pont « Extra » à 65 %, en prenant soin de ne pas déloger le cordeau déjà mis en place.

Il se releva et hocha la tête.

Ils rassemblèrent leurs pelles et leurs pics, les jetèrent dans la berline qu'ils firent rouler en retrait dans la galerie jusqu'au point où celle-ci faisait un coude. Il était toujours plus facile de pousser la berline vers la sortie que vers l'intérieur, même quand elle était chargée. Giovanni en avait conclu que la galerie montait légèrement en pénétrant dans les entrailles de la montagne.

— Attendez ici, leur dit-il, et il regagna en trottinant la paroi chargée d'explosif.

Sa première allumette s'éteignit. La seconde fusa contre le petit O ouvert, révélant une poudre noire, au bout du cordeau. Celui-ci crachota, puis s'embrasa avec un sifflement de serpent géant. Giovanni lâcha le bout embrasé du cordeau et courut rejoindre le coude de la galerie.

Ils se blottirent derrière la berline et observèrent un silence total. De là où ils étaient, ils ne pouvaient apercevoir la langue de flamme bleue émise par le cordeau, ni entendre son grésillement rageur. Ils n'entendaient rien, en fait, pas même leurs propres respirations. L'atmosphère lourde et confinée de la galerie les recouvrait, oppressante, étouffant les bruits.

Sur un ton qui fit sursauter les autres, Stefan, le Taureau Tracassé, lâcha :

— S'est-il éteint ?

— Mr. Llewellyn a dit deux minutes par mètre de cordeau. Il fait un mètre...

Le mot suivant de Giovanni se trouva balayé par le violent souffle d'air mélangé de piquante poussière de charbon qui dévala la galerie et vint les frapper presque avec l'impact d'un corps solide. Puis le coup de tonnerre de l'explosion fit fortement tinter ses oreilles. Il sentit l'âcre et terreuse odeur du charbon brut. Là-dessus, tous les trois commencèrent à pousser la berline pour la faire revenir à son point de départ.

C'est alors que le Taureau Tracassé se redressa brusquement.

— Qu'est-ce que c'est que *ça* ?

Ils s'immobilisèrent en silence. Malgré le bourdonnement dans ses oreilles, Giovanni entendit à son tour. Un bruit d'écoulement. De l'eau dans cette galerie qui était demeurée absolument sèche même durant les fortes pluies du mois dernier ?

L'inquiétant écoulement se transforma soudain en une effrayante ruée de liquide. En un rien de temps, Giovanni sut à quoi s'en tenir : son calcul de pas avait été *imperfetto*. La galerie, en pente ascendante, montait vers la surface. La *dinamite* — soixante-cinq pour cent de nitro — avait été trop puissante. Le...

De la paroi de charbon éclatée parvint une sorte de rugissement tandis que le plafond de la galerie s'effondrait. Ils virent comme un mur noir, scintillant sous les rayons de leurs lampes de casque, foncer droit sur eux dans la galerie.

— *Seigneur Jésus !* hurla Stefan.

Ils ébauchaient un signe de croix lorsque le flot fougueux les projeta en arrière. Sa furieuse force de frappe chassa l'air des poumons de Giovanni. *Angelica, je...*

En quelques secondes, des tonnes d'eau fangeuse envahirent la galerie entière. Toute personne se tenant près de l'entrée de la mine aurait été abasourdie en voyant un énorme jet noir expulser trois corps déchiquetés et une berline disloquée hors de l'ouverture située à quelque hauteur au flanc de la montagne. Mais là, il n'y avait pas âme qui vive lorsque le silence de ce début de soirée fut rompu par la brutale irruption de l'eau et de son sinistre fardeau.

La petite vallée d'en dessous fut rapidement remplie par le flot fangeux qui jaillissait de la mine, jusqu'à ce que se forme un lac de taille appréciable là où il n'y avait eu que des broussailles et une route sinueuse faite de terre et de gravier. Le torrent couleur d'encre submergea promptement la vieille Chevrolet de Stefan, et ce fut seulement lorsque le niveau de l'eau dans la vallée atteignit le haut de l'entrée que le flot se ralentit, puis cessa. Dans le silence du crépuscule, les trois corps flottèrent tels des ballots de chiffons crasseux sur un lac noir comme de la réglisse.

***

Le silence du lac nouvellement formé était trompeur. Quand son niveau atteignit le niveau du fleuve, de l'autre côté de la montagne, l'écoulement dans le lac s'arrêta.

Mais dans les profondeurs du sol, l'eau envahissante fonçait à présent dans les galeries latérales, brisait les peu épaisses parois séparant les chantiers adjacents abandonnés, se faufilait dans tout le réseau de vieilles mines qui quadrillaient la terre sous la commune de Neshamong et ses alentours.

Le torrent, dans son avide recherche d'espace souterrain, semblait insatiable, alimenté qu'il était par le puissant fleuve Susquehanna. En fait, Susquehanna et torrent ne faisaient qu'un. Les trois mineurs clandestins avaient pratiqué un trou dans le lit du fleuve à une quinzaine de mètres de la rive. A présent s'y engouffrait une inépuisable cataracte prenant sa source dans les lacs Finger à quelque cent cinquante kilomètres de là.

A huit heures quinze du soir, Davis Llewellyn reçut un coup de téléphone affolé de son camionneur.

— La mine, monsieur Llewellyn, elle a disparu !

— Disparu ? Que diable veux-tu dire, Carlo ?

— Plus de mine. Rien qu'un lac.

— Tu es soûl ?

— Non, monsieur Llewellyn. La mine Numéro Quatre, elle a disparu. La route, elle a disparu. La *vallata*, la... la vallée, elle est pleine d'eau.

Llewellyn était quelque peu déconcerté, mais ne perdit pas son sang froid.

— Alors rentre chez toi, ordonna-t-il au massif et pataud Carlo. Et tâche de la fermer, pas un mot à personne, tu entends ?

Il raccrocha et s'affala lourdement dans son fauteuil de lecture ultra-rembourré près de la fenêtre du petit salon donnant sur la rue. Sa maison se trouvait au fond et en travers de West Carbon Street, terminée en cul-de-sac ; pas vraiment une grande demeure, mais loin d'être aussi petite que les maisons qui s'alignaient de chaque côté de cette rue tortueuse. Il projetait de les acheter, ces maisons, une par une, au rabais, à des prix forcés, à mesure que leurs propriétaires, réduits à l'inactivité, quitteraient Neshamong pour s'en aller travailler dans les usines de Philadelphie ou de Camden. Un jour, il posséderait toute la rue, et la station touristique de montagne de Shannon Ridge, toute proche, ne manquerait pas de s'étendre en absorbant les terrains disponibles de ce côté-ci de l'agglomération. Alors, à nous la fortune !

Pour un directeur de mine au chômage, il se sortait bien d'affaire. Dans les mines fermées mais encore exploitables de la région, huit équipes de clandestins extrayaient jour après jour suffisamment de charbon pour lui permettre de se constituer un coquet compte en banque — que venaient discrètement et régulièrement grossir des dépôts effectués par voie postale dans une lointaine banque de Californie. La nouvelle couche de peinture sur sa maison ? La Studebaker neuve dans son allée ? La femme venant chez lui cinq jours par semaine faire le ménage et la cuisine ? En ville, on avait gobé son histoire : une grand-mère pleine aux as décédant à Cardiff, là-bas, au Pays de Galles, et lui laissant un copieux revenu annuel.

Du bout des doigts, il pressa ses larges tempes. Un lac, là où il y avait une vallée sèche, isolée ; ça, alors...

Ses cent quinze kilos de chair rendue molle par l'oisiveté se mirent à trembloter sous sa chemise de laine et son pantalon de tweed irlandais. Ses deux Polacks et le Rital avaient reçu de la dynamite ce matin. Ces abrutis devaient avoir fait sauter le plafond, et le plafond, c'était le fond du fleuve. Grand Dieu !

Il se tassa sur son siège et pinça de ses doigts boudinés son menton pâteux. Ils étaient sûrement morts à présent. Qui d'autre était au courant ? Carlo, bien sûr, mais Carlo était beaucoup trop dans le coup pour se confier à quiconque. Qui encore ? Personne. Llewellyn avait à dessein veillé à ce que son opération malhonnête demeure aussi restreinte que possible, pas seulement par souci d'économie, mais justement aussi en prévision d'une situation de ce genre.

Il se redressa. Les deux grands Polonais et le petit Rital, qu'il avait assignés à la Numéro Quatre, s'étaient montrés d'un bon rendement, mais il pourrait louer les services d'autres mineurs dans la débine et prêts à n'importe quoi ou presque pour quelques dollars. Et il y avait pas mal d'autres gisements condamnés mais encore exploitables qu'il pourrait piller.

Davis Llewellyn, bien résolu à devenir riche avant d'atteindre la cinquantaine, se sourit à lui-même. A part lui et Carlo, personne ne savait. Quand les corps des trois hommes seraient découverts, c'est eux que l'on tiendrait pour responsables, pas lui.

Il ramassa le journal du soir et se plongea dans les pages financières, tandis qu'une eau noire commençait à pénétrer dans les galeries abandonnées sous les faubourgs de Neshamong.

Non, personne d'autre n'était au courant.

***

Pourtant, si ; quelqu'un d'autre savait. Un soir, Giovanni était rentré tard, noirci et fourbu, et comme il dévidait une fois de plus sa fable d'heures supplémentaires à la matelasserie, Angelica lui déclara tout net que c'était un mensonge. Elle savait faire la différence entre la bourre et la poussière de charbon. Il travaillait dans une mine, *si* ?

— Tu accuses ton mari de mensonge ?

— Quand il ne dit pas la vérité.

Angelica ne se contenta pas d'un simple affrontement ; elle possédait d'autres atouts. Durant un mois entier, invoquant diverses excuses, elle n'avait pas laissé Giovanni la toucher. Cette fois-ci, elle s'adoucit, se fit câline.

— *Caro mio*, je vais être franche avec toi. Ce soir, j'ai envie de toi. Mais il faut que tu sois franc avec moi, toi aussi. Je ne peux pas faire l'amour avec un homme qui n'est pas franc.

Et lorsqu'ils furent serrés l'un contre l'autre dans le lit chaud, il lui dit la vérité.

Ce matin même, avant de partir avec les autres dans la vieille bagnole de Stefan, il lui en avait dit encore plus. Il lui avait parlé de la *dinamite*, et de la crainte qu'elle lui inspirait. Voyant qu'à minuit passé il n'était pas revenu, elle se sentit pleine d'effroi et horriblement seule. En huit ans de mariage, elle n'avait pas eu d'enfant. Toute sa famille se trouvait là-bas, très loin, au vieux pays. Elle n'avait que Giovanni. Et à présent cette sensation glacée dans son cœur lui disait que quelque chose de terrible lui était arrivé.

Elle apprit la nouvelle, juste après l'aube, par leur poste de radio rudimentaire. Le fleuve, ayant crevé son lit, rompu soutènements et cloisonnements, inondait les vieux chantiers d'exploitation minière. La dynamite ! Giovanni avait craint la dynamite. Maintenant Angelica savait.

Elle courut à la proche maison de Katrin Popowski, la femme de Stefan. Elle apprit que Katrin également était au courant de l'exploitation clandestine, et Katrin informa Angelica de la participation de Yanek Belinski. Ensemble, elles s'empressèrent d'aller trouver Stani Belinski, et il s'avéra que toutes les trois connaissaient l'activité secrète de leurs maris ; cependant, seule Angelica avait su le rôle joué par Mr. Llewellyn dans l'entreprise.

— Mais c'est un homme si important à Neshamong ! argua la blonde petite Stani Belinski. Personne ne croira ça. Qu'est-ce qui nous arrivera alors ?

— Et maintenant, de toute façon, qu'est-ce qui va nous arriver ? contra Katrin Popowski, croisant fièrement ses bras, l'air farouche.

La discussion se poursuivit, mais en fin de compte elles convinrent qu'il ne servirait à rien de lancer une accusation que personne ne croirait.

C'est alors qu'Angelica, ses profonds yeux bruns flamboyant de colère, gronda :

— Moi, je sais qui peut faire quelque chose.

— Qui ça ? demanda Katrin.

— Signora Miracolosa.

— Qui c'est, celle-là ?

Angelica le lui dit.

***

Au lendemain de l'inondation de la mine, Davis Llewellyn conduisit sa Studebaker jusqu'au bout de la chaussée de macadam près de la rive du fleuve. Il verrouilla soigneusement sa belle et luisante voiture verte, puis fit à pied le reste du chemin.

Il fut surpris de voir l'importance de la foule qui déjà s'agglomérait sur la berge, haute, rocailleuse, escarpée, pour contempler le tourbillon furieux qui creusait et bouleversait les eaux lisses couleur d'ardoise. Le réseau de mines, qui s'étendait jusqu'à des kilomètres de là, sous Neshamong et ses environs, aspirait le fleuve à travers ce cratère tournoyant.

Sur le fleuve, en amont, flottait un tronc d'arbre à moitié immergé, aussi long que sa Studebaker, d'où s'échappaient quelques branches semblables à des doigts crochus. Il dérivait lentement dans le courant ; jusqu'au moment où il approcha du tourbillon. Alors il se déplaça plus vite. L'énorme tronc vira vers l'entonnoir liquide, s'y engouffra et disparut en un clin d'œil. Un long « Ohhh ! » s'éleva de la foule.

Llewellyn, qui se tenait à l'écart, estima en avoir assez vu. Écrasant hautes herbes et broussailles, il regagna sa voiture.

— Le diable emporte ces trois maudits imbéciles d'étrangers ! maugréa-t-il en ouvrant sa portière.

Enfin, ils étaient morts à présent. Leurs corps avaient été découverts avec horreur aux premières lueurs du jour par un pauvre homme de Neshamong qui chassait le lapin hors de saison pour nourrir sa famélique famille. Llewellyn avait vu juste. La police municipale avait déjà rendu responsables du désastre ces trois clandestins qui, de toute évidence, avaient percé le lit du fleuve en tentant maladroitement d'extraire du charbon.

Après cette calamité, dès le jour suivant, deux choses inhabituelles, singulières, se produisirent. La première fut d'un caractère si dramatique et spectaculaire qu'elle fit l'objet de prises de vues, lesquelles apparurent, papillonnantes, sur le poste de télévision Pathé tout récemment acheté par Davis Llewellyn, première personne à posséder un tel appareil à Neshamong. La caméra semblait remonter la vallée, à partir de Wilkes-Barre, en tremblotant ; en manipulant la poignée horizontale de contrôle, Llewellyn parvint à obtenir des images relativement stables.

Et quelles images ! Le Bureau des Mines de Pennsylvanie avait réussi à faire monter en toute hâte une courte et sommaire voie ferrée latérale raccordée au proche nœud ferroviaire de Lackawanna. Par ailleurs, les ingénieurs des mines chargés de la sécurité avaient su rassembler en une longue file un bon nombre de grands wagons de marchandises plus ou moins délabrés. Sur l'écran de télévision, ondoyant et palpitant, une petite locomotive poussait l'immense serpent de wagons sur les rails, qui finissaient au-dessus de l'eau, au-delà de la rive. Alors, un à un, les imposants wagons basculèrent au bout de cette voie improvisée et s'abattirent dans le tourbillon. Et chacun disparut instantanément, aussi prestement englouti par le tourbillon qu'une boîte d'allumettes par une bouche d'égout.

Il devint ainsi évident, aux yeux de tous, que la brèche, par où l'eau du fleuve envahissait les vieux chantiers d'exploitation, ne pourrait être colmatée. L'impétueuse cascade ne s'arrêterait qu'au moment où tout le réseau de galeries souterraines, proliférant sous l'agglomération, serait littéralement gorgé d'eau noire.

« Peu importe, se dit Llewellyn, tout ce que j'ai à faire, c'est de demeurer discret, de ne pas l'ouvrir, et je serai tranquille. » C'est alors que se produisit le second incident singulier de la journée. En sortant de chez lui pour se rendre en voiture à la poste et y expédier le dépôt bancaire de la semaine, il remarqua une femme qui restait immobile sur le trottoir, à une trentaine de mètres, du côté gauche de West Carbon Street. Une femme vêtue d'une longue robe noire plutôt informe, au visage peu discernable, assombri par un châle foncé qu'elle portait comme un capuchon. Elle semblait le fixer, diriger son regard en plein sur lui ; il eut même l'impression, après avoir démarré, qu'elle se tournait pour lui faire face au moment où il la dépassait.

Quand il revint, elle était toujours là.

Sa cuisinière-femme de ménage — « rien qu'une autre métèque ; elle s'appelle Maria », avait-il lâché à ses compagnons de libations à la Taverne d'O'Sheen, la seule restée ouverte en ville — eut une réaction étrange devant cette assez lugubre personne. Cet après-midi-là, après qu'elle l'eut salué de la tête en partant, Llewellyn vit Maria s'arrêter pile sur le trottoir transversal longeant la façade de la maison, puis se signer aussitôt et remonter rapidement la rue du côté droit. Or, il savait qu'elle habitait à environ quatre cents mètres du côté gauche.

Lorsqu'il écarta légèrement les rideaux de guipure et jeta un coup d'œil au-dehors, juste avant de s'attabler devant le dîner préparé pour lui par Maria, la femme avait disparu. Il haussa les épaules et grommela :

— Faut de tout pour faire un monde !

Le lendemain matin, elle était de retour à la même place. Immobile comme une statue, fixant sa maison. Lorsque Maria poussa la porte d'entrée et se débarrassa de son manteau, il l'attendait dans le vestibule.

— Dites-moi, qui diable est cette créature qui fait le pied de grue là-bas dehors ?

Elle ne répondit pas.

— Femme, je vous ai posé une question !

De nouveau, Maria demeura silencieuse.

Il s'empourpra et se retint de la gifler.

— Répondez-moi !

La domestique se tourna lentement vers lui, le visage pâle et durci ; du granit.

— C'est Signora Miracolosa.

— Madame Miracle ? (Son éclat de rire fit se serrer davantage les minces lèvres bleuâtres de Maria.) Qu'est-ce qui lui vaut cette flatteuse réputation ?

Elle marmonna quelque chose qu'il ne saisit pas.

— Quoi ? Qu'avez-vous dit ?

La voix de Maria se réduisit presque à un murmure :

— Le... L'œil.
— Le quoi ?
— Le Mauvais Œil.
— Oh, Bon Dieu ! explosa Llewellyn. Allez, ça suffit, vaquez à vos affaires !

Tas de foutus Siciliens superstitieux, tout juste bons à infester la localité ! Fallait être un Gallois futé pour se faire du fric dans un tel coin.

Le lendemain matin, il se rua hors de la maison et fonça droit sur cette « Madame Miracle ». Il fut surpris de constater combien, sous le sombre capuchon, elle était frêle et pas aussi grande qu'elle le paraissait vue de la fenêtre du salon. En réalité, tout en elle semblait déjà mort. Hormis les yeux. De petites flammes semblaient palpiter dans ces yeux bleu-noir profondément enfoncés. Déconcerté, il en oublia les paroles cinglantes qu'il avait préparées.

— Rentrez donc chez vous, bon sang ! parvint-il à lancer.

Elle darda sur lui son regard fixe, flamboyant, et il se sentit littéralement transpercé.

Pourtant, une fois de retour derrière sa fenêtre, il se persuada d'avoir eu cette impression uniquement parce que Maria lui avait raconté que la vieille avait le mauvais œil. Il émit une sorte de grognement hargneux. Peut-être étaient-elles de mèche, toutes les deux, pour lui flanquer les jetons...

Mais pourquoi ? Excepté Carlo, personne ne savait.

Le jour suivant, la vieille était de nouveau là. Il se prit à se demander s'il pouvait réellement y avoir un quelconque rapport entre cette sorcière et ce qui était arrivé dans la mine Numéro Quatre. Cela ne semblait pas possible ; mais si, par hasard, Carlo n'avait pas su tenir sa langue après avoir absorbé trop de bières chez O'Sheen ?

Non, en ce cas, il y aurait à présent une foule

prête au lynchage devant chez lui, et pas seulement une vieille femme. Il regarda une fois encore par la fente entre les rideaux. Elle restait plantée là, sinistre, telle la Mort sans sa faux.

Nom d'un chien, laisse tomber et passe à autre chose, Davis Llewellyn ! se dit-il. Il commençait à comprendre comment il opérait, ce prétendu « Mauvais Œil ». Ça vous rongeait de l'intérieur. Signora Miracolosa se contentait de rester là-bas sans bouger, sans rien faire du tout, à vrai dire, jusqu'à ce que vous vous écrouliez, terrassé par une attaque cardiaque, ou peut-être même que vous craquiez sous la simple emprise de l'inquiétude. Comme ce machin, le vaudou ; il avait lu des choses dessus quelque part. Un truc astucieux. Mais il ne s'y laisserait pas prendre.

La semaine s'écoula, lentement, et l'impact de l'effondrement de la mine et de l'invasion du fleuve s'atténua un peu. Sur l'écran de télévision, lors des informations, les images plutôt floues se concentraient maintenant sur un scandale national, concernant un homme important soupçonné d'activités subversives, et qui, curieusement, s'appelait Hiss[1].

Il pouvait rire de la présence obstinée de la vieille, à présent qu'il l'avait percée à jour et voyait clair dans son jeu. La vie continuait. Carlo lui remit loyalement l'argent des ventes de charbon (moins sa commission de camionneur) provenant des autres opérations illégales. Au journal télévisé, les responsables du Bureau des Mines s'interrogèrent sur ce qu'il convenait de faire à propos de toute cette eau déversée à flots dans les ramifications minières sous

1. Sifflement (de serpent). *(N.d.T.)*

l'agglomération. Et Davis Llewellyn se sentit enfin tout à fait détendu.

Jusqu'au samedi soir, juste avant le dîner. Il s'arracha de son fauteuil pour aller jeter un coup d'œil entre les rideaux du petit salon. Encore là, la vieille ! Figée, braquant son stupide regard inutile. Vous parlez d'une perte de...

Quoi ?! Qu'était-ce donc ?! Toute la maison venait de trembler. Il s'agrippa au dossier du fauteuil. Un tremblement de terre, ici ? Au nord-est de la Pennsylvanie ?

Une nouvelle fois, le plancher frémit, sembla se soulever. Llewellyn entendit comme un grondement assourdi, juste sous ses pieds. Dans la cave. Un des piliers de soutènement en bois aurait-il pourri ?

Il gagna d'un pas pesant la cuisine, ouvrit la porte de la cave, et tourna le commutateur. Pas de lumière. Les deux ampoules grillées ? Un plomb de sauté, plus probablement. Il s'engagea dans l'escalier, une longue volée de marches en bois, s'enfonçant dans l'obscurité, cherchant à tâtons la boîte à fusibles.

Soudain, il sentit un violent souffle d'air froid tourbillonner autour de lui, entendit un bruit fracassant, comme si des tonnes de terre s'éboulaient, et se pétrifia alors qu'il s'apprêtait à descendre encore d'une marche. Mais c'était trop tard. L'escalier s'effondra sous ses pieds. Il chut irrésistiblement, déchirant ses paumes en s'agrippant à la rampe rugueuse.

Sa gorge, coincée par la panique, réduisit son hurlement de terreur à un couac étouffé. Davis Llewellyn tomba d'un bon nombre de mètres dans le vide, et s'abattit à la suite du plancher de sa cave dans le tumultueux torrent noir qui avait sapé sa demeure. Le dernier son qu'il entendit fut le crissement criard du bois tordu, éclaté ; on eût dit une femme poussant un sauvage cri de triomphe.

Torrent.
Traduction de Philippe Kellerson.

LA VILLE DES PERDANTS

par GARY BRANDNER

Le vieux Convair bruyant n'avait rien à voir avec ces jets aux formes aérodynamiques qui reliaient Los Angeles à Las Vegas en quelques minutes d'air conditionné, mais il est vrai que Saguaro, dans le Nevada, n'avait rien à voir avec Vegas.

Il s'agissait du « Vol Week-end de Plaisir » qui partait de Long Beach, un séjour à prix forfaitaire organisé par le *Walhalla Hotel* de Saguaro. « Activités Non-Stop ! » promettaient les publicités dans les pages Voyages. Et si ça ne suffisait pas, « Piscine-Golf-Tennis » étaient proposés en caractères plus petits. S'il y avait un seul joueur de tennis parmi les flambeurs fatigués qui se trouvaient à bord de cet avion, j'étais prêt à manger mon portefeuille.

Je me fondais dans cette cargaison de perdants. Avec mon mètre quatre-vingt-huit et mes cent dix kilos, j'étais plus costaud que les autres, mais mon visage marqué et mon costume bon marché ne déparaient pas. Ce qui ne collait pas, en revanche, c'étaient le 38 sous mon aisselle et la licence dans mon portefeuille, au nom de D. Stonebreaker, Détective Privé.

L'avion vira sur l'aile et les rares lumières de Saguaro apparurent en dessous. La ville se composait en tout et pour tout d'une rue éclairée par des néons et bordée de quelques maisons. La piste d'atterrissage avait servi de terrain d'entraînement pendant la Seconde Guerre. Comme je vous le disais, aucun rapport avec Las Vegas.

En fait, si je m'apprêtais à atterrir à Saguaro, c'était à cause d'une femme de Las Vegas. Quand on pense à une femme de Vegas, on imagine immédiatement une créature d'un mètre quatre-vingt avec des jambes à faire pleurer et une poitrine impressionnante. Celle qui était venue me trouver dans mon bureau miteux de Los Angeles n'aurait jamais pu passer pour une « chorus girl ». C'était une blonde décolorée aux traits sévères et avec autant de formes qu'un portemanteau. Elle s'appelait Lucille Colt.

Elle m'expliqua que son mari, Ed, était jusqu'à six semaines auparavant, croupier au Casino *Cartwheel* sur le Strip à Las Vegas, puis il était allé travailler au *Walhalla* à Saguaro. Et il avait disparu.

— Il est arrivé quelque chose à Ed, me dit Lucille Colt. Quelque chose de grave, j'en suis sûre.

— Qu'est-ce qui vous fait dire cela ? demandai-je.

— Vous connaissez le *Cartwheel*, non ? Vous savez à qui il appartient ?

— C'est un des établissements de la mafia, si je ne m'abuse ?

— Exact. Bien entendu, il appartient officiellement à d'autres personnes, mais nul n'ignore qui le dirige. Que savez-vous sur Saguaro, monsieur Stonebreaker ?

— Je sais simplement que c'est une ville située dans le désert, à environ trois cents kilomètres au nord de Vegas.

— Oui, et on n'y trouve pas grand-chose, à part le *Walhalla Hotel* qui appartient lui aussi à la mafia. Ils l'utilisent dans un but bien particulier. Voilà pourquoi on surnomme cet endroit la Ville des Perdants.

— Expliquez-moi.

— Tous ceux qui travaillent dans les casinos de la mafia doivent être extrêmement malins. Les agents du fisc et de la brigade des jeux surveillent ces établissements comme des vautours. Et ne vous leurrez pas, ils savent lesquels appartiennent à la mafia. Ces casinos paient grassement leurs employés mais si, à la suite d'une erreur, vous êtes renvoyé, vous vous retrouvez sur une liste noire. Pour un croupier, c'est comme s'il était déjà mort. Alors, si un employé commet une petite faute — pas suffisamment grave pour le renvoyer, mais trop importante pour passer l'éponge — le syndicat lui offre la possibilité de se racheter dans la Ville des Perdants. Ils l'envoient là-bas pour un mois, six mois ou un certain temps, et s'il se comporte correctement au *Walhalla*, il peut revenir à Vegas.

— C'est ce qui est arrivé à votre mari ?

— Oui. Il se trouve qu'un soir à sa table, un des gros gagnants était justement un vieil ami à lui. La direction n'a pas pu prouver qu'Ed avait triché, mais ils avaient assez de soupçons pour l'expédier à Saguaro.

— Vous ne l'avez pas accompagné ?

— Impossible. J'ai deux enfants qui vont à l'école.

— C'était il y a six semaines, dites-vous ?

— Environ. Et la semaine dernière, on m'a envoyé une lettre que j'avais adressée au *Walhalla Hotel* où

Ed avait une chambre. Avec la mention. « N'habite plus à cette adresse. » J'ai appelé le *Walhalla* et j'ai parlé à Bert Gettleman, c'est le directeur. Il m'a expliqué qu'Ed avait fait ses valises un soir et qu'il était parti. Je n'en crois rien.

— En avez-vous parlé à la police ?

— Oh, bien sûr... pendant environ dix secondes. Apparemment, des maris abandonnent leur femme toutes les cinq minutes, et la police a d'autres préoccupations plus importantes.

— Pourquoi venir jusqu'à Los Angeles pour engager un détective ? Il y a des professionnels compétents à Las Vegas.

— Ils sont peut-être compétents, répondit-elle, mais ils n'ont guère envie de fourrer leur nez dans les affaires de la mafia. L'un d'eux, un nommé Wilcox, m'a conseillé de m'adresser à vous. Il m'a dit que vous accepteriez n'importe quelle affaire, sans que ça me coûte les yeux de la tête.

Lucille Colt me fit un chèque et me confia une photo de son mari disparu. Un peu plus tard, après avoir vérifié que son chèque était bon, je m'embarquai sur le « Vol Week-end du Plaisir » à destination de la sympathique ville de Saguaro.

Le service de navette du *Walhalla* depuis l'aéroport était un ancien bus de ramassage scolaire qui nous conduisit bruyamment jusqu'en ville ; mes compagnons de voyage se ruèrent hors du car pour envahir le casino. Je décidai de flâner un peu dans la rue principale avant d'entrer à mon tour tenter ma chance.

Exception faite du *Walhalla* et de ses quatre étages, il n'y avait pas grand-chose dans cette ville : deux ou trois restaurants, un cinéma, une salle de bowling, quelques devantures de magasins obscures, et trois bars avec des machines à sous et des billards. Curieusement, aucun des éclairages de Saguaro n'était assez puissant, comme si les gens qui vivaient là craignaient de se voir ou de regarder leur ville de trop près.

Je retournai au *Walhalla* qui n'était guère plus joyeux que le reste de la ville. La climatisation ahanait. L'établissement proposait les jeux habituels : vingt et un, craps, roulette, chemin de fer, mais tout le matériel semblait avoir été acheté d'occasion. Comme le personnel.

Tout au fond se trouvait un bar, devant une sorte d'estrade. Sur scène, un couple de femmes d'un certain âge vêtues de robes à paillettes jouaient de l'accordéon et de la batterie. Un homme chauve avec un œil de verre tapait sur un piano, et tous les trois chantaient sans s'arrêter, la bouche déformée par un sourire qui n'atteignait jamais leurs yeux. Personne au bar ni au casino ne leur prêtait la moindre attention.

Je traversai le casino jusqu'à la réception de l'hôtel et je demandai une chambre. L'employé me donna une chambre simple au quatrième étage. N'apercevant aucun groom, je portai moi-même ma valise jusqu'à l'ascenseur. La chambre sentait l'huile de pin, la fenêtre donnait sur le désert. Après avoir déposé ma valise dans un coin, je redescendis pour me faire idée de l'« activité non-stop ».

Une femme à l'air morose, assise dans une cabine en verre, me vendit une poignée de jetons et je me dirigeai vers la table de craps. J'équilibrai plus ou moins les pertes et les gains pendant dix minutes, tout en regardant autour de moi. Le chef de salle, un type aux cheveux gris avec des yeux noirs comme des agates, m'observait, et ce qu'il vit ne sembla pas lui plaire.

Quand j'eus les dés en main, je tirai un sept dès

le second tour et me dirigeai alors vers la table de blackjack. Il n'y avait que trois joueurs, dont l'un était de toute évidence un compère. J'attendis que le jeune type au teint pâle qui donnait les cartes ouvre un nouveau jeu pour demander :

— Un de mes amis travaille ici comme croupier, paraît-il. Ed Colt. Vous le connaissez ?

Le jeunot me jeta un regard morne.

— Non.

— C'est bizarre. Il est arrivé ici il y a environ six semaines.

— Je suis nouveau. (Il tourna la tête d'un centimètre vers le chef de salle.) Vous devriez peut-être interroger M. Vetri.

En entendant prononcer son nom, le type aux cheveux gris glissa jusqu'à notre table. Il avait de profondes rides de chaque côté de la bouche. Mais ce n'était pas à force de rire.

— Un problème ? demanda-t-il sans bouger les lèvres.

— Je voulais savoir où je pouvais trouver un de vos croupiers, répondis-je. Ed Colt.

— Un ami à vous ?

— Oui.

Vetri me fit signe de le suivre à l'écart des oreilles indiscrètes du croupier.

— Où est-ce que vous avez connu Colt ?

— A Vegas. J'ai travaillé au bar du *Cartwheel* pendant quelques mois l'année dernière.

— Si vous êtes venu jusqu'ici uniquement pour voir Colt, vous avez perdu votre temps. Il est parti.

— Parti ? Où ça ?

— Comment savoir ? Il s'est tiré il y a une dizaine de jours sans rien dire à personne. Il a fait sa valise et fichu le camp.

— Vous n'avez aucune idée de l'endroit où il est allé ?

Vetri laissa ses yeux répondre à cette question.

Je le remerciai d'un hochement de tête et me dirigeai vers le bar. Je commandai un bourbon sur de la glace en m'efforçant de ne pas regarder le trio grotesque sur scène.

A l'extrémité du bar, je repérai un type aux cheveux blond-roux avec une veste en cachemire qui m'observait. Au bout de quelques minutes, il prit son verre et s'approcha de moi.

— Vous avez des problèmes avec le chef de salle ? demanda-t-il.

L'homme avait un joli teint bronzé, mais des yeux fatigués. De près, il paraissait plus âgé qu'à l'autre bout du bar.

— Non, aucun problème, dis-je. Je me renseignais simplement sur un ami à moi. Vous travaillez ici ?

— Oh, non, répondit-il avec un sourire. Je suis rédacteur en chef de ce qui passe pour un journal dans cette ville, la *Gazette Hebdomadaire*. Je m'appelle Hal Fellows.

— Stonebreaker. Qu'est-ce qui vous laissait croire que j'avais des ennuis avec le chef de salle ?

— Sa façon de vous regarder... Mais c'est son regard habituel. Vous venez de Los Angeles ?

— Oui, ça se voit ?

— Un peu. J'y ai vécu moi aussi. J'ai dû partir à cause de mes poumons. Et je parie que vous êtes flic, ou bien vous l'avez été.

— Je l'ai été, avouai-je. Vous êtes très doué.

— C'est une passion chez moi : deviner d'où viennent les gens et ce qu'ils font. Si vous avez été dans la police, vous avez peut-être reconnu le chef de salle, Mario Vetri.

Jusqu'à présent, je ne l'avais pas reconnu, mais le nom complet me rafraîchit la mémoire. Vetri avait été autrefois un homme de main impitoyable pour le compte de la mafia à Vegas, mais sa photo était apparue trop souvent dans les journaux. Aujourd'hui, il semblait purger sa peine dans la Ville des Perdants.

— Je devrais le connaître ? demandai-je.

Le rédacteur en chef baissa la voix :

— C'est un gangster. Du moins, c'en était un. Comme tout le monde dans ce trou à rats, depuis le directeur jusqu'aux grooms.

— Vous n'aimez pas beaucoup cette ville, hein ?

— Il n'y aurait pas à se plaindre si on pouvait extirper cette tumeur du *Walhalla*. En rachetant la *Gazette Hebdomadaire* il y a cinq ans, je pensais venir me détendre à Saguaro et vivre paisiblement jusqu'à la fin de mes jours. Je n'ai pas tardé à découvrir que la mafia se servait du *Walhalla* comme d'un dépotoir pour tous ses déchets humains. Il pollue toute la ville. Au début, rempli d'illusions, je m'imaginais dans le rôle du journaliste courageux menant campagne contre la pègre, mais j'ai rapidement compris que je n'avais pas les épaules assez larges. Le plus terrible, c'est qu'ils ne donnent pas l'impression d'agir à l'encontre de la loi.

— Ouais, c'est moche, dis-je.

Fellows sourit d'un air désabusé.

— Je ne voulais pas vous ennuyer avec nos problèmes domestiques. Qui est cet ami que vous cherchez ? Peut-être que je le connais, ou que j'ai entendu parler de lui.

— Un croupier nommé Ed Colt.

— Un type mince d'une trentaine d'années ? Cheveux blonds, lunettes et moustache ?

— C'est bien lui.

— Je m'en souviens, mais je ne l'ai pas revu aux tables depuis au moins une semaine. Vous savez, le personnel, ici, ça va et ça vient.

— Oui, j'imagine. Mais puisque je suis là, autant continuer à me renseigner autour de moi.

Fellows vida son verre d'un trait et se leva.

— Soyez prudent, dit-il. Si vous avez le temps, faites donc un saut à la *Gazette*, c'est juste en face. Vous me parlerez du smog et des embouteillages de Los Angeles ; j'ai besoin d'encouragements de temps en temps pour me rappeler que Saguaro n'est pas un endroit si affreux.

— J'essaierai de passer, dis-je.

Je terminai mon verre et le fis glisser sur le comptoir pour m'en faire servir un second. Au casino, les perdants piochaient dans l'argent du loyer, et une odeur de transpiration flottait dans l'air.

— Salut, vous cherchez de la compagnie ?

La voix était comme un papier de verre sur du velours. La femme avait des cheveux bruns soyeux et des yeux enfumés. Elle était trop maquillée et sa robe laissait voir son corps intéressant. Elle aurait pu tout aussi bien s'attacher un écriteau dans le dos.

— Pas ce soir, répondis-je, à moins que vous ne vouliez vous asseoir pour boire un verre ?

Elle promena un regard professionnel autour de la salle et se glissa sur le tabouret voisin du mien.

— Pourquoi pas, répondit-elle. On dirait que tout le monde ne pense qu'à jouer ce soir.

Je fis signe au barman, et il lui servit un gin sur de la glace, sans aucun chichi comme du vermouth ou des olives.

La femme but une gorgée et poussa un soupir de gratitude.

— Le petit déjeuner des champions, dit-elle. (Puis, se tournant vers moi) : Vous êtes flic ?

— Je l'ai été, répondis-je, mais vous êtes la seconde personne ce soir à me poser la question. J'ai l'impression d'avoir un insigne tatoué sur le front.

— Vous avez l'allure d'un flic, dit-elle, puis elle se pencha vers moi. Mais pas entièrement.

— Merci.

— Appelez-moi Toni.

— Appelez-moi Stonebreaker. Qui vous envoie, Toni ?

Elle ouvrit de grands yeux.

— Personne ! Pourquoi dites-vous ça ?

— J'ai posé quelques questions. Apparemment, ça n'a pas plu à la direction.

— Vous avez été de la police, répondit Toni. Vous devez bien vous douter qu'un type avec une tête de flic, qui pose des questions dans un établissement comme celui-ci, ne va pas se faire des amis.

— Je me renseignais sur Ed Colt. Il a travaillé ici comme croupier. Vous le connaissez ?

Toni reprit ses distances.

— Vous n'avez pas saisi le message. Il est déconseillé par ici de poser des questions, mais y répondre peut s'avérer dangereux pour votre santé. A plus tard, Stonebreaker.

Sur ce, elle disparut rapidement dans le casino.

Je déposai quelques billets sur le comptoir et sortis de l'hôtel d'un pas nonchalant. La rue principale était maintenant presque plongée dans l'obscurité, à l'exception de l'entrée du *Walhalla*. La ville semblait moins laide à la clarté de la lune. Je fis quelques pas et m'arrêtai afin d'allumer une cigarette. J'en profitai pour jeter un regard discret vers l'entrée de l'hôtel ; le type qui me filait n'eut pas le temps de se cacher.

Si quelqu'un prenait la peine de me faire suivre, c'est qu'il y avait dans cette Ville des Perdants des choses intéressantes à découvrir. Je flânai jusqu'au bout de la rue et revins sur le trottoir opposé sans les découvrir. Ne pouvant rien faire de plus ce soir, je décidai de monter me coucher.

Je me réveillai tard le lendemain matin, en sueur ; j'avais rêvé qu'on me faisait rôtir au barbecue. Derrière ma fenêtre, le désert scintillait sous la chaleur. D'un pas titubant, j'allai brancher le climatiseur et risquai la pneumonie en me laissant asperger d'air réfrigéré pendant plusieurs minutes avant de prendre une douche.

Au moment de quitter la chambre, je collai un bout de ruban adhésif à l'endroit où s'ouvrait ma valise. Comparé aux gadgets de James Bond, ce n'était pas extraordinaire, mais je n'avais pas affaire à Goldfinger.

En bas, au casino, seules une table de craps et une de blackjack étaient ouvertes. Une poignée de coriaces du « Vol du Plaisir » étaient encore là, pas rasés, la chemise auréolée de sueur. Les autres avaient pris une chambre comme moi, ou bien profité des lits de camp à cinq dollars installés par la direction dans une arrière-salle.

En sortant dans la rue, la chaleur me fit l'effet d'un coup de poing. Je marchai jusqu'au premier restaurant et commandai des œufs brouillés au bacon. La rue était totalement déserte, et il n'y avait qu'un seul autre client dans le restaurant. Le peu de vie qui existait à Saguaro n'apparaissait que la nuit.

Après le petit déjeuner, je regagnai mon hôtel et j'en fis le tour pour voir ce qui se trouvait derrière le bâtiment. Au centre d'un petit patio était creusée une piscine, légèrement plus grande qu'une baignoire, et aussi sèche qu'un toast de la veille. Une couche de sable porté par le vent crissait sous mes pieds et s'amoncelait en petits tas dans les coins de la piscine.

Au-delà du patio, le sol brûlé par le soleil s'élevait en pente douce sur quelques mètres jusqu'à une surprenante parcelle d'herbe. Je ne joue pas au golf, mais il me semblait qu'il y avait là assez de « fairway » pour exécuter un petit coup d'approche, plus un « green » pour le « putting ». Des jets répandaient des spirales d'eau sur le gazon. Très engageant, si ce n'est que le tout était entouré d'un grillage de plus de deux mètres de haut. Sur la porte verrouillée était fixée une pancarte décolorée par le soleil qui interdisait l'accès.

Il y avait également un court de tennis. Sans grillage autour cette fois, mais sans filet non plus, et de profondes fissures zébraient le bitume.

Voilà pour les activités de plein air vantées dans la publicité.

En regagnant ma chambre, je constatai que le lit était fait et les cendriers vidés. Des serviettes de toilette propres étaient suspendues dans la salle de bains et le morceau de ruban adhésif fixé sur ma valise avait été arraché. Aucune affaire ne manquait ; elles étaient légèrement déplacées. Il aurait pu s'agir d'une femme de chambre curieuse, mais je ne le pensais pas. Je sortis mon unique tenue de rechange, sans prendre la peine de replacer le morceau de ruban adhésif.

Une demi-heure plus tard, on frappa quelques petits coups à ma porte, d'une manière très professionnelle. J'ouvris et découvris un groom dans le couloir.

— Bonjour, monsieur, me dit le gamin. Monsieur Gettleman souhaiterait que vous le regoigniez dans sa suite, si vous avez le temps.

J'avais le temps, alors je le suivis dans les couloirs jusqu'à la suite du directeur. Bert Gettleman ouvrit lui-même la porte. Il avait un gros visage carré avec des cheveux gris plaqués sur le crâne, une couche de poudre servait à masquer sa barbe bleue.

— Ravi que vous ayez pu venir, dit-il.

— C'est un plaisir, répondis-je, histoire de mettre fin aux politesses.

Gettleman me servit un verre de bourbon, se contentant lui-même d'un verre d'eau minérale. Je bus une gorgée de whisky en attendant qu'il dise quelque chose.

— Vous êtes un privé de Los Angeles, déclara-t-il. Vous êtes venu ici pour poser des questions au sujet d'un de mes anciens croupiers, Ed Colt. Vous avez été engagé par sa femme.

Gettleman attendit que je manifeste combien j'étais impressionné par son organisation. Comme je ne disais rien, il poursuivit :

— Je suppose que vous avez compris maintenant que mes employés n'aiment pas répondre aux questions. Voyez-vous, c'est une sorte de règle non écrite dans ce métier.

Il sourit pour montrer qu'il ne m'en gardait pas rancune. Je ne lui rendis pas son sourire.

— Mais pour une fois, ajouta-t-il, je vais briser moi-même cette règle en vous disant ce que vous voulez savoir sur Ed Colt. Sinon, vous risquez de vous faire de fausses idées.

Je savourai le whisky, en attendant qu'il continue.

— En vérité, Ed a fichu le camp avec une fille voici une dizaine de jours, une serveuse qui travaillait ici depuis environ deux semaines. Généralement, je me moque complètement de ce que font mes employés durant leur temps libre, mais ces deux-là fricotaient pendant les heures de travail, et ça je ne peux le tolérer. J'ai viré la serveuse et passé un sacré savon à Ed. Le lendemain, ils avaient tous les deux plié bagages. Quand l'épouse d'Ed m'a appelé, je n'ai pas voulu lui dire que son mari était parti avec une autre femme. Je déteste me retrouver mêlé à des histoires de ménage.

— Comment s'appelait la fille ? demandai-je.

— Barbara ou Bitsy... quelque chose comme ça. Je pourrai vérifier.

— Ce n'est pas très important, dis-je.

Gettleman écarta les mains, avec un nouveau sourire ; un simple homme d'affaires, honnête et sympathique.

— Et voilà, dit-il. Au cas où vous souhaiteriez rentrer, je connais un gars qui retourne à Vegas cet après-midi avec son avion. Il sera ravi de prendre un passager. Je suis bien placé pour savoir que Saguaro n'est pas une ville très animée.

— Non merci, répondis-je, il me reste encore une journée dans mon forfait.

Le sourire de Gettleman s'évanouit.

— Comme vous voulez.

Il m'ouvrit la porte. Je reposai le verre de whisky encore plein et sortis.

En bas au casino, l'activité redémarrait maintenant que les joueurs du week-end avaient retrouvé un second souffle. Mario Vetri avait repris sa place. Ses yeux d'agate me regardèrent parcourir la salle jusqu'à l'entrée de l'hôtel.

Je quittai le *Walhalla* et traversai la rue en direction d'un bureau de plain-pied portant l'inscription GAZETTE HEBDOMADAIRE DE SAGUARO en lettres dorées sur la devanture. A l'intérieur, je découvris

Hal Fellows occupé à frapper sur une vieille machine à écrire. Il était en bras de chemise, avec une pipe éteinte coincée dans la bouche, et une paire de lunettes demi-lune lui chevauchant le nez. Lorsque j'entrai, il pivota sur son siège et m'adressa un grand sourire.

— Ça fait plaisir de vous voir, Stonebreaker. Je suis à vous tout de suite, le temps de terminer cet éditorial explosif sur les fleurs des champs.

Pendant que Fellows tapait son article, je promenai mon regard à travers la pièce. Elle était encombrée, mais de manière ordonnée. Au fond, derrière une petite barrière en bois se trouvait une presse qu'un vieil homme était en train d'astiquer avec un chiffon.

Au bout d'une minute environ, Fellows arracha la feuille de la machine à écrire et la déposa dans une corbeille sur son bureau. Il fit pivoter sa chaise pour me faire face et me désigna un siège.

— Alors, est-ce que vous aimez notre ville ?

— A peu près autant qu'elle m'aime.

— Avez-vous obtenu ce que vous cherchiez ?

— Pas exactement.

Fellows rapprocha sa chaise de la mienne.

— Soyez franc avec moi, Stonebreaker, vous n'êtes pas venu à Saguaro uniquement pour retrouver un vieil ami, hein ?

— Non, reconnus-je. Mais ça n'a jamais été un grand secret, alors autant que vous le sachiez vous aussi : je suis détective privé et je suis ici en mission.

— Vous enquêtez sur les gangsters du *Walhalla* ?

Fellows jeta un regard en direction du vieil homme qui nettoyait la presse, puis reprit à voix basse, d'un ton excité :

— Parce que je peux vous aider. J'ai constitué des dossiers que je pensais utiliser pour nettoyer la ville. Avant que je ne perde le feu sacré. Mais je sens que vous, vous l'avez encore... le feu sacré. Je le vois dans vos yeux. En travaillant main dans la main vous et moi, on pourrait faire beaucoup pour Saguaro et...

Je levai la main pour l'arrêter.

— Stop, monsieur le rédacteur en chef. Je ne suis pas un justicier, je travaille comme tout le monde. Je suis venu faire un boulot pour un client ; une fois que j'aurai terminé, adieu Saguaro. Si la mafia se sert du *Walhalla* comme dépotoir, ce n'est pas mon problème.

Fellows m'adressa un grand sourire, avec un haussement d'épaules.

— Excusez-moi. On pourrait croire que j'ai perdu l'envie de jouer les redresseurs de torts depuis le temps. Enfin, bonne chance à vous. Si jamais je peux vous apporter mon aide...

Il laissa sa phrase en suspens, mais je la saisis au bond.

— Avez-vous entendu parler de cette fille avec qui Ed Colt aurait prétendument fichu le camp ? Une serveuse du *Walhalla* ?

Fellows secoua la tête.

— Désolé, les potins mondains de la *Gazette* se limitent aux réunions du club de botanique et aux ventes de charité.

Je le saluai et quittai le siège du journal. En traversant la rue, je sentis le regard du rédacteur en chef dans mon dos. C'était triste, mais ce qu'il fallait à ce type c'était John Wayne, pas un petit détective privé comme moi. J'avais mes propres problèmes.

Le restant de l'après-midi, je le passai dans une cabine téléphonique à appeler certaines de mes relations à Las Vegas. J'appris ainsi que Bert Gettleman était pressenti pour gérer un des hôtels de la mafia sur le Strip, lorsqu'il fut impliqué dans une affaire de détournement de fonds. L'enquête n'aboutit jamais, mais Gettleman se retrouva sur la liste noire. On l'expédia dans la Ville des Perdants pour qu'il puisse méditer sur ses erreurs.

En regagnant ma chambre au *Walhalla*, je constatai cette fois que le lit n'avait pas été fait, les serviettes de toilette n'avaient pas été changées. Je n'étais plus le bienvenu.

De retour au casino, je jouai un petit moment, en perdant régulièrement. Comprenant que j'en aurais davantage pour mon argent au bar, je ramassai mes derniers jetons et allai les changer à la caisse. Du coin de l'œil, je vis Mario Vetri se faire remplacer à son poste de surveillance et se diriger vers l'ascenseur.

Alors que je comptais mon argent, une grande femme au teint pâle traversa la salle en direction du bar. Ses cheveux bruns étaient tirés en arrière, et ses yeux, masqués par des lunettes de soleil mauves. Quelque chose dans son visage me semblait familier et, au bout d'une minute, je reconnus Toni, ma copine de la veille buveuse de gin, débarrassée de sa couche de vernis. Je glissai les billets dans ma poche et la rejoignis d'un pas nonchalant.

Elle était accoudée au bar, un verre de gin déjà posé devant elle quand j'arrivai.

— Salut, Toni. Vous avez envie d'un peu de compagnie ?

— Désolée, dit-elle sans me regarder, nous sommes fermés.

— Pour ce soir, ou pour de bon ?

Elle se retourna et me regarda. Visiblement, le verre de gin posé devant elle n'était pas son premier de la journée.

— Oh ! mais c'est mon ami Stonebreaker, celui qui a l'air d'un flic mais qui n'en est pas un. Qu'il dit. Plus maintenant. Salut, Stonebreaker. Si vous voulez tout savoir, je suis au chômage. Terminé. Dehors.

— Que s'est-il passé ?

— Il s'est passé que Gettleman a décidé que j'étais devenue indésirable dans son établissement. Et comme c'est le seul en ville, ça signifie que je suis indésirable à Saguaro. Que reste-t-il, Stonebreaker, quand on vous chasse de la Ville des Perdants ?

— Je ne sais pas, Toni. Quel est l'argument de Gettleman ?

— L'argument ? Monsieur Gettleman n'a pas besoin d'argument. Quand il vous ordonne de déguerpir, vous obéissez. Mais ça ne m'étonnerait pas qu'il y ait un rapport avec le fait que je vous ai parlé hier soir. Ou peut-être que ma tête ne lui revient pas, tout simplement. Et vous, Stonebreaker, comment vous me trouvez ?

Elle ôta ses lunettes de soleil et pencha la tête pour se placer sous les lumières du bar. Toutes ses années de travail nocturne étaient imprimées sur son visage, pourtant, on devinait encore qu'elle avait été très belle.

— Alors ? demanda-t-elle. Vous ne m'avez pas dit ce que vous en pensiez.

— Je préférais la façon dont vous étiez coiffée hier soir.

Elle ôta quelques épingles et secoua la tête pour faire cascader ses longs cheveux bruns sur ses épaules.

— Comme ça ?

— C'est beaucoup mieux.

Toni rit.

— Vous n'êtes pas aussi méprisable que vous en avez l'air, Stonebreaker. Vous m'offrez un verre ?

— Bien sûr.

— Merci. Vous savez, mon car ne part qu'à minuit, j'ai le temps. Ça vous dit ?

— Jamais pendant le service, répondis-je.

Elle rit de nouveau.

— Je ne vous crois pas, mais c'est une manière élégante de refuser.

— Écoutez, Toni, maintenant que vous ne travaillez plus ici, y a-t-il quelque chose que vous pouvez me dire concernant Ed Colt ?

— C'est votre ami ? demanda-t-elle en me regardant dans les yeux.

— Pas vraiment. On m'a engagé pour découvrir ce qu'il était devenu. Gettleman m'a raconté une histoire, mais elle ne me satisfait pas.

Toni se mordit la lèvre un moment, avant de prendre une décision.

— Je suppose qu'ils ne peuvent plus rien me faire si je vous parle, pas vrai ? Vous resterez avec moi jusqu'à minuit ?

— Promis.

Elle se leva et me fit un signe du doigt.

— Venez, alors, je vais vous montrer quelque chose.

Nous traversâmes le casino, à présent rempli de joueurs. Le remplaçant de Vetri se disputait à voix basse avec un couple de joueurs du week-end. Toni m'entraîna vers le mur du fond, à travers une porte dissimulée derrière de lourdes tentures. Je la suivis dans un couloir mal éclairé où des tuyauteries apparentes couraient le long de murs en béton. Nous atteignîmes une épaisse porte en fer ; Toni s'appuya sur la barre métallique et poussa.

— Où sommes-nous ? demandai-je.

Elle porta un doigt à ses lèvres.

— Chut ! C'est la porte de derrière.

Toni sortit la première. Je lui emboitai le pas, mais à peine avais-je franchi la porte que je reçus un coup violent derrière l'oreille droite.

Je m'effondrai, presque assommé. Je n'avais plus aucune force ; autour de moi, les mouvements et les voix se mélangeaient.

Ils étaient au moins deux : costauds, coriaces, professionnels. Pendant que je m'efforçais de faire entrer un peu de lumière sous mon crâne, l'un d'eux se saisit de mon arme, et l'on me hissa à l'arrière d'une voiture. L'un d'eux nous conduisit hors de la ville, tandis qu'un autre était assis à l'arrière du véhicule, avec un 45 enfoncé dans mon foie. Au bout d'un moment, nous bifurquâmes sur un chemin de terre.

Après avoir roulé pendant une quinzaine de kilomètres en silence, je demandai :

— On se connaît ?

Le type au pistolet répondit :

— La ferme. J'ai aucune envie de te buter, mais si tu joues au mariole, je n'hésiterai pas. Tu peux me croire.

Je le croyais. Alors je la fermai.

Finalement, la voiture s'arrêta dans un coin de désert éclairé par la lune.

— Descends, m'ordonna le chauffeur.

Je descendis.

— Droit devant toi, il y a une ville qui s'appelle Tucker. Derrière nous, c'est Saguaro. A partir de maintenant, t'as le choix, mais à ta place, je mettrais le maximum de distance entre moi et la Ville des Perdants.

La portière claqua ; la voiture exécuta un demi-tour et repartit à toute vitesse, soulevant un sillon de poussière argentée sous la lune.

Je m'assis au bord de la route en me frottant la tête. L'engourdissement disparaissait petit à petit, faisant place à la douleur. Ça irait en empirant. Je me demandai si Toni avait pu récupérer son boulot après m'avoir livré à l'équipe des gros bras. Je me demandai même si elle l'avait jamais perdu. Alors que je me posais ces questions, j'aperçus soudain deux phares qui venaient vers moi, en provenance de Saguaro. Je courus me cacher derrière un cactus, au cas où mes camarades de jeu auraient décidé de revenir.

La voiture approchait très lentement. Quelqu'un penchait la tête au-dehors.

— Stonebreaker, vous êtes là ? C'est moi, Hal Fellows.

Je me relevai et lui fis de grands signes. La Mercedes neuve et poussiéreuse s'arrêta ; le rédacteur en chef de la *Gazette* en jaillit.

— Tout va bien ? s'enquit-il.

— Ouais. Un peu mal à la tête, c'est tout. Que faites-vous par ici ?

— J'ai deviné que vous aviez des ennuis. J'entrais au *Walhalla* quand je vous ai vu traverser le casino avec cette fille et sortir par la porte dérobée. Vetri a aussitôt envoyé deux hommes de main vers la sortie principale. Je les ai suivis, ils ont fait le tour du bâtiment. Je me suis caché, et deux minutes plus tard, je les ai vus vous traîner à bord d'une voiture et foutre le camp. Je leur ai filé le train, à distance ; et je me suis arrêté à l'embranchement de cette route. Quand ils sont revenus, j'ai constaté qu'ils n'étaient plus que deux à bord, alors je suis parti à votre recherche.

— Et je vous en remercie, mais ne sortez-vous pas un peu de votre rôle ?

— Je me suis dit qu'il était temps que je fasse preuve de courage. J'avais honte d'avoir essayé de vous mêler à nos problèmes. Vous avez raison, ça ne vous concerne pas. Si l'on veut chasser le *Walhalla* de Saguaro, c'est à moi et aux autres habitants de cette ville de nous en charger.

— Je suis d'accord, dis-je. Et si vous me rameniez en ville ?

— Vous voulez retourner à Saguaro ?

— Bien sûr. J'ai laissé là-bas quelques affaires personnelles.

Le large sourire de Fellows brilla sous la lune.

— Allons-y, dit-il.

Je pris place à l'avant, à côté de lui.

— Ils vous ont tabassé ? demanda Fellows.

— Non, juste un petit coup de matraque pour me convaincre de les suivre. Mais ils m'ont laissé entendre que ça risquait d'être pire si je remettais les pieds en ville.

— Vous voulez qu'on s'arrête prévenir le shérif ?

— Vous avez un shérif ?

Fellows eut un petit bruit de gorge.

— Oh oui, on a un shérif. Il s'appelle Lou Tatto, et il fait du bon boulot, tant qu'il n'est pas amené à marcher sur les pieds des gangsters du *Walhalla*.

— Vous voulez dire qu'il est à leur solde ?

— Je ne pourrais pas le prouver, mais Gettleman et lui déjeunent souvent ensemble.

— Dans ce cas, laissons tomber le shérif et déposez-moi à l'hôtel.

— J'aimerais sincèrement qu'on travaille main dans la main, Stonebreaker, dit-il.

— Je suis plus efficace seul.

— Vous continuez à prétendre que la seule chose

qui vous intéresse c'est de savoir ce qu'est devenu Ed Colt ?

— Exact. Je vous le répète, je n'ai pas l'âme d'un justicier. Je ne suis qu'un détective privé qui effectue un travail pour un client. Quand ce travail sera terminé, je dirai adieu à la Ville des Perdants ; vos concitoyens et vous ferez ce que vous voudrez du *Walhalla*.

Fellows n'avait pas l'air convaincu, mais la conversation s'arrêta là. Il me déposa devant l'hôtel et repartit.

J'entrai, mais juste le temps de demander de la monnaie au caissier. Je commençais à comprendre enfin qui était quoi dans cette Ville des Perdants.

Je gagnai la cabine téléphonique et j'appelai la police de Hawthorne à environ quatre-vingts kilomètres de là. Mon histoire les laissa sceptiques ; je leur demandai de se renseigner à mon sujet auprès du chef de la Brigade criminelle de la police de Los Angeles. Ils acceptèrent à contrecœur, et promirent d'agir en fonction de ce qu'on leur dirait. J'espérai que le capitaine Williams ne me laisserait pas tomber. Nous n'étions pas toujours d'accord à l'époque où je travaillais sous ses ordres, mais il savait que je n'étais pas du genre à crier au loup.

Je regagnai le *Walhalla*, dans le but de refaire le chemin que m'avait fait suivre Toni un peu plus tôt dans la soirée. J'étais convaincu désormais qu'elle ne m'avait pas entraîné dans un traquenard, et j'étais curieux de savoir ce qu'elle voulait me montrer.

Au moment où j'allais franchir l'entrée principale, une voiture surmontée d'un gyrophare rouge, avec une étoile de shérif sur la portière, passa à toute vitesse et tourna au coin de l'hôtel. Je la suivis au trot.

Lorsque j'arrivai derrière l'hôtel, la piscine sans eau était éclairée par des projecteurs. Un grand type en uniforme kaki, et coiffé d'un stetson, bondit hors de sa voiture. Il descendit les marches de la piscine, du côté le moins profond. Je me faufilai parmi la petite foule des employés et des clients de l'hôtel, jusqu'à ce que je puisse assister à la scène. Le shérif traversa le fond incliné de la piscine, vers l'endroit le plus profond où un homme était agenouillé près du corps d'une femme. Cette dernière gisait sur le ventre, la tête tournée de côté, comme pour regarder par-dessus son épaule. Il s'agissait de Toni, et même à cette distance, je voyais bien qu'elle était morte.

Le shérif adressa quelques mots à l'homme agenouillé, avant de retourner vers le petit bassin et remonter les marches de la piscine.

— Que s'est-il passé ? interrogeai-je.

— Qui êtes-vous ?

Le shérif avait un visage fin, avec des pommettes saillantes d'Indien.

— Je m'appelle Stonebreaker. Je loge à l'hôtel.

— Connaissez-vous la victime ?

— Très peu. J'étais avec elle il y a quelques heures.

— Je vois. Eh bien, on dirait qu'elle était ivre, et a basculé dans la piscine. Elle s'est brisé la nuque.

Je jetai un coup d'œil par-dessus mon épaule vers la porte de derrière de l'hôtel où l'on m'avait assommé. Puis je reportai mon regard sur la piscine.

— C'est votre conclusion, shérif ?

— Je viens de vous le dire. Vous avez une autre explication ?

— Ça se pourrait.

Sentant un mouvement derrière moi, je me retournai et vis Gettleman et Vetri poussant les gens à rentrer dans l'hôtel. Puis ils firent demi-tour pour se diriger vers le shérif et moi. Le chef de salle avait une main dans sa poche de manteau, ce qui ne me plaisait pas du tout.

Le shérif les regardait approcher lui aussi. Je n'étais absolument pas sûr de cet homme, mais c'était le seul représentant de la loi et de l'ordre qui fût présent.

— Toni n'est pas morte accidentellement, dis-je très vite et à voix basse.

— Ah bon ?

Avant que je ne puisse en dire plus, les deux hommes nous avaient rejoints.

— Eh bien, Stonebreaker, je vois que vous avez fait la connaissance du shérif Tatto, dit Gettleman.

Le shérif prit la parole sans me laisser le temps de répondre.

— Bonsoir, monsieur Gettleman. Cet individu prétend savoir ce qui s'est passé.

— Ah bon ? Écoutons-le alors...

Je pris une profonde inspiration avant de me lancer :

— Si vous regardez autour de vous, vous apercevrez une fine pellicule de sable sur les dalles autour de la piscine. Le sable a été raclé par des pieds là où nous nous trouvons, mais curieusement, ce n'est pas le cas à l'autre bout du bassin, là où Toni est censée avoir basculé. Conclusion, personne n'a marché à cet endroit ce soir.

— Et alors ?

Le shérif me regardait avec un œil neuf. Derrière mois, Gettleman et Vetri s'agitaient nerveusement.

— Eh bien, si vous voulez mon avis, je dirais que quelqu'un lui a brisé le cou de ce côté-ci, peut-être près de cette porte, puis l'a descendue dans la piscine et traînée jusqu'à l'autre extrémité du bassin.

Gettleman intervint :

— Pourquoi quelqu'un aurait-il voulu tuer Toni ? C'était une chic fille innocente...

— Peut-être pas tellement innocente, dis-je. Elle m'a amené jusqu'ici ce soir pour me montrer quelque chose, une chose que je n'étais pas censé voir. Mais au moment où je franchissais cette porte, j'ai reçu un coup de matraque. Deux types m'ont emmené en voiture pour me larguer en plein désert. Quelqu'un est resté ici pour s'assurer que Toni ne parlerait plus jamais à personne.

— Stonebreaker, vous avez une sacrée imagination, dit le directeur. Dommage que vous n'ayez pas vu ce que voulait vous montrer Toni ; le shérif aurait peut-être eu quelque chose à se mettre sous la dent.

Le regard du shérif Tatto alla de moi à Gettleman, pour revenir se poser sur moi. Impossible de deviner ses pensées dans ses yeux d'Indien.

— Toni n'a pas eu le temps de me le montrer, dis-je en m'adressant au shérif, mais je pense savoir de quoi il s'agit. En venant par ici la première fois, j'aurais dû me demander pourquoi la piscine et le court de tennis étaient laissés à l'abandon, alors que ce mini-trou de golf était arrosé, entretenu et interdit à tous ceux qui auraient eu envie de l'utiliser. Et si cette parcelle d'herbe ne servait pas à jouer au golf, à quoi pouvait-elle bien servir dans ce pays brûlé par le soleil ? Et quel pouvait bien être le rapport avec le croupier disparu, Ed Colt ?

« ... Shérif, continuai-je, je parie que si vous creusez dans ce prétendu parcours de golf, vous ne tarderez pas à découvrir le corps d'Ed Colt, et peut-être quelques autres. Quand un individu commet une faute dans la Ville des Perdants, il n'y a plus d'autre endroit où l'envoyer.

Le shérif Tatto m'avait écouté avec attention, en m'observant d'un air impassible.

— Et selon vous, demanda-t-il, qui est responsable de ces meurtres et de ces... « enterrements » ?

— Mario Vetri a été tueur à gages à Los Angeles, expliquai-je, il est fort probable qu'il exerce la même activité ici. Sur ordres de Bert Gettleman.

— Qu'avez-vous à répondre à cela, monsieur Gettleman ? demanda le shérif.

— Nous en avons suffisamment entendu, Lou. Mario, puisque notre ami s'intéresse tant à ce parcours de golf, si tu l'emmenais le voir de plus près ?

Vetri sortit sa main de sa poche... elle tenait un pistolet. En décidant de faire confiance au shérif, je savais que je prenais un gros risque, mais je n'avais pas le choix. Apparemment, tout ce que j'avais gagné, c'étaient quelques minutes de sursis.

— En route, me dit Vetri en me poussant du coude vers le grillage. Ed Colt a eu tort de vouloir jouer au plus malin dans la Ville des Perdants. Je vous croyais plus intelligent.

Il ne me laissa pas approcher suffisamment pour tenter de m'emparer de son arme. Les professionnels ne commettent pas ce genre d'erreur. Gettleman et son shérif s'éloignèrent dans la direction opposée.

Au moment où Vetri ouvrait la porte de la grille, des phares de voiture illuminèrent la scène. Nous nous pétrifiâmes tous les quatre : Tatto et Gettleman près de la rue, Vetri et moi devant la grille, tandis que deux policiers du Nevada jaillissaient de leur voiture, arme au poing.

— Lequel d'entre vous est Stonebreaker ? aboya l'un des deux.

— C'est moi, répondis-je en m'éloignant de l'arme de Vetri.

L'espace d'une minute, tout le monde parla en même temps, mais dès que j'eus convaincu les deux policiers d'inspecter le terrain de golf, la partie fut terminée.

Le lendemain matin, quatre corps, dont celui d'Ed Colt, avaient été découverts sous le joli gazon vert, et visiblement ce n'était pas fini. Le *Walhalla* grouillait de policiers et de journalistes. Au casino, les joueurs du week-end qui avaient encore un peu de liquide le dépensaient dans les machines à sous, vu que les tables de jeu étaient fermées.

Assis au bar, je buvais un café avec les deux policiers arrivés les premiers sur les lieux.

— Je ne sais plus si je vous l'ai déjà dit, mais je tiens à vous remercier de ne pas être arrivés cinq minutes plus tard.

— Vous pouvez surtout remercier le capitaine Williams de la Criminelle de Los Angeles, répondit l'un des deux. Il nous a dit que vous étiez un enquiquineur de première, totalement indiscipliné, mais si vous affirmiez que le ciel allait tomber, mieux valait courir chercher un casque.

Je vis Hal Fellows pénétrer dans le casino et s'adresser au flic posté à l'entrée. Puis il s'approcha à grands pas de la table où j'étais assis avec les deux policiers.

— Stonebreaker, vieille crapule ! s'exclama-t-il avec un immense sourire. Je viens d'apprendre ce qui s'est passé. Gettleman et Vetri sont au tribunal, en train de tout déballer au procureur. Finalement, vous êtes bien un justicier, que vous le vouliez ou non.

— Ce n'était pas volontaire, répondis-je, mais puisque le destin en a décidé ainsi, autant régler le dernier détail et dévoiler le nom de l'assassin de Toni.

— Mais Vetri est déjà en prison ! dit Fellows.

— Vetri a beaucoup de meurtres sur la conscience, mais pas celui de Toni. Voyez-vous, il n'était pas à son poste quand je suis sorti avec Toni hier soir. Je l'ai vu s'en aller avant même de bavarder avec elle. C'est quelqu'un d'autre qui a vu Toni me conduire derrière, et qui a deviné où elle m'emmenait. Il a fait signe aux deux gangsters de s'occuper de moi, et les a rejoints derrière pour leur donner des instructions. Mais maintenant Toni l'ayant vu, il devait la supprimer. Il lui a brisé la nuque et ensuite traînée au fond de la piscine pour élaborer cette médiocre mise en scène destinée à faire croire à un accident. Mais après, il a eu peur que je n'aie pas bien compris le message de ses sbires, alors il m'a rejoint dans le désert.

— Est-ce que je comprends bien ce que vous êtes en train de dire ? demanda Fellows.

— Je suis en train de dire que vous l'avez tuée, oui. Il était normal que la mafia ait besoin d'un homme digne de confiance pour surveiller le *Walhalla* et tous les « perdants » qui y travaillaient. Mais personne ici, pas même Gettleman, ne savait que c'était vous le chien de garde.

Les deux policiers ne quittaient pas Fellows des yeux. Le rédacteur en chef sembla se tasser un peu.

— Vous aviez choisi la couverture idéale, repris-je. En tant que responsable du journal local vous pouviez aller n'importe où sans éveiller les soupçons. Mais j'ai trouvé que vous vous habilliez un peu trop élégamment, et possédiez une bien belle voiture pour être le rédacteur en chef d'un petit hebdo de province. Et puis, quand vous avez débarqué dans le désert comme par miracle, après que vos hommes de main m'eurent abandonné, j'ai compris que votre histoire était bidon, et que vous n'étiez pas celui que vous prétendiez être.

— Vous aurez du mal à le prouver.

— Comme je vous l'ai déjà dit, monsieur Fellows, ce n'est pas mon problème.

Je m'excusai et montai dans ma chambre prendre une douche, puis faire ma valise. Je ne voulais pas manquer le « Vol du Week-End du Plaisir » pour Los Angeles.

Losers' Town.
Traduction de Jean Esch.

LE MARCHAND DE MIRACLES

par JOHN COLLIER

Aussi nerveux qu'un jeune chat, Alan Austen gravit un escalier obscur aux marches craquantes du côté de Pell Street, et demeura un long moment à errer dans la pénombre du palier avant de trouver le nom qu'il cherchait, vaguement inscrit sur une des portes. Il ouvrit cette porte, comme on lui avait dit de le faire et, en pivotant, le battant lui révéla une pièce minuscule, meublée uniquement d'une table de cuisine, d'un fauteuil à bascule et d'une chaise en bois. Accrochées à un des murs d'un jaune sale, il vit deux étagères supportant environ une douzaine de flacons et de bocaux.

Assis dans le fauteuil à bascule, un vieil homme lisait le journal. Sans un mot, Alan lui tendit la carte qu'on lui avait donnée.

— Asseyez-vous, monsieur Austen, dit fort poliment le vieillard. Je suis très heureux de faire votre connaissance.

— Est-il exact, questionna Alan, que vous avez

une certaine drogue qui... euh... a des effets assez extraordinaires ?

— Cher monsieur, répondit l'autre, mon assortiment est réduit — je ne donne pas dans les baumes anti-douleurs ou les laxatifs — mais plutôt varié. Et rien de ce que je vends n'a des effets qu'on puisse qualifier d'ordinaires.

— Eh bien, il se trouve que... commença Alan.

— Ceci, par exemple, l'interrompit le vieil homme en prenant un des flacons se trouvant sur les étagères. C'est un liquide incolore comme de l'eau, et n'ayant qu'une faible saveur, absolument indécelable dans du café, du lait, du vin ou n'importe quelle boisson. Et il est tout aussi indécelable par n'importe quel procédé d'autopsie.

— Voulez-vous dire qu'il s'agit d'un poison ? s'exclama Alan, horrifié.

— Appelez ça un détachant, si vous préférez... Il détache de la vie.

— Mais je ne veux rien de tel ! protesta Alan.

— Alors, tant mieux pour vous, rétorqua son interlocuteur. Savez-vous quel en est le prix ? Pour une cuillerée à café — quantité largement suffisante — je ne peux pas demander moins de cinq mille dollars.

— J'espère que tous vos remèdes ne sont pas aussi coûteux ? s'enquit Alan d'un ton lourd d'appréhension.

— Oh ! grands dieux, non. Il serait vain de demander pareil prix pour un élixir d'amour, par exemple. Les jeunes qui sont en quête de ce genre de breuvage disposent rarement de cinq mille dollars. Sans quoi, ils n'auraient pas besoin d'un élixir d'amour.

— Ah ! vous me rassurez, dit Alan avec un soupir expressif.

— Moi, voilà comment je vois les choses, reprit le vieil homme. Si l'on donne satisfaction à un client pour un article, il reviendra quand il aura besoin d'autre chose. Même si c'est beaucoup plus cher. Au besoin, il économisera dans ce but.

— Ainsi donc, vous vendez vraiment des élixirs d'amour ?

— Si je n'en vendais pas, rétorqua le vieil homme en se saisissant d'un deuxième flacon, je n'aurais pas fait allusion à l'autre article. C'est uniquement quand on est en mesure de rendre service que l'on peut se permettre de telles confidences.

— Et ces... élixirs... Ce ne sont pas juste des... des...

— Oh ! non, coupa l'apothicaire. Ils ont un effet durable. Il ne s'agit pas de simples stimulants, encore qu'ils aient aussi cette propriété. Leur action est aussi nette que permanente.

— Oh ! fit Alan en s'efforçant d'affecter un détachement tout scientifique. Voilà qui est vraiment très intéressant.

— Il faut aussi considérer l'effet qu'ils ont sur le plan... spirituel.

— Certes, certes ! acquiesça Alan.

— Sous leur emprise, l'indifférence fait place à une dévotion de tous les instants ; au dédain, se substitue l'adoration. Administrez une pincée de ceci à la jeune dame — son goût est absolument imperceptible dans un cocktail, un jus d'orange, voire un potage. Et aussi frivole ou volage qu'elle puisse être, elle changera du tout au tout, ne souhaitant plus que se trouver seule avec vous.

— J'ai peine à le croire, déclara Alan. Elle n'adore rien tant que les sorties, les réceptions...

— Elle ne voudra plus en entendre parler, par

crainte des jolies filles que vous y pourriez rencontrer.

— Elle sera réellement jalouse ? s'exclama Alan, transporté. De moi ?

— Elle voudra être absolument tout pour vous.

— Elle l'est déjà. Seulement, ça lui est bien égal.

— Ce ne sera plus le cas, lorsqu'elle aura absorbé ceci. Elle tiendra intensément à vous. Elle n'aura plus dans l'existence d'autre intérêt que vous.

— Merveilleux ! s'écria Alan.

— Elle voudra savoir tout ce que vous faites, continua le vieil homme. Tout ce qui vous est arrivé dans la journée, jusqu'au moindre détail. Elle voudra que vous lui disiez à quoi vous pensez, ce qui tout à coup vous a fait sourire, ou pourquoi vous avez cet air triste.

— C'est ça, l'amour ! fit Alan, au comble de la joie.

— Oui, confirma le vieil homme. Vous verrez comme elle veillera sur vous. Elle prendra garde à ce que vous ne vous fatiguiez pas, ne vous asseyiez pas dans les courants d'air, ne mangiez pas n'importe quoi. Si vous êtes en retard d'une heure, elle sera au supplice, pensant que vous avez eu un accident, que vous êtes mort, ou bien alors que vous êtes tombé sous le charme de quelque sirène.

— J'ai peine à imaginer Diana se comportant ainsi !

— Vous n'aurez aucun effort d'imagination à faire, lui assura le vieil homme. Et à ce propos, comme l'on rencontre toujours des sirènes, s'il vous arrivait par la suite de commettre quelque écart, ne vous tourmentez pas : à la fin, elle vous pardonnera. Bien sûr, elle en souffrira terriblement, mais elle finira toujours par vous pardonner.

— Ça ne se produira jamais, déclara Alan avec ferveur.

— Non, bien sûr... Mais enfin, si cela se produisait, ne soyez pas inquiet. Elle ne demandera jamais le divorce. Oh ! Seigneur, non ! Et, il va sans dire qu'elle ne vous donnera jamais matière à divorcer, ni même à être jaloux.

— Et combien... combien coûte cette drogue merveilleuse ?

— Son prix est loin d'atteindre celui du « détachant », comme je pense que nous sommes d'accord pour l'appeler. Celui-là, c'est cinq mille dollars, pas un centime de moins. Il faut être plus âgé que vous ne l'êtes pour éprouver le besoin d'en user. Et il faut faire des économies pour se le procurer.

— Mais l'élixir d'amour ?

— Oh ! ça, fit le vieil homme en ouvrant le tiroir de la table de cuisine pour y prendre une petite fiole. Son prix n'est que d'un dollar.

— Je ne saurais vous dire à quel point je vous suis reconnaissant ! balbutia Alan tout en le regardant remplir la fiole.

— J'aime à rendre service, expliqua le vieillard. De la sorte, les clients reviennent par la suite, quand ils ont beaucoup plus d'argent et sont en quête de produits plus coûteux. Tenez, voilà... Vous verrez que c'est très efficace.

— Encore mille fois merci ! s'écria Alan. Au revoir !

— *A bientôt*, dit le vieil homme.

The Chaser.
Traduction de Maurice B. Endrèbe.

PEINE DE SUBSTITUTION

par Loren D. Estleman

L'appartement d'Elda Chase, à Iroquois Heights, était aménagé avec le maximum d'efficacité : aucun tapis, parquet en bois brut, beaux meubles ordonnés, semblait-il, suivant le tracé géométrique d'un labyrinthe de vieux manoir.

Ce jour-là, elle avait écarté les rideaux de la fenêtre d'où l'on apercevait le parc municipal et la statue de LaSalle les pieds contre un rocher, grattant sa tête inclinée au-dessus d'une carte déployée sur ses genoux.

Moi seul bénéficiais de cette vue ; Elda Chase était aveugle de naissance.

Mais à la façon dont elle se déplaçait, touchant à peine le dossier d'une chaise, effleurant une lampe, personne ne s'en serait douté. Affairée, elle saisit la théière qui sifflait, trouva les autres pièces du service, et vint déposer le plateau devant moi.

J'eus à peine le temps de me redresser du divan afin de servir, qu'elle me tendait déjà une tasse, remplissait la sienne, puis s'installait dans le fauteuil qui me faisait face.

Grande, la cinquantaine dépassée, les cheveux relevés en chignon, vêtue d'un corsage et d'une jupe longue assortie dont la couleur vermeille s'harmonisait bien avec son teint éclatant, elle portait des lunettes à monture de plastique rose, aux verres légèrement teintés, des perles aux oreilles, et des chaussures blanches à talons plats.

Je me demandai qui avait choisi l'ensemble.

Elda Chase, jambes croisées, balança la soucoupe et la tasse en équilibre sur un genou.

— Les pages jaunes en Braille paraissent plus tard que l'annuaire, dit-elle, j'avais peur que vous ayez changé de numéro de téléphone.

— J'ai toujours le même depuis douze ans. D'ailleurs rien n'a changé dans mon bureau pendant tout ce temps, sauf le papier peint.

— Quoi qu'il en soit, je vous remercie d'avoir accepté de venir, monsieur Walker. Vous êtes le quatrième détective que j'ai essayé de contacter. Le premier avait sa ligne coupée et les deux autres m'ont conseillé de m'adresser à diverses sociétés d'aide humanitaire. Ils voulaient aussi que j'affiche des avis de recherche un peu partout dans le voisinage. Comme si je pouvais sortir sans Max !

— C'est le nom de votre chien ?

— Oui, un berger allemand de trois ans. Lorsque ma chienne Lucy est morte, j'étais certaine de ne jamais retrouver un animal comme elle, mais Max est spécial. Il m'a accompagnée dans des endroits où je n'aurais jamais osé m'aventurer avec Lucy.

— Vous êtes sûre qu'il ne s'est pas enfui ?

— Les chiens dressés pour aider les aveugles ne se sauvent pas. Si vous avez des doutes, sachez que le cadenas du chenil a été cassé. Vous voyez, là-bas, dans le jardin ?

— Je vois une clôture métallique de près de deux mètres de haut. N'est-ce pas curieux pour un chien censé ne pas se sauver ?

— Je voulais surtout le protéger. Je sais qu'il y a des voleurs de chiens et que la police ne fait pas grand-chose, mais je n'aimais pas enfermer une bête de cette taille dans l'appartement. Là, il avait de la place.

Elda Chase leva la tête. Avec ses yeux, au regard éteint, elle avait l'air d'une lionne se chauffant au soleil.

— Vous retrouverez Max, monsieur Walker ?

— Il existe des professionnels sur le marché des animaux de race. Je peux toujours poser quelques questions, mais je ne vous promets rien. Je suis spécialisé dans la recherche des mammifères à deux pattes.

— J'aurais pu faire appel à ces gens qui gagnent leur vie en retrouvant les animaux, mais ils me déplaisent. Ils finiraient par me donner des remords pour ne pas mieux avoir surveillé Max.

Elle se dirigea à l'aveuglette vers la grande table, ouvrit le tiroir et me tendit une photographie en couleurs. Enveloppée dans un châle, elle tenait en laisse un berger allemand beige et noir.

Je la glissai dans la poche de ma chemise.

— Max a-t-il des marques particulières ?

— Voyons ! comment voulez-vous...

— Oh ! pardon, j'avais oublié...

— Je le prends pour un compliment. Je sais qu'il répond à son nom par un aboiement. Le son est tranchant.

Elle entreprit de me libeller un chèque.

— Vous demandez 750 dollars de provision, je crois ?

J'acquiesçai et le rangeai dans mon portefeuille.

— Je vous appellerai demain, madame Chase, à moins que j'aie du nouveau d'ici là.

— Merci. (Elle hésita.) Ce n'est pas seulement parce que j'ai besoin de Max... Je m'inquiète à son sujet.

— J'ai eu un chien dans le temps, dis-je, et il m'arrive encore de penser à lui.

— Je l'ai deviné d'après votre voix.

***

Mme Silcox, la propriétaire, vivait au rez-de-chaussée. C'était son fils, étudiant à l'université du Michigan, qui avait posé la clôture pour le chien de Mme Chase, sa plus ancienne locataire. Ils étaient absents tous les deux le jour où l'on avait brisé le cadenas.

Je me rendis ensuite au *Spectator* d'Iroquois Heights, porte-drapeau de plusieurs journaux appartenant à un politicien local et demandai le directeur. L'employé de la réception me désigna un homme bedonnant planté devant le distributeur d'eau.

Je m'approchai et me présentai :

— Amos Walker.

Il serra la main que je lui tendais.

— Rube Zendt. Reuben, à vrai dire, mais les prénoms étrangers n'inspirent guère confiance et les gens ne les retiennent pas.

Ses épais cheveux noirs grisonnaient aux tempes et sa bouche semblait trop petite au creux de ses joues rebondies.

— Je suis désolé de vous déranger pendant votre pause café.

— Pas besoin de vous excuser. Cet appareil filtre l'eau rouillée des tuyaux, je me contente de regarder les bulles. Vous voulez vendre, acheter quelque chose, monsieur Walker ? Ou vous voulez retrouver quelque chose que vous avez perdu ?

— Vous brûlez. Une vieille dame m'a chargé de retrouver son chien. Je me disais que vous pourriez m'aider.

— Je m'occupe seulement de passer les petites annonces des particuliers. Adressez-vous plutôt à Stillwell. Avec un peu de chance, il est peut-être encore au commissariat à cette heure-ci. C'est là qu'il obtient ses tuyaux.

— Où puis-je le joindre le reste du temps ?

Il sourit.

— Je vois que vous connaissez notre ville. Mais la situation s'améliore depuis que Mark Proust prend son rôle au sérieux.

— Ce qui signifie ?...

— Son rôle de chef de la police. Il passe la majeure partie de ses journées à son bureau. Dites à Stillwell que c'est moi qui vous envoie.

* * *

Les locaux de la police occupaient tout le premier étage d'un immeuble à l'angle de l'avenue principale. J'eus froid dans le dos lorsque j'y entrai — la climatisation qui, en ce mois d'août, fonctionnait au maximum, n'était pour rien dans cette baisse subite de ma température. D'anciens souvenirs me revenaient en mémoire.

Au début des années 70, une violente polémique concernant les autobus atteignit son apogée quand, en guise de protestation, un groupe de citoyens renversa un car rempli d'écoliers.

Je pensai que certains d'entre eux étaient actuellement ici. Ils avaient établi les lois et veillaient à ce qu'elles soient appliquées par tous les membres de la maison, du procureur au dernier des contractuels.

Lorsque je dis au brigadier de service que je voulais parler à Stillwell de la part du *Spectator*, il pointa un œil sur moi tandis que l'autre se promenait du côté de la salle de police.

— Il est là-bas.

A Detroit, il n'aurait jamais été accepté avec un tel handicap.

J'allai dans la direction indiquée. Au fond de la salle, deux agents en uniforme d'été, le regard paillard, faisaient des ronds de jambe à un homme complètement chauve dont le blouson de coton était tout fripé. Il dut lâcher une bonne plaisanterie ; les flics ouvrirent des bouches aussi larges que des fours et éclatèrent de rire.

— Monsieur Stillwell ?

Les rires cessèrent comme les sons d'une cloche qui arrête de se balancer en milieu de parcours. Les agents me toisèrent. Le troisième larron était encore égayé par sa remarque sans doute égrillarde.

— Qui êtes-vous ?

— Je m'appelle Amos Walker. Rube Zendt m'a dit que je m'adresse à vous pour...

— Venez dans mon bureau.

Il poussa la porte des toilettes, s'appuya contre la paroi du box d'un urinoir, et attendit. La trentaine — plus jeune que le laissait prévoir son crâne tondu — sans la moindre trace de sourcil, il avait des yeux bleu clair, un visage lisse, un air innocent. Il gardait cet air en racontant ses histoires salaces. Le contraste déclenchait les rires même pour les plus éculées.

J'y allai de ma propre histoire, bien que d'un genre différent.

— Les bergers allemands ne sont guère demandés, surtout ceux qui n'ont pas de papiers. Pendant la ruée vers l'or en Alaska, il existait un trafic de chiens de traîneaux, mais c'est terminé depuis des lustres.

— Il s'agit d'un chien d'aveugle. Un marché important.

— Dirigé par d'importantes organisations. Elles n'ont pas besoin de chiens volés. Si quelqu'un essaie d'en vendre un sans être capable de fournir son certificat de pedigree, il a intérêt à inventer une bonne raison, surtout si l'animal est déjà dressé. Conseillez à votre cliente de voir Rube. Il mettra une annonce en signalant qu'il y aura une récompense. Quant à vous, restez donc chez vous et attendez la réponse.

— Rester chez moi ne me pose pas de problème.

— Je m'en serais douté. Je regrette de ne pouvoir vous aider.

— Et qu'en est-il des combats de chiens ?

— Il n'y en a pas dans cette ville.

— Peut-être dans les environs ?

Il croisa les bras. Je vis qu'il commençait à mordre à l'hameçon.

— Ce racket est de la foutaise, à présent. Quel type s'y intéresserait ?

— A vous de me le dire.

Je lui tendis vingt dollars. Il les roula en boule et les fourra dans la poche de son blouson.

— Peut-être Henry Revere, le gardien de l'ancien collège. Mais il ne travaille là-bas que dans la journée.

— Et la nuit ?

Il haussa les épaules.

— Ce sont ses affaires.

— Le conseil d'administration sait-il qu'il a une autre occupation ?

— Tout le monde sait ce qui se passe ici, sauf les gens qui paient des impôts pour vivre tranquilles.

— Je vous remercie.

Je lui remis ma carte. Il la glissa également dans sa poche sans lui accorder un regard.

Le sergent suivit mon départ d'un œil. Le second était fixé sur le pantalon jaune d'une femme qui venait porter plainte.

***

L'ancien collège était un pavillon en brique de trois étages avec des fenêtres à meneaux et un escalier de secours à l'arrière. Depuis la construction de la nouvelle école, ce bâtiment abritait les services administratifs du district. Une salle servait de bureau de vote durant les élections.

En cette période de vacances, je ne trouvai qu'un vieil homme de couleur vêtu d'une salopette verte et qui encaustiquait le sol de la salle de gymnastique. Il m'aperçut, stoppa la cireuse électrique et me cria :

— C'est pas sec ! Marchez pas là-dessus !

Je m'arrêtai et il s'avança vers moi en traînant la jambe. La semelle d'une de ses chaussures de tennis était deux fois plus épaisse que l'autre.

— Vous savez pas comme c'est difficile d'enlever les marques des talons, m'sieu.

— Excusez-moi. (Je lui montrai ma licence de détective.) Êtes-vous Henry Revere ? Je recherche un berger allemand qui s'appelle Max et on m'a dit que vous étiez de la partie.

— Celui qui vous a dit ça est un menteur. Pourquoi je m'occuperais de chiens ? Mon travail à l'école me suffit.

— Pourtant, vous avez des poils de différentes couleurs sur votre pantalon, à moins... que ce soit les cheveux de vos petites amies.

Il regarda sa salopette, releva vivement la tête. Trop tard ! je l'avais eu. Ses traits se contractèrent comme s'il venait de recevoir un coup de poing.

— Vous n'avez pas le droit... D'abord, qui vous a permis d'entrer ?

J'exhibai deux billets de dix dollars. Il ne leur jeta même pas un coup d'œil.

— J'ai un job, m'sieu, et un bon job. Je dois penser à ma femme qui est malade et à mon garçon. Je ne vais pas perdre ma place pour si peu de fric. Vous feriez bien de vous en aller ou j'appelle la po... la police.

Je rentrai l'argent dans mon portefeuille.

— De quoi avez-vous peur ?

— D'être au chômage. Peut-être que vous n'y avez jamais été inscrit ?

***

Je regagnai mon bureau dans le centre de Detroit et téléphonai à Elda Chase. Personne ne l'avait contactée pour échanger Max contre une récompense.

Ensuite, j'appelai successivement trois sociétés d'aide humanitaire. On me proposa un berger allemand femelle, un bâtard, et en dernier, je subis un cours sur l'importance de castrer les animaux domestiques. Soixante dollars pour une castration.

J'allai dîner dans un restaurant près de mon bureau. A peine étais-je revenu que le téléphone sonna. Je décrochai et dis plusieurs fois « allô » avant que mon interlocuteur à l'autre bout du fil se décide à parler.

— Walker ? finit-il par demander.

— Oui, c'est moi.

Une seconde pause.

— Ici Ed Stillwell, du *Spectator*. Vous vous rappelez ?

— Bien sûr. Qu'y a-t-il ?

Stillwell semblait avoir passablement bu.

— Bon... Écoutez, Walker, oubliez ce que je vous ai dit au... au sujet de Henry Revere. C'était un faux tuyau.

— Je ne crois pas. Il s'est trahi et m'a semblé effrayé dès que j'ai parlé de chien.

Un silence étouffé, comme si quelqu'un avait posé la main sur le combiné. Puis :

— Oubliez tout ça, okay ? Je vous ai donné ce nom à... à cause de l'argent. Parce que je dois verser tous les mois une pension alimentaire à mon é... épouse. Il n'y a pas de quoi s'humecter le gosier avec ce que je sais sur ces combats de chiens.

— D'accord.

— Alors, c'est... okay.

Après plusieurs essais, il parvint à raccrocher.

Je m'assis et fumai deux cigarettes avant de rentrer chez moi.

***

« ... porte à croire que le mobile était le vol. Comme nous l'avons annoncé dans notre émission précédente, le journaliste Edward Stillwell a été transporté ce matin à l'hôpital de Detroit. Il souffre de multiples contusions et son état est critique. La police d'Iroquois Heights l'a découvert inconscient dans une impasse près de l'immeuble du *Spectator.* »

Je venais de brancher la radio tout en préparant mon petit déjeuner et j'avais manqué le début. J'essayai les autres stations sans aucun résultat. J'appelai le journal ; la ligne était occupée.

Je me contentai d'une tasse de café et quittai l'appartement. En sortant du parking, j'aperçus une Chrysler bleu foncé équipée de deux puissants projecteurs. Elle prit le virage derrière moi.

Elle me suivait toujours lorsque je parvins à me garer devant le *Spectator.*

Apparemment, tous les employés étaient rivés à leurs téléphones. J'allai m'asseoir en face de Rube Zendt. Il posa le combiné de son appareil et secoua la tête.

— Ces fichus types de *Free Press* ! Ils veulent tout savoir sur Stillwell avant même que nous ayons pondu l'article. Ils ont l'air de croire que c'est eux qui ont écrit le premier amendement de la Constitution.

— Où se trouve le bureau de Stillwell ?

— Pourquoi ? Vous avez des raisons de vous intéresser à lui ?

— J'en ai plusieurs. (Je comptai sur mes doigts.) Stillwell m'a signalé un homme qui pourrait être mouillé dans le vol du berger allemand de ma cliente. Un sergent de police nous a vus parler ensemble. Hier soir, Stillwell m'a téléphoné. Il était soûl et voulait absolument que j'oublie ce qu'il m'avait dit sur cet homme. Et ce matin, les flics le tirent d'un cul-de-sac.

— D'une impasse.

— A Detroit, on dit cul-de-sac. Peu importe, je

n'ai pas terminé. Tout à l'heure, une voiture m'a filé jusqu'ici. On aurait aussi bien pu peindre en grosses lettres sur sa portière : VÉHICULE DE POLICE BANALISÉE. Quelqu'un est en train de paniquer. Et je veux savoir qui a fichu la frousse à Stillwell. Il a peut-être gardé des notes, ce qui est normal pour un journaliste.

— Impossible de vous permettre de fouiller son bureau, dit Rube. Il vous faut l'autorisation de Stillwell. Mais comme il est à l'hôpital, voyez George Strong. C'est le propriétaire du journal.

— Je sais qui est Strong. Où puis-je le trouver ?

Des éclats de voix nous parvinrent de la réception. Une frêle jeune femme tentait de barrer l'entrée de la salle de rédaction à deux costauds qui l'écrasaient de toute leur hauteur.

— Laissez-nous passer, madame ! cria celui qui portait d'épaisses moustaches. Nous recherchons un individu accusé de voies de fait sur Stillwell...

Le second type, qui avait les cheveux coupés en brosse et une nuque de taureau, me repéra et pointa le doigt dans ma direction.

— Le voilà !

Je bondis de ma chaise.

— La sortie de secours ?

Rube Zendt lança son pouce par-dessus son épaule.

— Là, dans le fond. Bonne chance, Walker.

Il me serra la main et me glissa une carte de visite.

Les détectives pénétrèrent dans la salle de rédaction, se cognant contre les bureaux des journalistes. Je courus à la porte, la poussai, contournai l'immeuble et grimpai dans ma voiture. Le moustachu avait fait demi-tour et obstruait l'entrée principale. Trop tard !

Je démarrai sans prendre le temps de fermer la

portière qui érafla le ciment. Dans le rétroviseur, je le vis sortir son revolver. Il visait mes pneus, mais son partenaire arriva derrière lui et le heurta au coude.

J'étais à quatre pâtés de maisons quand j'entendis hurler leur sirène. Je reculai dans une ruelle et les regardai passer en trombe. Puis je lus la carte où était imprimé le nom de George Strong, son numéro de téléphone et son adresse : Lake Shore Drive à Grosse Pointe Farms.

Je patientai jusqu'à ce que le bruit de la sirène s'estompe et repris la route, la tête rentrée dans les épaules tant que je ne fus pas hors des limites d'Iroquois Heights.

***

Le domaine faisait face au lac Saint-Clair. La longue allée serpentait au milieu d'une pelouse aussi vaste qu'un terrain de golf et encore plus vert. Elle conduisait à une immense demeure de style aristocratique en pierre de couleur brune comme on les construisait à la fin du XIXe siècle.

Je serrai ma Chevy entre les voitures de marque allemande et me dirigeai derrière la maison d'où parvenait de la musique. J'aurais peut-être dû emporter un panier à pique-nique ?

Les gens riches ne sont pas toujours en train d'organiser des réceptions mais, fait curieux, vous n'arrivez à les joindre chez eux qu'à ces moments-là. Celle-ci se déroulait autour de la piscine. Les invités en maillots de bain, robes décolletées de haute couture ou blazers en soie, n'étaient qu'une fois et demie plus nombreux que l'escouade de serveurs. Il y avait un petit orchestre de seulement seize musiciens.

George Strong étant propriétaire de plusieurs journaux et d'une chaîne de télévision, c'était bien le moins que ceux qui travaillaient sous ses ordres publient sa photo en première page et l'interviewent sur le petit écran pendant ses deux campagnes électorales — soldées par deux échecs.

Je n'eus donc aucun mal à le reconnaître. De plus, il dépassait tout le monde d'une bonne tête. Ses cheveux blancs ressemblaient à de l'étoupe et son visage ridé avait la teinte du bronze.

Je m'insérai dans le groupe qui l'entourait et me présentai.

— Nous nous sommes déjà rencontrés, monsieur Walker ?

Strong paraissait plus âgé que sur ses affiches publicitaires. La chair pendait sous son menton et sa figure commençait à se boursoufler.

— Je suis là au sujet de votre reporter, Ed Stillwell.

— J'ai entendu la nouvelle à la radio. C'est terrible ! Il n'était pas en service, mais le journal assumera tous les frais, évidemment. J'ai cru comprendre qu'il avait bu lorsqu'on l'a attaqué pour le voler ?

— Personne ne l'a attaqué pour le voler, monsieur Strong. Je pense que ce sont des policiers qui l'ont frappé.

— Excusez-nous, messieurs...

Il posa la main sur mon bras et m'entraîna à l'intérieur de la maison. La pièce où il me fit entrer respirait l'opulence : murs lambrissés de vieux chêne, cuir rouge, bibliothèque aux livres reliés qui n'avaient sans doute jamais été ouverts ; sur une étagère une quantité de photos où George Strong serrait les mains de personnages en vue.

Il s'installa à son bureau Empire, m'indiqua le siège en face de lui. Pendant que je lui expliquais toute l'histoire, il tapota machinalement la chair flasque de son menton.

— C'est ridicule, dit-il lorsque j'eus terminé. Les policiers d'Iroquois Heights ne sont pas des brutes.

— Deux d'entre eux viennent d'essayer de m'arrêter au *Spectator* en m'accusant d'être l'agresseur de Stillwell. Et ils n'avaient aucun mandat. Ils me suivaient depuis mon appartement. J'habite Detroit qui n'est pas dans leur juridiction. J'ai eu votre adresse par Rube Zendt. Appelez-le si vous ne me croyez pas.

— Inutile. Je vais vous dire une chose, monsieur Walker, je ne supporte pas qu'on brutalise mes reporters. Vous vouliez fouiller le bureau de Stillwell, n'est-ce pas ?

J'acquiesçai.

Il écrivit quelques lignes sur une feuille et me la tendit.

— Remettez ceci au journal et on vous laissera entrer. Et je vous offre deux fois plus que la vieille dame si vous cessez de rechercher ce chien. Découvrez plutôt qui a blessé Stillwell.

— Économisez cet argent, monsieur Strong. Il peut vous servir lorsque vous lancerez votre prochaine campagne. J'ai le pressentiment que ces deux affaires sont liées. Quand je saurai qui a volé le chien, j'aurai l'agresseur de Stillwell.

***

Je retournai au *Spectator* et arrêtai la Chevy au coin de l'immeuble. Le moustachu se trouvait au volant de la Chrysler garée en face. Cela signifiait que son partenaire surveillait la porte de derrière.

Je me précipitai dans le magasin de vêtements juste à côté du journal. Le vendeur était occupé avec un client qui choisissait une cravate. J'empruntai la sortie de secours, sachant que je déclencherais le système d'alarme.

Tout marcha comme prévu. La sonnerie stridente tira le moustachu de sa voiture et il s'élança dans le magasin.

La voie était libre. Cinq minutes plus tard, je présentai l'autorisation de Strong à la réceptionniste du *Spectator* qui m'indiqua le bureau de Stillwell. Les reporters amassent autant de provisions que les écureuils. Pendant que j'épluchais une tonne de notes, Rube Zendt me rejoignit.

— Les flics sont ici, dit-il.

— Vous les connaissez ?

— Oui, celui avec des moustaches est le sergent Gogol et le poids lourd s'appelle Joyce. Vous savez ce que nous allons faire ? Quand vous aurez fini, signalez-le-moi discrètement et enfermez-vous dans les toilettes. Je trouverai un moyen pour les attirer dans le hall et vous filerez par la porte de derrière. J'espère que ça réussira encore cette fois.

— Dans quels termes êtes-vous avec Stillwell ?

— Je ne peux pas sentir ce fils de garce, mais nous sommes reporters, ce qui crée des liens.

Je fis enfin une découverte que j'estimai intéressante. Un bout de papier agrafé à la moitié d'un billet de cinquante dollars et sur lequel Stillwell avait griffonné : *21 h. — 8.8. — Ancien collège*. Nous étions justement le 8 août. Il devait certainement aller là-bas ce soir.

J'empochai le billet, attirai l'attention de Rube et me bouclai dans les toilettes.

***

Je passai le reste de la journée dans un motel de

Detroit au cas où les deux énergumènes se présenteraient à mon domicile ou à mon bureau. De là, je téléphonai à Elda Chase, l'assurai que je continuais à m'occuper de son affaire. Elle n'avait toujours aucune nouvelle de Max.

Je commandai une pizza, dînai dans ma chambre devant la télévision et quittai le motel à 20 h 30.

La façade de l'ancien collège était illuminée comme pour fêter le retour de l'enfant prodigue. Un garde de la sécurité en uniforme kaki me barra le passage, s'informant si je venais assister à la réunion de parents d'élèves. Je lui montrai le demi-billet de cinquante dollars. Il vérifia si la moitié qu'il possédait correspondait à la mienne, et conserva le tout.

— Vous êtes Ed. Stillwell ?

— Oui.

— Je croyais que vous étiez à l'hôpital ?

— Je viens de sortir.

Je passai devant lui avant qu'il ne me pose d'autres questions. Une réunion avait effectivement lieu quelque part. Des bruits de conversations animées résonnaient sous les hauts plafonds.

D'instinct, je me dirigeai du côté opposé vers une porte au signal lumineux éteint. Le battant poussé, j'entendis des sons curieux, différents de ceux de tout à l'heure, moins policés — ils n'avaient presque rien d'humain.

Je franchis une seconde porte, en acier celle-là. Une pancarte indiquait : SALLE DES CHAUDIÈRES. Je baignai aussitôt dans une chaleur tropicale. Je me trouvais sur une passerelle et m'avançai au bord. En contrebas, une vingtaine d'hommes en maillots de corps ou torses nus, accroupis en cercle, poings tendus, hurlaient des menaces à deux chiens en train de s'entre-tuer.

D'après leurs grognements féroces, je compris que le combat débutait seulement, pourtant du sang maculait déjà le sol cimenté.

Penché à la balustrade, j'essayais de distinguer les traits des parieurs lorsque la porte s'ouvrit derrière moi. Je me hâtai de reculer, me tassai contre le mur dans un recoin sombre tapissé de toiles d'araignée.

Je n'avais pas voulu passer prendre mon revolver chez moi et, maintenant, je le regrettais.

Deux hommes se postèrent à la place que j'occupais l'instant d'avant. Je reconnus le vieux Noir Henry Revere, toujours en salopette verte. L'autre avait aussi les cheveux gris, mais plus grand, et de race blanche, il était vêtu d'un costume d'été coupé de façon à camoufler son embonpoint.

Il me tournait le dos, si proche que j'aurais pu lui souffler dans le cou. Malgré l'obscurité, j'avais l'impression de l'avoir déjà vu.

— Qui est ce chien noir ? s'enquit-il.

Cette voix râpeuse me disait également quelque chose...

— C'est Bart, un nouveau, répondit Revere.

— Il ne fait pas le poids dans un combat aussi dur. Au bout de cinq minutes, il va lâcher. Ces bergers allemands sont des lavettes. Je vous avais dit de ne plus en acheter.

— Je prends ce qu'on m'amène, se défendit Revere. Nous sommes à court de chiens.

— Aucune importance ! Vendez ceux qui vous restent. Je laisse tomber ces combats.

— Et les autres ? Ils ne me plaisent pas. Si les flics s'en mêlent, il y aura du grabuge, avec un grand G.

— Vous oubliez que la police, c'est moi, Revere.

— Ouais, mais qu'est-ce qui arrivera si les types

que vous arrêtez parlent à la presse de ce qu'on leur propose ?

Le Blanc fit entendre une petite toux sèche.

— Pourquoi le feraient-ils ? On leur offre une chance de ne pas aller en prison à Jackson. Ils devraient plutôt nous remercier.

— Pas s'ils sont à demi morts comme Stillwell.

— Gogol et Joyce se sont emportés. Ils devaient juste lui donner une leçon, au besoin lui casser une ou deux côtes. Quoi qu'il en soit, il a eu ce qu'il mérite pour avoir la langue trop longue.

— C'est bien ce que je crains, s'obstina Revere. Un de ces sales mecs peut suivre son exemple. En plus, il y a le détective.

— Mes hommes le surveillent. Il ne peut pas faire un pas sans que je le sache. On va lui rogner les ailes.

— N'empêche que je me sentirai soulagé quand il sera définitivement hors circuit, chef.

Un aboiement déchira l'air, suivi d'un long silence.

— Là, j'avais raison, Revere, dit l'homme. Ce clébard n'a pas tenu longtemps...

La porte s'entrouvrit. Je me tassai davantage contre le mur. Ils se retournèrent et je vis le profil du chef de la police, Mark Proust. Il avait le teint aussi gris que son costume.

— Chef, ce type... ce Stillwell, il est ici, lâcha d'une voix étouffée le garde de la sécurité. J'ai pensé qu'il valait mieux vous prévenir...

— Impossible ! De quoi a-t-il l'air ?

— Un grand brun, dans les 85 kilos.

— Ce n'est pas...

Je repoussai le battant d'un coup d'épaule, empêchant le garde d'entrer, tandis que je projetais Proust contre la rambarde. Revere s'approcha en boitant ; je l'écartai, expédiai un crochet du droit au garde. Il manqua de peu son menton, mais ricocha en travers de sa gorge, lui coupant la respiration. Il perdit l'équilibre, s'étala de tout son long. Je sautai par-dessus son corps.

— C'est Walker ! cria Proust. Tirez ! Tirez donc !

Je volai littéralement à travers une porte battante. Un coup de feu éclata et la balle brisa une cloison vitrée. Je tentai de gagner le hall, mais le garde avait dû fermer à clef derrière lui. Celui-ci me talonnait de près, l'arme au poing.

Je courus sous une voûte, tête baissée, butai contre le début d'un escalier que je n'avais pas remarqué dans l'obscurité. Je grimpai les marches deux par deux. Une seconde balle siffla à mon oreille et s'enfonça dans le mur de brique sur ma droite.

Je continuai à courir, toujours à l'aveuglette. Les pas de mon poursuivant se rapprochaient. Je heurtai un panneau, tâtonnai fébrilement le long de sa surface, agrippai une poignée et la tournai.

Je débouchai à l'air libre. Le froid me saisit. Le clair de lune me permit de me rendre compte que j'étais sur le toit, les lumières d'Iroquois Heights éparpillées à mes pieds.

A présent, je parvenais à m'orienter et mis le cap sur le toboggan d'évacuation en cas d'incendie.

Au moment où je posais le pied sur le rebord, le garde émergea. Il s'arrêta brusquement et leva son arme.

En un éclair, je compris la gravité de la situation.

L'intérieur du conduit métallique sentait le renfermé. Les oreilles bourdonnantes, je glissais dans un tunnel comme cela arrive parfois dans les mauvais rêves. Je touchai enfin le sol, secouai mon inertie et, recouvrant un semblant de stabilité, parvins à me mettre debout. Mais Joyce m'attendait.

Il fit pivoter son corps massif, tendit le bras en poussant un grognement.

J'eus l'impression que ma tête explosait. Cette fois, je dégringolai dans un puits sans fond.

***

La nausée me tira de mon inconscience. J'avais un mal de tête atroce. Il me semblait qu'un ballon oscillait dans mon crâne. Je réussis à soulever les paupières. J'étais allongé dans le noir et ça empestait autour de moi. Les aboiements continus, tout près, me renseignèrent sur l'origine de cette odeur insoutenable.

J'étais dans un chenil — pas au beau milicu des chiens — mais tout près de cages. Les plus tranquilles pressaient leurs museaux contre les barreaux. Les autres, yeux exorbités, s'y ruaient et essayaient de ronger le fer.

J'avais les bras ankylosés. Impossible de les remuer. Je m'aperçus alors que mes poignets étaient attachés derrière mon dos avec des menottes et mes chevilles avec un fil électrique qui m'entrait dans la chair.

Je roulai sur le ventre, cambrai les reins et m'agenouillai. La douleur vrilla mes tempes.

Un cliquetis de clef, un courant d'air, une lumière vive qui dansait sur les murs en tôle ondulée... Je levai la tête et regardai Mark Proust, debout devant moi. La lueur crue de sa lampe tempête éclairait sans merci les poches sous ses yeux et sa mine d'un blanc crayeux.

— Détachez-lui les jambes, dit-il. De toute façon, il ne peut pas aller loin.

Quelqu'un trancha le fil et je me redressai maladroitement. Le sang recommençait à circuler, mais j'avais toujours les menottes.

— Nous ne nous sommes pas vus depuis quand, espèce de fouineur ?

Je ne répondis pas. Joyce rejoignit Proust et referma son couteau à cran d'arrêt. Sa coupe en brosse donnait à sa tête un air inachevé, comme une sculpture en bois dont on aurait ébauché les traits sans terminer le reste.

— Faites taire les chiens ! ordonna Proust.

Je n'avais pas vu que Revere était là aussi. Il lança un coup de pied dans la cage du molosse qui faisait le plus de bruit. L'animal se tut, recula en montrant les crocs. Le Noir ébranla une autre cage. Son occupant hésita, se jeta contre les barreaux. Revere frappa encore. Le chien jappa et se tapit au fond de la cage — ses yeux luisaient dans l'ombre. Il n'y eut plus que quelques cris plaintifs.

— Vous qui êtes si curieux, Walker, vous savez où nous sommes ? demanda Proust.

— Peut-être à l'École de police d'Iroquois Heights ? Mes compliments pour vos nouvelles recrues.

— Très drôle ! J'ai préparé ce petit nid pour quand je prendrai ma retraite. Quatre hectares à une dizaine de kilomètres d'Iroquois Heights. L'ancien collège n'est pas mal, mais trop près de la ville.

— Pourtant, vous avez là une bonne façade. Même si les combats de chiens sont découverts, ils ne constituent pas un délit trop grave. Et pendant ce temps, personne ne pense à chercher ce qui se passe ici...

— Que se passe-t-il ici ?

Je gardai le silence. Proust sourit aux deux autres.

— Imaginez un peu ! Nous avons là un détective privé qui se croit très malin. Seulement, je ne suis pas dupe. En jouant les imbéciles, il espère qu'on l'épargnera. Ce qui prouve qu'il est réellement un imbécile.

Je haussai les épaules.

— C'est bon ! D'après ce que j'ai entendu, je sais que vous organisez également des combats entre les malfrats que vous arrêtez. En retour, vous leur promettez de les relâcher ou de glisser un mot au juge en leur faveur. Les paris doivent être plus gros sur les hommes que sur les chiens. Vous vous taillez une belle part du gâteau, dites donc ?

— Spécialement lorsqu'il y a un Blanc contre un Noir. Beaucoup de résidents ont quitté Detroit à cause des Noirs. Ne vous vexez pas, Henry.

— Je suis étonné que vous n'en ayez pas offert un à Stillwell.

— Il se serait allongé en deux minutes. Gogol et Joyce l'ont presque tué sans qu'il réagisse. Quant à vous... je vous réserve une surprise.

— Je me demandais quand vous alliez y venir.

— Vous pouvez gagner, on ne sait jamais !

— Contre quoi ? Une balle perdue ?

— Mettez-vous en train, en attendant. Il manque encore du monde. Je vous enverrai chercher.

Il s'en alla, suivi par Joyce et Revere.

J'examinai les lieux — une ancienne grange consolidée par des poutres. Un rayon de lune filtrait entre deux tuiles du toit. Les portes des cages étaient fermées par de simples loquets. J'entrepris de les tirer sans les dégager complètement.

Je travaillais le dos tourné, tout en espérant que les chiens ne me mordraient pas les doigts. Il suffisait qu'ils se précipitent contre les portes et elles s'ouvriraient à la première secousse.

Il ne restait plus que deux cages qui contenaient des bergers allemands. L'un avait l'air d'être celui d'Elda Chase.

— Max !

Il répondit par un aboiement bref — tranchant, m'avait signalé sa maîtresse. L'autre s'était contenté de me regarder en grondant. Ils seraient plus en sécurité enfermés et je ne touchai pas aux loquets.

Nerveux, je me sentais incapable de tenir en place et j'aurais bien aimé fumer une cigarette. Mais je m'assis, demeurai immobile. Je ne pouvais pas courir le risque d'effrayer des chiens qui, à tout instant, avaient la possibilité de bondir hors de leurs cages.

Je passai un moment interminable à contrôler ma respiration. Pour faire bonne mesure, j'étais tout en sueur.

Je me levai sans précipitation à l'entrée de Gogol et Joyce. Le moustachu braqua son arme sur moi tandis que son partenaire me faisait sortir.

***

De nombreuses voitures étaient arrêtées devant une sorte d'entrepôt métallique. Nous croisâmes Henry Revere qui retournait au chenil.

A l'intérieur, des ampoules accrochées le long du mur projetaient une lumière aveuglante sur les hommes — et quelques femmes — entassés sur les gradins. Devant eux : une piste ronde, profonde, entourée d'un rebord en ciment. Excités, ils faisaient un vacarme terrible qui s'amplifia à notre arrivée. L'odeur, aussi puissante que celle du chenil, me parut plus fétide et m'écœura davantage.

Proust plastronnait au premier rang.

Joyce ôta mes menottes. Au milieu de la piste, se tenait un grand Noir, tondu, le visage osseux, le torse musclé et huilé. Il leva des yeux jaunâtres sur moi pendant que je frictionnais mes poignets.

Joyce m'expédia d'une poussée dans l'arène. Le Noir m'attrapa aussitôt, m'envoya valser contre la paroi en béton. La foule s'esclaffa. Il chargea encore, sans me permettre de reprendre haleine. J'esquivai. Sur sa lancée, il évita de cogner dans le mur, tête la première, en s'arc-boutant avec les mains, recula, puis me fit face.

Je l'attendais, me mis à frapper partout où je le pouvais, l'atteignis sous le menton. Il secoua la tête, c'est tout. Je m'apprêtai à lui porter un gauche, mais il l'intercepta dans son énorme poigne, et abattit l'autre sur ma tempe.

J'exécutai une marche arrière, le temps d'ajuster ma vue. Il revenait déjà à l'attaque. Je lui décochai un coup de pied à l'aine, martelai sa poitrine à coups de poing. Il n'avait rien d'un boxeur professionnel et négligeait de se protéger. D'ailleurs, était-ce nécessaire ?

Il m'encercla la nuque, me renversa la tête.

— Excuse-moi, mec !

Je vis venir le coup, et en plein visage. Mais, surpris par le cri aigu d'une femme qui dominait les autres, il eut une seconde d'hésitation. Je saisis ma chance, levai les deux poings. Mon uppercut lui dévissa le cou, fit craquer sa mâchoire. La douleur le força à relâcher l'étreinte qui me broyait la nuque.

Je donnai de la tête dans sa poitrine. Sonné pour le compte, il chancela, s'éloigna de quelques pas, crachota quelques dents.

La foule hurla de plus belle. Nous n'étions pas en cause. Henry Revere, en sang, la salopette déchirée, poursuivi par une meute déchaînée, courait vers les gradins. Les chiens semèrent une effroyable panique parmi l'assistance. Ils hurlaient à mort, enfonçaient leurs crocs dans les jambes, dans les bras de ceux qui ne pouvaient s'échapper assez vite, leur sautaient à la gorge.

Accès de démence collective. Les hommes fous de terreur, les chiens fous de rage d'avoir été enfermés dans les cages, privés de nourriture, maltraités.

Un molosse, les yeux flamboyants, bondit dans la fosse et atterrit sur mon adversaire encore groggy. Avant qu'il ait la gorge déchiquetée, j'assenai mon bras comme une massue sur le crâne de l'animal. Il s'effondra les quatre pattes en l'air.

— Ça va ? demandai-je. Qu'est-ce qu'ils t'avaient promis ?

— Je crois... Ils m'ont promis la liberté surveillée.

— Eh bien, fais-moi la courte échelle et tu pourras peut-être l'obtenir.

Il s'exécuta. Une fois sur le rebord, je lui tendis les mains et l'aidai à remonter. Les gradins étaient clairsemés. Les flics de service avaient abattu un chien, mais le coup de feu était passé inaperçu dans la confusion générale. Un autre léchait du sang sur son museau.

Je ne voulus pas en voir davantage et entraînai mon ancien adversaire dehors. A présent, c'était là qu'il y avait du danger. Les voitures se carambolaient sur l'aire de stationnement peu prévue pour ce genre d'acrobaties. Il régnait aussi une complète débandade parmi les gens à pied et les chiens.

J'entendis le bruit d'une sirène. Qui avait bien pu appeler la police ? Et quelle police puisque son chef assistait au spectacle ?

Il passa justement sous les lumières de l'entrée au volant d'une Cadillac marron. Je le désignai au

Noir et nous courûmes derrière lui. Ayant les jambes plus longues que moi, mon compagnon fut le premier à le rattraper au milieu de l'embouteillage des véhicules aux portières défoncées et aux phares brisés. Il éjecta Proust d'une seule main, le fouilla, sortit un revolver et le frappa avec la crosse. Je finis par lui arracher le chef de la police ainsi que son arme. Quant à la Cadillac, elle continua sa route sans chauffeur ; le moteur cala devant le chenil.

La voiture du shérif du comté s'arrêta à notre hauteur. Un suppléant en descendit et nous tint en respect.

— Police ! Ne bougez plus et lâchez votre arme.

J'obtempérai.

George Strong ouvrit la portière côté passager et nous rejoignit.

— C'est bon, M. Walker travaille pour nous.

— Et l'autre ?

— Il m'a aidé, dis-je.

Le regard de Strong s'attarda un instant sur Proust à demi inconscient, puis il expliqua :

— J'ai obtenu des renseignements en soudoyant le gardien de l'ancienne école. Je me suis rappelé que j'étais journaliste et que le plus grand scoop de l'année risquait de m'échapper. Qui a attaqué Stillwell ?

— Le sergent Gogol et le lieutenant Joyce. Sur ordre de Proust.

— Vous avez finalement trouvé le chien de la vieille dame ?

J'indiquai le chenil.

— Il est là-dedans. En fait, il y a deux bergers allemands enfermés dans des cages. Allez-y doucement avec eux.

Strong sourit.

— On dirait que vous aimez les chiens.

— Seulement celui appelé Max.

Je m'éloignai, pressé de quitter les lieux et de respirer un peu d'air frais.

Dogs.
Traduction de Dominique Sidot.

UNE HISTOIRE A PLEURER !

par FRED HAMLIN

Mon client, Tom Spanner, ne faisait ni plus ni moins que son âge, mais seulement ses dix-neuf ans, et il avait l'air plutôt fatigué. Ses cheveux blonds auraient besoin d'une bonne coupe avant que des jurés ne posent les yeux sur lui, si l'affaire parvenait à ce stade-là. La tenue grise de la prison du comté était sans doute trop grande pour lui, mais il aurait flotté dedans même si elle avait été à sa taille.

— Je m'appelle Bob Colfax, annonçai-je. C'est moi qui vais assurer votre défense.

Sa poignée de main était ferme.

— Bonjour. Je suppose donc que vous savez qui je suis. Je n'ai pas beaucoup d'argent.

— J'ai été désigné par le tribunal, Tom. C'est lui qui me réglera mes honoraires et mes frais.

Il était inculpé de vol de voiture et d'homicide au volant, assortis d'un zeste de marijuana en dessert. En m'en tenant au rapport de police, j'avais déjà décidé que ça finirait par un arrangement entre juge et avocat. Étant donné l'âge et le casier vierge de Spanner, ça ne serait peut-être pas le vrai désastre, mais en aucun cas une partie de plaisir.

Vu l'histoire qu'il avait racontée à la police, apparemment ma première tâche consisterait à le convaincre qu'on ne peut pas rouler les autorités, ni le district attorney quand celui-ci a tous les atouts en main. Beaucoup d'avocats débutant comme procureurs — moi par exemple — se mettent dans la tête qu'ils ne peuvent pas mal faire. Avec la police, les spécialistes du labo et l'État de Californie de son côté, il est difficile de perdre. Après deux ans comme avocat de la défense, j'apprends l'humilité.

— Tom, c'est mon boulot de veiller à ce que vous bénéficiiez de l'entière protection de la loi. Je vais être franc. Les chances sont contre vous. Voilà la mauvaise nouvelle. La bonne, c'est que vous avez un casier vierge et que vous n'avez pas quitté le lieu de l'accident. A mon avis on pourra trouver un compromis raisonnable, si vous êtes prêt à l'accepter.

Tout en parlant j'avais vu son corps se raidir et les couleurs lui monter aux joues. Il faillit répondre avec emportement, mais sa voix était calme et parfaitement maîtrisée.

— Monsieur Colfax, premièrement je n'ai pas volé cette voiture. Deuxièmement, je n'ai pas tué cette dame. J'étais en possession de moins d'une once. Pas de quoi fouetter un chat... Vous en avez certainement davantage chez vous. Si vous ne voulez même pas entendre ma version, comment dois-je faire pour avoir un autre avocat ?

Ce n'était pas un ton insolent, seulement neutre, terre-à-terre. Un jeune de dix-neuf ans plus vieux que son âge.

— OK. Je m'attendais à ça. Mais j'ai lu la déposition que vous avez faite chez le shérif et ça se présente mal. C'est une première impression, et j'exagère peut-être. Écoutons votre version.

A la façon dont il riboula des yeux, il était très clair qu'il avait d'autres arguments pour sa défense.

— C'est ce que j'ai raconté aux flics. Une dame — elle m'a dit qu'elle s'appelait Karen — m'a pris en voiture sur la 101 alors que je faisais du stop. J'ai trouvé ça un peu bizarre. Je veux dire, elle était vraiment bien physiquement, elle avait une belle voiture et tout ça. D'ordinaire on s'attend à se faire prendre par les dingues ou les étudiants. Elle n'était pas très jeune, elle avait peut-être dans les trente-cinq ans. J'avais un panneau en carton où il était inscrit « S.F. », et elle m'a demandé où j'allais à San Francisco. Je lui ai répondu Palo Alto, là où habite ma copine. Sur quoi, elle m'a dit : « Parfait, montez, comme ça j'aurai quelqu'un à qui parler. »

« J'ai balancé mon sac à dos à l'intérieur et on est partis. On a fait une dizaine de kilomètres au nord de la ville. Elle a regardé sa montre et m'a dit qu'elle devait s'arrêter quelque part un petit moment et espérait que je n'étais pas pressé. Je me suis vraiment mis à rigoler. Il était huit heures un quart du matin et je faisais du stop depuis seulement une demi-heure... On peut attendre parfois une demi-journée.

« Elle a quitté l'autoroute et pris la direction des montagnes. Au bout d'à peu près un kilomètre et demi, elle a obliqué vers le nord. Encore un kilomètre environ, et puis j'ai vu une dame en train de courir, de faire du jogging, vous savez, devant nous, sur le bord de la route. La voiture a fait une embardée et lui est rentrée dedans, pof, comme ça. Ç'a été si soudain qu'au début je n'ai pu y croire, et puis le pare-brise a volé en éclats, j'ai regardé derrière et je l'ai vue vaguement rebondir sur la chaussée derrière nous. Elle est plus ou moins retombée sur le bord de la route où elle est restée étendue. J'ai vu qu'elle avait perdu une chaussure. C'était..., c'était vraiment atroce.

« Ma compagne a stoppé et on a tous les deux couru vers l'arrière. La dame était morte. Nous étions passés devant une allée à environ quatre cents mètres de là. C'était une espèce de chemin qui s'enfonçait dans un bosquet d'avocatiers. Karen m'a dit d'attendre dans la voiture, qu'elle allait là-bas pour téléphoner.

« Je suis retourné à la voiture comme elle me l'avait dit. J'ai vu la chaussure de jogging à l'endroit d'où partaient les traces de dérapage, et j'ai cru que j'allais vomir. De retour à la voiture, je me suis installé au volant. Le pare-brise du côté passager était brisé, et je me suis dit que je pourrais voir une voiture arriver derrière ou devant, vous savez, dans les rétroviseurs. La dame que nous avions renversée avait un survêtement bleu vif et elle était tout bêtement allongée là, écrabouillée. Ça s'est passé si vite. On aurait pu croire que c'était une pierre ou je ne sais quoi quand nous l'avons fauchée.

Que ce fût culpabilité, remords ou autre chose, les yeux de Spanner revivaient la scène. J'estimai qu'il n'avait pas bu ni pris de la drogue. Impossible de faire valoir qu'il n'était pas dans son état normal.

— Tom, d'après la police, vos empreintes se trouvaient partout sur le volant et sur la clef de contact également. Les seules autres étaient celles du propriétaire de la voiture.

— Monsieur Colfax, je viens de vous le dire, lorsque je suis retourné à la voiture, je me suis assis derrière le volant. Je sais que je l'ai touché. J'ai posé ma tête dessus quand j'ai cru que j'allais vomir.

Et lorsqu'on s'est arrêté après avoir heurté la femme, la dame qui conduisait n'a pas coupé le moteur — on a seulement couru pour revenir sur nos pas. C'est moi qui ai coupé le moteur quand j'ai regagné la voiture.

— Vos empreintes, Tom. Rien qu'elles.

— Je ne sais que vous dire, monsieur Colfax. Non, attendez une minute ! Elle avait des gants. Des gants de conduite, vous voyez, avec le dos en macramé et la paume en cuir. Elle portait des gants.

Si Tom Spanner mentait, il s'en sortait rudement bien. Le coup des gants me parut tomber un peu trop à point nommé.

— Qu'est-ce qu'elle portait d'autre ? Comment était-elle ?

— C'était une jolie femme, bien soignée. Des cheveux blonds, plutôt courts, comme Ann Jillian à la télé. Des yeux verts. Très brillants, semblables à des émeraudes ou je ne sais quoi. Elle avait approximativement la taille de ma belle-sœur, c'est-à-dire un mètre soixante ou un peu plus. Un jean genre couture, pas un 501's, et un chandail. Il était blanc, mais ça ne ressemblait pas à de la laine. Du coton peut-être. Pas beaucoup de maquillage, mais elle était bien bronzée.

J'eus l'impression que Tom Spanner se débrouillerait merveilleusement bien comme acteur improvisateur.

— Autre chose ?

— Laissez-moi réfléchir. Elle avait des boucles d'oreilles. Je m'en souviens ; elles ressemblaient à de petites coccinelles. J'ai trouvé quelque chose un peu bizarre, monsieur Colfax ; je ne crois pas qu'elle avait de sac à main. Je suis sûr, en tout cas, qu'elle n'en avait pas quand nous avons quitté la voiture.

Je tentai de me remémorer la dernière fois où

j'avais vu une femme dans une voiture sans sac à main, et j'en fus incapable. Ce sont les petites choses qui vous rendent sceptique.

— Vous dites qu'elle portait des boucles d'oreilles. Avait-elle les oreilles percées ?

— Bon sang, je n'en sais rien. Non, ça devait être le cas. Ces coccinelles avaient réellement l'air d'être posées là. J'ai failli croire qu'elles étaient vraies.

— OK. Qu'est-ce qui s'est passé ensuite ?

— Rien. C'est-à-dire que les flics ont rappliqué, ainsi qu'une ambulance, ils m'ont bousculé un peu, passé les menottes et bouclé.

— Alors, qu'est-ce qu'est devenue la femme ?

— Je ne sais quoi vous répondre. Après qu'elle a eu disparu dans ce bosquet d'avocatiers pour téléphoner, je ne l'ai jamais plus revue.

— Tom, la police est allée jusqu'à cette maison : personne. La maison était en vente depuis un mois. Et il n'y a pas eu de coup de fil. C'est un type qui a signalé l'accident, sur le canal d'urgence de sa CB à huit heures quarante-cinq.

— C'est impossible ! Ça ne tient pas debout ! Pas une seule voiture n'est passée avant l'arrivée des flics. Qui les a appelés ?

Je haussai les épaules, retournant les paumes des mains.

— Je vais faire tout mon possible. Mais je vous demande d'imaginer ce que peut penser quelqu'un qui n'était pas sur les lieux, un procureur ou un juré par exemple...

— Ne me racontez pas de blagues, monsieur Colfax. Si vous ne croyez pas ce que je vous raconte, qu'on m'assigne quelqu'un d'autre.

Là encore pas insolent, seulement très direct et plus sûr de lui qu'il n'était en droit de l'être.

— Entendu. Et je vais vérifier tout ce que je peux.

C'est mon travail. Je vais partir du principe que ce que vous m'avez dit est vrai, mais je dois aussi convaincre d'autres personnes qui ne sont pas de votre côté. Et je suis toujours tenu de veiller à ce que vous ayez droit au traitement le plus équitable. Même si ce n'est pas juste.

Si jamais vous voulez décontenancer quelqu'un, ne le regardez pas directement dans les yeux. Concentrez vos regards entre ses sourcils. Je ne sais pas pourquoi cela marche, mais ça ne rate jamais. Tom Spanner fixa les yeux sur mes sourcils, et je fus le premier à ciller.

— Et avec un casier vierge, Tom...

— Ouais... Je crois qu'il vaut mieux clarifier ça également. J'ai déjà été arrêté, mais les poursuites ont été abandonnées.

— Vous avez été *quoi* ?

— Arrêté pour vol de voiture il y a trois ans. Je m'étais accroché avec mon frère Jack. Il a dix ans de plus que moi, et j'ai vécu avec lui après la mort de nos parents. Il m'avait consigné à la maison pour le week-end, et ma copine a téléphoné parce qu'elle voulait me voir. Jack et Betty — c'est sa femme — dînaient au restaurant avant d'aller au théâtre et ensuite à une réception. Du coup j'ai pris la voiture de Betty pour passer prendre mon amie. Or voilà que Betty s'est sentie mal au dîner et qu'ils sont revenus à la maison de bonne heure. Jack a explosé, il a appelé les flics, lesquels m'ont arrêté. A ce moment-là il s'était calmé, ou du moins dessoûlé, et il a retiré sa plainte. Pas de quoi en faire un plat. Je crois qu'il était davantage en rogne que je lui aie désobéi qu'inquiet pour la voiture. Mais avec la chance qui me caractérise, ça va probablement revenir sur le tapis.

— J'en suis sûr, mais je ne me tracasserais pas

trop à votre place, Tom. Si votre frère explique ce qui s'est passé...

— N'y comptez pas, monsieur Colfax. Lui et moi, on ne s'entend pas vraiment. Je faisais de l'autostop parce qu'il n'a pas voulu me prêter cinquante dollars pour le bus jusqu'à San Francisco. Il a dû abandonner la fac à la mort de nos parents, et il estime que je devrais travailler au lieu d'aller à l'école. Il se met dans tous ses états si je fais des vagues.

— Enfin, merci de m'avoir mis au parfum. Je vais voir ce que je peux apprendre, Tom, mais n'excluez aucune éventualité.

***

Ma secrétaire était partie déjeuner, et j'avisai une douzaine de petits messages téléphoniques roses sur mon bureau. Le premier émanait d'un agent de change du coin qui, pour je ne sais quelle raison, donne toujours mon nom à ses stagiaires pour les entraîner à passer des coups de fil. Dossier clos. Deux émanaient de deux de mes clients, dont le nombre, peu élevé certes, va en augmentant. La première affaire était un cas de divorce particulièrement désagréable, la seconde un procès en reconnaissance de paternité, impliquant un saint-bernard et, incroyable mais vrai, un corgi gallois. Quand on ouvre un cabinet, on prend ce qu'on trouve. Le quatrième message concernait la partie de tennis de samedi. J'avais droit au cinquième parce que le chèque pour mon loyer n'était toujours pas arrivé, au diable pareille impatience.

Le sixième émanait de Randolph Alexander Jennings III, partenaire occasionnel de tennis et district attorney adjoint, lequel se défend fort honorablement dans chacun des deux cas. Il est sorti de l'École de Droit de Hastings à San Francisco un an avant que je ne décroche mon diplôme dans la pauvre école plébéienne de Southwestern à Los Angeles. Nous avons tous les deux été admis au barreau en même temps, moi du premier coup, lui à la troisième tentative. J'essaie de le lui rappeler aussi souvent que possible.

Nous avions travaillé ensemble cinq ans au bureau du district attorney. Et puis un môme que j'avais poursuivi pour vol à l'étalage s'était pendu trois jours après le verdict. Cela coupa tout le plaisir que je prenais au rôle de procureur, et j'ouvris un cabinet privé.

Je présumai que Jennings ne me téléphonait pas pour un tennis et je commençai par lui. Assurer les priorités est l'un des signes de la maturité.

Lorsqu'on connaît Randolph Alexander Jennings depuis plusieurs années, et si l'on a remporté suffisamment de sets de tennis ou de verdicts pour être à la hauteur, on est autorisé à l'appeler R.A. Je suis parvenu à cet état de grâce.

— R.A., Bob Colfax à l'appareil. Qu'est-ce qu'il y a ? J'espère que c'est du domaine de la détente.

— Ah, monsieur Colfax. Comme c'est aimable de me rappeler si promptement. Hélas, il ne s'agit pas de détente. (Le vocabulaire professionnel de R.A. a environ quarante ans de plus que lui.) J'ai ouï dire que tu assurais la défense d'un certain Thomas Spanner devant la Cour de l'État de Californie.

— Je vais refuser si tu es chargé de l'affaire. Je me tourne les pouces quand c'est trop facile.

On n'arrive pas à l'insulter, mais il faut toujours essayer.

— Allons, allons, monsieur ! Jeune gars charmant. Sans la nature atroce du crime je pourrais incliner à la pitié. Il y a cela, monsieur Colfax, et le fait que rien ne joue en sa faveur. Si nous économisions du temps et de l'argent à l'État dans cette affaire et si nous nous attaquions à des défis de plus haute volée ?

— Si tu veux déjà qu'on en vienne aux négociations, c'est que tu ne dois pas avoir beaucoup d'atouts dans ton jeu. Ou bien t'ai-je fait peur ?

— Je serais prêt à proposer qu'on oublie généreusement le vol de voiture et qu'il plaide coupable d'homicide sous l'effet d'une substance interdite. Notre gars devrait sortir vers la trentaine, avec de la bouteille et du plomb dans la tête, espérons-le.

— Arrête tes conneries.

— Avez-vous parlé à votre client, monsieur Colfax ? Vous êtes-vous laissé duper par le produit de son imagination, par ses fantastiques affabulations ? A-t-il été assez honnête pour vous informer qu'il avait déjà été arrêté pour vol de voiture ?

— Je sais cela, et je sais ce qui s'est passé, R.A.

— Si — et j'insiste sur le mot — *si* sa version est exacte. Et notre fringant criminel vous a-t-il dit qu'il se spécialisait en art dramatique et se produisait durant le week-end dans un théâtre d'improvisation ?

— Bonté divine !

— Je pense que non. Je vais être franc avec toi, Robert, je crois que c'est une affaire qui sent très mauvais. Je suis indigné par les vagabonds qui polluent nos rues, je suis encore plus indigné quand ils volent nos voitures, et le comble est atteint quand ils tuent nos concitoyens. En outre, Jennifer Rhoads était une condisciple de Marti à Pepperdine. Elles n'étaient pas amies intimes, mais il y a quand même un rapport avec nous. A vrai dire, j'espère que tu ne vas pas assurer sa défense. J'aimerais qu'il soit condamné, et je peux avoir gain de cause. Tu sais ce que je propose, et je ne veux pas négocier. Il n'a que dix-neuf ans, tu es un ami, et c'est la seule raison pour laquelle je fais même une proposition. C'est à prendre ou à laisser.

— Dans un cas comme dans l'autre, R.A., donne-moi quelques jours.

— Ne cherchez pas à atermoyer, monsieur Colfax, c'est un vice et, en l'occurrence, de l'aveuglement. Je vous conseille de consacrer votre temps à des choses plus intéressantes.

— Je te tiendrai au courant. Mon meilleur souvenir à Marti.

La femme de R.A. est ce qu'on appelle généralement une circonstance atténuante. C'est la seule personne à ma connaissance qui puisse lui couper le souffle et le faire rire en même temps. Leur lune de miel dure depuis les six années de leur mariage. R.A. est beaucoup plus facile à prendre quand Marti est dans la même pièce.

Mon client ne voulait pas marchander, et R.A. ne me proposait nullement un marché. Je dénichai le message rose de l'agent de change et l'appelai rien que pour pouvoir lancer à quelqu'un un non catégorique et sans appel. Très satisfaisant. Je composai une autre série de chiffres, et j'entendis une voix plus douce aux oreilles.

— Bonjour, Marti. Ici Bob Colfax. Je viens d'avoir R.A. au téléphone et il m'a dit que tu connaissais la femme qui s'est fait écraser après l'aéroport. Est-ce que tu peux me dire des choses sur elle ? J'assure la défense du type qui est inculpé.

— J'espère que tu perdras.

— J'espère que le coupable aura ce qu'il mérite. Peut-on formuler ça ainsi ? Je ne te demande pas de m'aider, Marti, je veux seulement apprendre ce que je peux sur Jennifer Rhoads.

— Je ne la connaissais pas si bien que ça, Bob. Elle était spécialisée en éducation physique et moi j'étais en arts martiaux. Nous avons débuté ensemble, mais elle était en cinquième année, si bien que nous n'avons même pas passé notre diplôme en même temps. Après notre diplôme, je ne l'ai vue qu'aux déjeuners des anciennes. On papotait, c'est tout... Enfin, quand on arrivait à la faire parler d'autre chose que de forme physique. Je crois qu'elle a épousé Harry Rhoads quelques années après avoir passé son diplôme. Il est plus vieux qu'elle, ou plutôt, qu'elle n'était. Ils n'avaient pas d'enfants.

— Pas de problème dans leur ménage ?

— A ma connaissance, non, du moins d'après les critères californiens.

— Qu'est-ce que ça veut dire ?

— Oh, rien, à proprement parler. Lors du dernier déjeuner des anciennes, nous étions assises à la même table et elle s'était mise à pleurnicher vaguement sous l'effet de la margarita. Je crois que, d'après elle, Harry avait une petite amie, bien qu'elle ne l'ait pas expressément dit. Pour qui connaît Harry, ce n'est guère probable. En tout cas ce n'est certainement pas mon type d'homme.

— Je ne le connais pas. Que fait-il ?

— Il est consultant en investissements, ne me demande pas ce que c'est. Je crois que Jennifer a dû être sa plus grosse cliente. Elle avait de l'argent par sa famille, enfin c'est ce que disaient les filles. Mais j'ai l'impression que ce ne sont que des on-dit. En fait, je ne la connaissais pas très bien.

— Tu vois autre chose ?

— Pas vraiment. Elle était toujours bien habillée,

elle avait un joli sourire, elle surveillait son régime, courait huit kilomètres par jour, ne râlait pas contre les serveuses... Bon sang, elle est morte et ce n'est vraiment pas juste !

— Hé, Marti, reprends-toi. Je sais que ce n'est pas juste. Je ne voulais pas te mettre dans cet état-là.

— Je sais bien, Bob. Je suis désolée. Mais j'espère quand même que tu perdras.

Je passai le reste de l'après-midi à calmer des clients irréfléchis et je revins chez moi pour avaler une Beck's brune glacée en mangeant devant la télé. Et je me promis de dîner au restaurant le lendemain soir.

***

Le centre-ville de Santa Elena a été rénové, ce qui signifie que la rue principale s'est transformée en une artère à deux voies où se traînent les voitures et que les bâtiments se veulent tous espagnols. Les toits sont en tuiles rouges, il y a du stuc à gogo, et les fenêtres sont aussi petites que des meurtrières. C'est un style que j'appelle du Barcelone Sauvage. Tout ce qui a plus d'un étage ressemble à une prison du temps de l'Inquisition. L'immeuble où se trouvait le bureau de Rhoads était peuplé d'experts-comptables, d'avocats et de conseils financiers. Il avait un appartement en angle au deuxième étage. Lorsque je parvins à la réception, j'avisai deux réceptionnistes travaillant à un bureau. L'une d'elles était manifestement en train de former l'autre.

— Puis-je vous aider ? s'enquirent-elles à l'unisson.

La première approchait de la soixantaine, un vrai cargo prêt à affronter l'océan, le genre de bonne femme qui ne plaisante pas et prend un réel plaisir à vous annoncer que le patron n'est pas là. Je devinai que ce n'était pas elle la stagiaire. L'autre était un Chris-Craft en comparaison, bien plus proche de la trentaine, et, pour utiliser un terme n'appartenant point au nautisme, un prix de Diane. Des cheveux bruns coupés très court, des yeux bleu pâle, un sourire à l'orthodontie parfaite, et un maquillage minimal appliqué avec professionnalisme. Sa robe relevait davantage de la tenue de soirée que de la tenue de bureau ; d'un rouge discret elle était mise en valeur par des boucles d'oreilles — des rubis doubles — merveilleusement ouvragées. Elle avait les ongles longs et des mains impeccables. Si par hasard elle tapait à la machine, elle devait taper très, très précautionneusement. Elle était assise, mais j'aurais mis ma main au feu que le reste de sa personne était tout aussi appétissant que la partie visible. Colfax, l'heureux célibataire, prit mentalement note d'obtenir son nom avant de s'en aller.

J'expliquai qui j'étais et pourquoi j'étais là. Après avoir atermoyé assez longtemps pour me faire comprendre que je dérangeais, le S.S. Brünhild m'escorta jusqu'au bureau de Rhoads.

Celui-ci frôlait la cinquantaine, il était corpulent et utilisait rarement les muscles du sourire. Le petit doigt de sa main gauche était lesté d'environ trois carats de diamants. Sa chemise et sa cravate étaient toutes deux en soie épaisse, et sa veste, vue à vingt pas, était manifestement en cachemire. Son bureau en bois de rose coûtait probablement davantage que ma voiture.

— Monsieur Rhoads, je sais que c'est pour vous un moment difficile, mais je souhaiterais pouvoir vous poser quelques questions au sujet de votre femme.

— Je peux vous accorder dix minutes, mais je ne devrais pas. La peine de mort, voilà ce que mérite ce saligaud. Qu'est-ce que vous voulez savoir ?

— Honnêtement, monsieur Rhoads, je ne puis exclure la possibilité que mon client ait été au volant de la voiture. Seulement je suis tenu envers lui de découvrir tout ce que je peux. Votre femme avait-elle des ennemis, quelqu'un qui aurait pu lui vouloir du mal ?

Il se mit à rire, d'un rire plus amer que joyeux.

— Jennifer ? Grands dieux, elle s'entendait avec tout le monde. La crème ! Elle n'aurait jamais fait de mal à une mouche. Une vraie girl-scout. Fichtre, elle m'attrapait même si je houspillais les domestiques, et Dieu sait qu'ils en ont besoin. Il faut les remettre à leur place, sinon c'est eux qui commandent. Mais vous savez ça, Colfax.

— Mmmm. Quelqu'un d'autre aurait-il pu savoir qu'elle sortirait faire du jogging à cette heure-là ?

— Uniquement quelqu'un connaissant Jennifer. Huit kilomètres tous les matins en empruntant le même itinéraire, qu'il pleuve ou qu'il vente. On aurait pu régler une pendule dessus. Ma femme est — était — fana de forme physique. Elle courait huit kilomètres le matin, faisait vingt-cinq longueurs dans notre piscine à midi. Aérobic l'après-midi. Elle en parlait tout le temps, mais vraiment tout le temps. Elle me tarabustait continuellement pour que je fasse davantage de trucs de ce genre. Mais je n'ai jamais vu comment gagner de l'argent en pratiquant ça. Perte de temps.

— Vous et votre femme vous entendiez bien ?

— Votre question me déplaît, Colfax. Bien sûr que oui. Si vous insinuez...

— Je n'insinue rien du tout, monsieur Rhoads. J'essaie seulement de découvrir tout ce qui peut aider mon client.

— Votre client a tué ma femme. La police dit que c'est lui, et je veux que justice soit faite. Vos dix minutes sont pratiquement écoulées, Colfax. (Il pressa un bouton sur son téléphone.) Kel..., euh, Miss Revere.

— Oui, monsieur Rhoads ? (C'était la voix de la jeune femme.)

— Voudriez-vous raccompagner M. Colfax. Nous avons d'autres choses à faire.

Je saisis l'allusion, remerciai, et regagnai la réception avant que n'arrive mon accompagnatrice. Brünhild n'était plus là, peut-être était-elle allée poudrer son nez volumineux. Miss Revere était toujours à son bureau, et elle avait des ennuis avec son rimmel.

— Oh, ça ne peut pas être épouvantable à ce point-là ? Elle ressemble à un cuirassé, mais elle a sans doute un cœur en or ?

— Vous plaisantez, m'sieur ? J'ai maté cette mégère de rien du tout cinq minutes après mon arrivée ici. Elle est aux W.C. en train de pleurer toutes les larmes de son corps. J'essaie simplement de m'habituer à ces foutues lentilles de contact. M. Rhoads a dit que vous partiez ?

Colfax l'heureux célibataire ne tenta point d'obtenir son nom ou son numéro de téléphone.

Cet après-midi-là, je me rendis au-delà de l'aéroport pour aller voir le propriétaire de la voiture volée. Si le bureau de Rhoads était très comme il faut, celui de Bill Henderson était un vrai capharnaüm. C'était une espèce de hangar reconverti qui ressemblait à un centre de recyclage pour vieux plans d'immeubles et papiers non classés.

J'avais passé un coup de fil au préalable, aussi était-il là quand j'arrivai, et au téléphone.

— Je sais que nous devons couler cette dalle aujourd'hui, Arnie, mais c'est le bordel ! Pour commencer, on me vole ma voiture, ensuite on la retrouve, maintenant elle est saisie, je ne peux pas la récupérer, ma secrétaire m'a lâché il y a deux semaines, mon fils se fait virer de Cal Poly, ma sciatique me joue des tours et ma femme est furieuse contre moi parce que je me suis laissé faucher la voiture, comme si c'était ma faute ! Je n'ai eu le temps que de parler aux flics, aux gars de l'assurance, aux journalistes, tout le monde veut me poser des questions idiotes, et voilà maintenant que tu me casses les pieds pour couler cette dalle. Laisse-moi respirer, veux-tu ? Écoute, il faut que je raccroche. Il y a ici un gars qui veut me poser les mêmes questions que tous les autres. J'irai là-bas dès que possible. Entendu. OK.

Il raccrocha comme s'il espérait que le téléphone se casse et cesse ainsi de l'importuner.

— Vous êtes Colfax.

— Oui, j'ai appelé tout à l'heure, et...

— Je sais. Merci d'être à l'heure. Écoutez, pouvez-vous m'emmener en voiture du côté de Cathedral Oaks ? Nous parlerons durant le trajet.

Il me donna l'adresse et nous levâmes le camp.

— Je voulais vous poser une question...

— A propos de la voiture ? Je suis allé au bureau de bonne heure parce que nous avions du boulot pour toute la journée et que je voulais démarrer dès sept heures. Quinn — c'est mon contremaître — est venu me chercher ici avec sa camionnette à six heures trente, comme il le fait toujours. J'avais les clefs dans ma poche, alors ne me dites pas que je les avais laissées dans la voiture. Quand je suis revenu à six heures la bagnole avait disparu et j'ai signalé le vol, mais la police m'a dit l'avoir déjà et vouloir me parler. J'ai boulonné toute la journée, avec l'équipe au complet ; donc, tout le monde sait où j'étais et j'ignore d'où provient l'autre jeu de clefs. En plus, quand je vais récupérer la voiture — et Dieu sait quand ça sera — il va falloir que je la conduise au garage pour faire réparer le pare-chocs et le pare-brise. Vous imaginez à quel point cette histoire m'enquiquine ?

— Je me demandais...

— ... si quelqu'un d'autre avait un jeu de clefs ? Je sais qu'il en existe un parce que j'ai la voiture depuis six mois et qu'on m'a remis deux jeux de clefs. Il était sans doute quelque part ici, ce qui est incompréhensible parce que, si je ne peux pas le retrouver, je ne vois pas non plus comment ce môme a pu mettre la main dessus car il n'y avait pas de traces d'effraction. Je suis revenu à six heures, mais je n'arrive pas à me rappeler si la porte était fermée à clef ou non. Il faut que je m'organise. Tout marchait presque comme sur des roulettes grâce à Kelly, mais je ne pouvais pas lui verser le salaire qu'elle touche dans sa nouvelle place. Alors pour couronner le tout, ça fait deux semaines que je deviens dingue à force de chercher une nouvelle secrétaire. Vous connaissez quelqu'un qui serait disponible ?

— Non, mais je peux voir...

— Je vous en serais reconnaissant, mais je vais probablement perdre encore deux jours à m'entretenir avec des gourdes, pour finalement retenir une fille qui ne me donne pas satisfaction, et il faudra que je remette ça ! Toute cette histoire est insensée. Vous savez ce que les flics m'ont demandé quand je les ai appelés au sujet de la voiture ? La première chose qu'ils m'aient demandée, c'est si j'avais du retard dans mes échéances, et deuxièmement si j'avais laissé les clefs à l'intérieur. Ils ne m'ont même pas demandé la marque de la voiture. Vous avez une idée du moment où je vais la récupérer ? Non, sans doute pas. C'est là, sur la gauche, là où se trouve la bétonnière. Écoutez, merci pour le voyage, j'ai bien apprécié.

Il sortit, gueulant contre Arnie, et disparut. Il avait probablement répondu aux questions que j'aurais posées si j'avais réussi à placer un mot.

***

Vu qu'elle était sur le chemin pour revenir en ville, je m'arrêtai à la prison du comté. L'éclairage cru au néon donnait à tout le monde un air vaguement malade.

— Tom, j'ai fait mon enquête à droite et à gauche, et honnêtement je n'arrive à aucun résultat. Rien ne se présente plus mal qu'avant, seulement il n'y a rien non plus qui m'aide beaucoup.

— Mais ça fait presque deux jours.

Le ton assuré qu'il avait précédemment était un peu moins affirmé.

— Est-ce que vous pouvez me donner d'autres éléments ? Quand êtes-vous parti ? Quand êtes-vous arrivé en ville ? Qu'avez-vous fait avant d'être pris en stop ?

— Mon camarade de chambre habite ici en ville, et il m'a emmené en voiture depuis l'école. Il m'a déposé au centre-ville près de l'autoroute. Nous avions quitté la ville là-bas vers six heures du matin parce qu'il avait besoin d'être ici de bonne heure. Il devait être environ huit heures moins le quart quand il m'a déposé. Vous voulez son nom ?

— S'il est en ville, je pourrai m'en occuper plus tard. Ensuite ?

— J'ai commencé à faire du stop, c'est tout.

— Vous m'avez dit que vous aviez un panneau annonçant *San Francisco*. Vous l'aviez confectionné vous-même ?

— Non, c'est un type qui me l'avait donné, il faisait du stop, lui aussi. Une camionnette Toyota s'est arrêtée, il n'y avait de la place que pour un, et comme il était arrivé le premier sur les lieux, il est monté. Il m'a donné son panneau au moment de partir. Un type sympa.

— Je suppose que vous ne connaissez pas son nom ?

— Si. Rick.

— Nom de famille ?

J'ignore pourquoi je pris la peine de le demander. Personne en dessous de vingt-cinq ans n'en a plus.

— Y a-t-il autre chose dont vous vous souveniez, Tom ? N'importe quoi.

— Vous savez, monsieur Colfax, il y a une autre chose à laquelle j'ai pensé, mais je ne suis même pas sûr que ça se soit produit. Enfin, je n'en jurerais pas... Vous vous rappelez que je vous ai dit être retourné attendre dans la voiture ? Assis derrière le volant pour pouvoir surveiller la route des deux côtés ? J'ai cru voir dans le rétroviseur une voiture s'éloigner. Ce qu'il y a, c'est que ça n'a aucun sens. La voiture serait forcément passée à côté de moi et aucune n'est passée.

— Couleur ? Marque ? Tout ce que vous pouvez me dire dessus ?

— Rien. Comme je vous l'ai dit, je ne vois même pas comment elle a pu se trouver là. Mais je suis quasiment sûr de l'avoir vue.

— OK. Ce n'est pas lourd, mais tâchez de faire

un effort de mémoire. Autre chose, Tom. J'ai parlé au district attorney et le marché qu'il propose n'est pas généreux. Je vais m'y tenir, mais ne vous faites pas d'illusions.

Le regard assuré de la veille était braqué sur ses ongles, et il s'agita sur sa chaise.

— Mmm, monsieur Colfax, j'ai vu le journal hier soir et j'ai lu ce qu'on disait de moi comme de la dame qui a été tuée. Hier, quand vous m'avez demandé d'imaginer ce que les gens pouvaient penser de mon histoire, ma foi, je ne voyais pas ce que vous vouliez dire. Les journaux en donnent une version qui ne m'est vraiment pas favorable. C'est angoissant. Mais ce n'est pas moi le coupable.

La note finale n'avait rien d'encourageant.

***

Seulement deux messages roses : journée tranquille côté téléphone. Rien de la part du propriétaire, le chèque avait donc dû arriver. Je rappelai d'abord un organisme vendant des billets pour un cirque de charité dans le but de lutter contre une maladie dont je n'avais jamais entendu parler. Je n'étais pas preneur. Le second correspondait à un code zone 415.

— Bob Colfax à l'appareil. J'appelle parce que j'ai reçu un message d'un certain John Dietrich. Est-il là, s'il vous plaît ?

A l'autre bout du fil j'entendis une voix d'une vingtaine d'années, féminine, déphasée d'un demi-fuseau horaire.

— Qui ? John qui ? Dietrich ? C'est vraiment un joli nom. J'aimerais connaître quelqu'un avec un nom pareil. J'aime aussi votre nom.

J'entendis derrière une voix d'homme dire quelque chose.

— Oh, waouh, vous voulez parler de Rick. Oui, il est là.

Il avait reconnu la photo de Tom aux actualités. Il avait appelé la police de Santa Elena, qui l'avait aiguillé sur R.A., lequel l'avait à son tour aiguillé sur moi. R.A. peut être un saligaud, mais c'est un saligaud honnête la plupart du temps. Dietrich me dit qu'il se souvenait de Tom et se rappelait lui avoir donné son panneau. Il était également à peu près sûr que c'était aux environs de huit heures ou huit heures quinze du matin, ce qui signifiait que si le camarade de chambre de Tom l'avait déposé à moins le quart, il aurait été extrêmement difficile à ce dernier d'aller à l'aéroport voler la voiture et d'être sur le lieu de l'accident à huit heures quarante-cinq. Ce n'était pas de la plus grande utilité, mais c'était jusqu'ici la première vérification objective de quelque chose. Je décidai d'en rester là pour la journée.

***

Il y a un restaurant à Santa Elena tenu par un chef thaï primé, entouré d'une équipe où se retrouvent sans doute tous ses cousins. La plupart des clients ont aussi l'air de cousins. J'en conclus donc que la cuisine est authentique. On peut faire un repas de porc au saté en entrée et d'un bol de soupe aux clams. Les poivrons dans la soupe aux clams vous font monter les larmes aux yeux, vous donnent la goutte au nez et vous anesthésient les lèvres, mais les clams emplissent le bol bord à bord et le résultat final, c'est de l'ambroisie à haute tension.

Les poivrons vous réveillent à trois heures du matin, mais ça vaut quand même le coup.

Donc à trois heures du matin, je m'éveillai l'estomac bourré de joyeux clams dansant la gigue, et la tête pleine de *si*. Le premier de la liste : et *si* Tom disait la vérité ? *Si* quelqu'un essayait de lui faire porter le chapeau, celui-ci avait réussi à bien ficeler son affaire. Le seul élément plaidant en faveur de Tom, c'était le facteur temps, et la chose était confirmée par plusieurs témoins, que R.A. aurait pour son petit déjeuner. Tout le reste reposait sur l'histoire invérifiable de Tom. Et ça, ce serait pour le déjeuner de R.A.

Je tournai et retournai tout ça dans mon esprit pendant une heure et demie avant de trouver un scénario pouvant tenir debout. Il s'agissait de pures conjectures, mais la logique m'en plaisait tant que j'avais déjà composé les cinq premiers chiffres du premier numéro que je voulais appeler avant de me rappeler qu'il était quatre heures et demie du matin. Les clams et moi, on se rendormit, et je m'éveillai à sept heures trente, le sourire aux lèvres.

***

J'appelai la Police des Autoroutes californiennes, et ça concordait. Je passai un deuxième coup de fil à Bill Henderson, et ça concordait également. Le troisième coup de fil se mua en une série de six, mais le sixième fut payant. Le quatrième, passé à R.A., fut le plus long, mais je m'y attendais. Il ne se battit pas pied à pied, mais sur la plupart des points. Il fallut que j'invoque Sacco, Vanzetti, Oliver, Wendell, Holmes, et enfin Marti, bénie soit-elle, pour qu'il accepte de marcher avec moi. Il était déjà dix heures, et avant que le téléphone ne sonne à quatre heures, les heures comptèrent chacune quatre-vingt-quatre minutes.

— Monsieur Colfax, j'ai un appel de Randolph Alexander Jennings III.

— Passez-les-moi tous les trois, je pense que je vais apprécier cette conversation.

— Monsieur Colfax, je crois que j'ai une bonne nouvelle pour votre client. Si vous voulez bien vous présenter à la prison du comté, vous constaterez que des dispositions ont été prises pour son élargissement. Vu les circonstances, il me semble opportun que vous soyez présent pour le lui annoncer.

***

Une fois la paperasserie terminée, Tom et moi partîmes dîner afin de célébrer l'événement. Après les clams, un innocent steak, dénué de tout exotisme, me parut convenir.

— Monsieur Colfax, je ne comprends toujours pas ce qui s'est passé. Tout d'un coup voilà l'affaire résolue et je me retrouve hors de cause.

— En un mot, Tom, nous avons découvert un candidat, peu enthousiaste, pour vous remplacer. A vrai dire, deux candidats. Lorsque votre copain Rick a téléphoné, j'ai vraiment commencé à me demander ce qui avait bien pu se passer. Tout d'abord, les heures et les lieux ne collaient pas. Vous n'aviez pas eu le temps de voler la voiture et de renverser Mme Rhoads. Il y avait autre chose qui ne tenait pas debout. La voiture a été volée du côté aéroport de l'autoroute, en direction de l'océan, et Mme Rhoads a été renversée du côté opposé, vers les montagnes. Vous n'aviez aucune raison de passer du côté aéroport si vous vous dirigiez vers le nord, et vous ne pouviez en aucune façon manquer la bretelle d'accès.

« D'autre part, vous avez dit avoir vu la chaussure de Mme Rhoads *avant* le début des traces de dérapage. La police des autoroutes me l'a confirmé, et tout cela commençait à indiquer qu'il ne s'agissait peut-être pas d'un simple accident.

« Si la chose était intentionnelle, à qui profitait le crime ? Au mari, très probablement. Mais c'est une femme qui était au volant. Rhoads avait engagé une nouvelle secrétaire, seulement elle avait les cheveux bruns et les yeux bleus, donc ça ne collait pas. Mais Henderson, dont la voiture avait été volée, venait de perdre une secrétaire, et ne comprenait pas comment les clefs avaient été chapardées. Il disait ne pas savoir lui-même où elles se trouvaient. Je l'ai appelé ce matin et lui ai demandé le nom de sa précédente secrétaire. Devinerez-vous de qui il s'agit ? De Kelley Revere, qui vient de se mettre au service de Rhoads. Toutefois ça ne marchait pas non plus parce qu'il nous fallait une blonde aux yeux verts.

« La soupe aux clams. Il y a environ un an, je sortais avec une fille d'une agence de pub qui avait des yeux aussi bleus et brillants que ceux d'Élizabeth Taylor. Les sphères violettes pour lesquelles on est prêt à mourir. Un soir je l'ai emmenée dîner dans un restaurant thaï que je fréquente, et nous avons pris de la soupe aux clams, laquelle est servie avec des poivrons qui se posent un peu là. Les larmes lui sont montées aux yeux, et l'un de ses beaux yeux bleus est tombé. Il s'agissait de lentilles de contact. Faites porter à Kelley Revere des lentilles de contact vertes et une perruque blonde, et je serais capable de ne pas la reconnaître si elle entrait dans la pièce. Quant à vos chances de la reconnaître *sans* la perruque et les lentilles, elles étaient infimes.

« La moitié des habitants de la ville connaissaient l'itinéraire et les horaires de jogging de Jennifer Rhoads, mais personne mieux que son mari. Et tout a découlé de ça. Kelly savait que Henderson partait de bonne heure pour son travail et qu'il était emmené en voiture par son contremaître. Soit elle avait les clefs de la voiture de Henderson, soit elle s'est introduite dans le bureau de Henderson pour les prendre, puis elle s'est rendue au centre-ville afin de trouver le pigeon adéquat, et vous avez été sélectionné. Elle fauche Jennifer Rhoads, retourne à pied à l'endroit où Rhoads l'attend dans l'allée. Après qu'ils vous ont vu remonter dans la voiture, ils signalent l'accident par CB et filent, vous laissant en plan. Vous avez bien entrevu la voiture un bref instant, mais le risque était insignifiant pour eux. Ils savaient que votre histoire était trop abracadabrante pour être crue.

— Je n'arrive pas à comprendre comment vous les avez amenés à avouer.

— Ce n'est pas moi. Vous devez ça à un district attorney adjoint, le vieux Raving Aardark Jennings. Il a accepté de convoquer Rhoads à son bureau, de lui poser trois questions, et puis, de son propre chef, il a bluffé de manière très subtile. En premier lieu, il a demandé à Rhoads s'il savait que Kelley Revere avait travaillé pour Henderson et avait accès aux clefs de la voiture de ce dernier. Rhoads a tiqué un peu, puis il a répondu oui à la première question et non à la seconde. Il a demandé combien, assurance comprise, Rhoads était susceptible de toucher consécutivement à la mort de sa femme. Rhoads commença par rétorquer des « Écoutez un peu... » et finit par admettre que ça ferait une coquette somme d'argent. De l'ordre de plus d'un demi-million, en fait. Ensuite il a demandé à Rhoads s'il avait l'habitude d'offrir à ses employées des boucles d'oreilles en rubis à deux mille dollars — ce qu'étaient ces coccinelles. Là, il a mis dans le mille. Henderson avait dit qu'il ne versait pas tant à Kelley, et que les boucles d'oreilles avaient l'air neuves, donc qu'il devait certainement s'agir d'un cadeau. J'ai téléphoné à une demi-douzaine de bijouteries en disant que je cherchais une paire comme celle qu'avait achetée mon vieil ami Harry Rhoads. Rhoads ne m'a pas répondu, mais, en revanche, il m'a dit penser devoir demander l'assistance d'un avocat avant d'ajouter quoi que ce soit.

« Il faut connaître R.A. — M. Jennings — pour apprécier la chose. Il a un sourire enjôleur qui donne à Bill Cosby l'air d'un râleur. Il s'est contenté de sourire et a dit à Rhoads qu'il serait heureux de lui communiquer le nom de l'avocat de Miss Revere s'ils voulaient partager les frais. C'était du bluff à 100 %, mais Rhoads présuma que Kelley avait déjà passé une sorte de marché et il s'est mis à table. Quant à elle, ils l'ont cueillie cet après-midi au bureau de Rhoads.

***

Le comté mit une chambre de motel à la disposition de Tom pour qu'il puisse identifier Kelley le lendemain et revenir sur sa déposition initiale. Cela prit la plus grande partie de la matinée, et lorsque nous quittâmes le tribunal, je lui demandai où il voulait aller.

— Ma foi, monsieur Colfax, si vous pouvez seulement me conduire à l'autoroute, je crois que je vais aller en stop chez ma copine.

Le client n'a pas toujours raison. Je le conduisis à l'aéroport, lui payai un billet pour San Francisco, et attendis le décollage de son avion. Je passerai le billet d'avion sous un nom d'emprunt dans ma note de frais pour le comté, mais je n'en aurai pas moins la conscience absolument tranquille.

The Clam Soup Connection.
Traduction de Jean-Bernard Piat.

LA BLONDE SUR LA PLAGE

par RICHARD HARDWICK

Sous la véranda de la vieille auberge à l'enseigne de *Guale Inn*, Horace Allen, l'aubergiste rondouillard, allait et venait avec l'agitation fébrile du futur père qui fait les cent pas dans le couloir de la maternité. Ce fut dans cet état que Dan Peavy et moi le trouvâmes lorsque je rangeai le long du trottoir la Pontiac flambant neuve de la police du comté. Horace mit la main sur la poignée de portière avant même que la voiture ne fût à l'arrêt.

— Jamais rien de pareil ne m'était encore arrivé ! s'écria-t-il en tirant à hue et à dia pour nous faire descendre du véhicule et nous amener à le suivre sur le perron de bois conduisant à l'entrée dont les portes battantes étaient garnies de vitraux. Non, messieurs, jamais, au grand jamais ! reprit-il. Or, voilà trente ans que je suis patron de l'auberge, et mon père le fut avant moi. Depuis sa construction au temps de mon aïeul, en 1892, nous, les Allen, l'avons tenue de père en fils et il ne s'est *jamais* produit une chose semblable !

Tout ce que Dan Peavy et moi savions à ce moment sur l'objet de notre visite à l'aubergiste se résumait à ceci : au bureau du shérif, nous avions reçu d'Horace, bouleversé, une communication téléphonique par laquelle il nous annonçait qu'un de ses locataires venait d'être le témoin d'un meurtre commis avec la dernière sauvagerie.

Emboîtant le pas au brave homme ventripotent qui trottinait devant nous, nous parcourûmes toute la longueur d'un hall plutôt sombre malgré sa hauteur de plafond, au bout duquel Horace nous introduisit dans un salon également plongé dans la pénombre. Une silhouette masculine se devinait, assise au bord d'une ottomane rangée le long du mur, face à la porte. Le bout d'une cigarette rougeoya juste au-dessus de genoux osseux.

Horace donna de la lumière.

— Voici le témoin en question, nous dit-il, visiblement soulagé par ce transfert de responsabilités. Docteur, je vous présente Dan Peavy, shérif du comté de Guale, et Pete Miller, son assistant. Messieurs, vous avez devant vous le docteur Sheldon, un de mes locataires. Il va vous raconter ce qu'il a vu.

L'homme se leva. Il était très grand, immense, et d'une maigreur squelettique ; en se levant du siège bas, il nous donna l'impression de se déplier en hauteur comme un double-mètre. A présent, dressé de toute sa taille, il me dominait d'une demi-tête et je mesure un mètre quatre-vingt-cinq. Il était vêtu d'un short et d'une chemise multicolore dont le dessin devait représenter des scènes de la jungle. Ses genoux et ses coudes, d'une nodosité extrême, faisaient songer plutôt à des articulations de bielles par rapport à l'aspect grêle de ses quatre membres tout en longueur.

Il avait le visage anguleux et le front dégarni, avec des lobes très accusés. En ce moment, sa mine hagarde était celle d'un homme en proie à une hantise. A considérer le reste de sa personne, on pouvait l'estimer plus jeune que les quarante-cinq ans que je lui avais donnés de prime abord.

— A vous de parler, docteur, reprit Horace en une invitation pressante. Relatez donc, je vous prie, la scène à ces messieurs.

L'interpellé se massa le menton.

— Ma foi, shérif, les choses se sont passées comme Mr. Allen vous en a fait le récit par téléphone. Je m'étais mis en route comme chaque matin, vers six heures, pour faire ma promenade quotidienne qui consiste à pousser une pointe jusqu'au rivage du bras de mer, aller et retour...

Il se tut soudain et parut se raviser :

— Mais peut-être vaudrait-il mieux que je vous accompagne là-bas pour vous montrer l'endroit précis où je me trouvais. Nous pouvons l'atteindre par la route du littoral.

Dan ayant admis la pertinence de cette proposition, nous sortîmes tous les quatre de l'auberge pour aller prendre place dans la Pontiac : le shérif et moi à l'avant ; Horace et Sheldon sur la banquette arrière. Dan se retourna à demi vers le docteur tandis que je manœuvrais de façon à orienter la voiture vers l'allée menant à l'autoroute.

— L'endroit se situe à mi-chemin d'ici à la plage, soit à environ trois kilomètres de l'auberge, expliqua Sheldon.

— Il vous suffira d'avertir Pete quand nous arriverons à proximité, lui dit le shérif. Entre-temps, veuillez poursuivre la relation des faits.

D'un coup d'œil au rétroviseur, je vis Sheldon

s'avancer jusqu'au bord de la banquette arrière. Penché en avant, il reprit le fil de ses souvenirs :

— J'avais déjà parcouru la moitié du trajet quotidien, soit l'aller jusqu'à la grève et, sur le chemin du retour, je venais de m'arrêter devant un chapelet d'œufs de buccin, lorsque j'entendis un son étrange. Un cri s'éleva qui ne laissa subsister aucun doute dans mon esprit : c'était un hurlement de femme terrifiée. Du point où je m'étais arrêté, la vue s'étendait à des kilomètres de plage dans les deux sens. Je pus donc me rendre compte que le rivage était absolument désert. J'en déduisis que le cri perçant m'était parvenu de derrière les dunes, du côté de la route. J'escaladai rapidement la dune la plus proche...

Il fit une nouvelle pause, fouilla l'une de ses poches et en sortit finalement une cigarette. Dan frotta une allumette pour lui donner du feu, ce dont Sheldon le remercia distraitement d'un signe de tête.

— ... Donc, j'escaladai la dune et... et je les vis là, tous les deux, à douze ou quinze mètres de moi... Un homme et une femme qui se battaient ! L'homme, bâti en force, avait un visage laid à faire peur. Une affreuse caricature plutôt qu'une face humaine. La femme n'était pas de taille à lutter contre l'agresseur... moi non plus. Mais je n'eus pas le temps de prendre une décision quelconque, car soudain, je vis luire une lame de couteau. A deux reprises le bras armé du meurtrier décrivit un arc de cercle lorsqu'il poignarda sa victime... Chaque fois dans la région du cœur.

Sheldon passa une main sur ses paupières, comme pour chasser de sa mémoire la scène qu'il venait d'évoquer.

— Elle s'affaissa sur le sable et l'homme se

pencha un moment au-dessus d'elle ; mais, tout à coup, levant les yeux, *il m'aperçut !* Il avait encore le couteau à la main et, avec un cri de rage, il s'élança vers moi. Je pris la fuite à toutes jambes, ce qui fit évoluer la situation nettement à mon avantage car, il y a quelques années, je fus champion universitaire de course à pied. Entre autres performances, j'avais couvert un seize cents mètres en 4 minutes, 8 secondes, 6 dixièmes. Depuis lors j'entretiens ma forme grâce à des exercices appropriés.

« Je détalai donc en direction opposée à la plage, c'est-à-dire vers l'auberge. Après avoir parcouru de la sorte deux ou trois cents mètres, je ralentis l'allure et risquai un coup d'œil par-dessus mon épaule. Mon poursuivant n'était plus en vue. Sans doute avait-il abandonné la course, comprenant que jamais il ne pourrait me rattraper...

Sheldon se pencha encore davantage en avant et porta son regard à travers le pare-brise pour explorer les alentours.

— C'était là, monsieur Miller, me signala-t-il, l'index tendu au bout d'un bras démesuré. Vous voyez, là, ce bouquet de palmiers ? L'endroit est tout proche.

Je ralentis afin de ranger la Pontiac au bord de la route. Dès l'arrêt, le Dr Sheldon ouvrit la portière de son côté ; mais, avant de descendre, il dit à Dan Peavy :

— Il y a encore autre chose, shérif. Un détail qui... bref, j'ai cru reconnaître en la jeune femme une personne que je n'avais plus vue depuis cinq ou six ans.

Dan et moi l'encourageâmes du regard à s'expliquer davantage et il le fit avec effort :

— C'était — du moins ai-je *cru voir* en elle — une certaine Monica Burroughs.

— Quoi qu'il en soit, allons inspecter les lieux, décida le shérif.

Notre quatuor mit pied à terre et nous restâmes un instant près de la voiture, le regard tourné vers le large. Les dunes qui s'élevaient entre nous et la plage n'étaient pas des plus hautes, mais elles n'en cachaient pas moins à nos yeux l'océan et la grève. Par le temps calme de ce début de matinée, le ressac faisait, au-delà des dunes, un vacarme assourdissant.

Nous dévalâmes le versant d'un talus, large d'une trentaine de mètres, qui descendait en pente douce du bord de la route jusqu'aux premières dunes.

— Nous y voilà, dit Sheldon. Mais le... le meurtrier a sans doute emporté le corps...

Cette conjoncture, en effet, n'était pas douteuse car on ne voyait que du sable à l'endroit désigné par le docteur.

Dan s'approcha de ce point précis, bientôt imité par les trois autres dont j'étais.

— Observez le sol, dit-il, et gardez-vous de brouiller éventuellement les empreintes de pas, les traces de sang ou tout autre indice que nous pourrions découvrir sur le sable.

Nous descendîmes au centre de la dépression sablonneuse et à peu près circulaire, scrutant le sable à chaque pas. Il n'y avait là nulle trace de lutte ni même d'une présence quelconque peu d'heures auparavant.

Quand nous eûmes passé au peigne fin chaque mètre carré de la cuvette ensablée, nous nous regroupâmes, bredouilles, au pied des dunes. Je me tournai vers Sheldon :

— Avez-vous la certitude que c'était bien *ici*, docteur ?

Une expression d'égarement passa sur son visage.

Puis il se mit à grimper au flanc de la dune en faisant jaillir du sable derrière ses longues foulées, tel un chien de chasse qui eût flairé le passage tout récent d'un lapin. Arrivé sur la crête, il étira sa haute taille et pivota lentement sur lui-même pour explorer des yeux le sol environnant. Tout à coup son visage s'éclaira :

— Mais oui, *sans aucun doute*, c'est bien ici. Venez voir ! De cette hauteur, on distingue les traces de mes propres pas : celles qu'a laissées ma promenade matinale.

Dan et moi gravîmes à notre tour la dune, péniblement suivis par Horace vite à bout de souffle. Les empreintes de semelles tranchaient nettement sur la blancheur du sable sec. Je n'eus qu'à me laisser guider par elles pour retracer d'un coup d'œil le parcours de Sheldon jusqu'à la grève jonchée de coquillages. Je repérai même le chapelet d'œufs de buccin qui avait retenu l'attention du docteur juste avant qu'il entendît hurler la victime. Pendant ce temps, Dan Peavy se livrait à l'inspection des traces de pas dirigées en sens inverse : vers l'auberge. Celles-ci étaient bien plus largement espacées et plus profondes, particularité qui, de toute évidence, confirmait que Sheldon avait fui au pas de course.

Toutefois — fait étrange et non moins évident — il ne subsistait sur le sable que les seules empreintes de Sheldon. Nous le dévisageâmes d'un air interrogateur.

— Vraiment, je... je n'y comprends rien ! finit-il par dire. *Car j'ai vu, de mes yeux vu cet homme et cette femme.* Ils étaient *là*, à l'endroit même que nous venons d'examiner. La femme portait une robe à pois, une de ces tenues de plage du genre

« bain de soleil », et la voiture stationnait au bord de la route.

— La voiture ? fit Dan.

— Oui, il y avait une auto. C'est vrai, je... j'ai oublié de vous le dire. Une conduite intérieure de modèle récent. Je... Malheureusement, je ne pourrais être plus précis au sujet du véhicule, faute d'y avoir prêté grande attention au moment des faits. Autant que je me souvienne, il pourrait s'agir d'une Ford ou d'une Chevrolet, voire d'une voiture analogue. Elle était orientée en direction de l'auberge.

— Avez-vous entendu démarrer cette voiture après être redescendu sur la plage ? demandai-je au docteur.

Il hocha négativement la tête.

— Non. Le ressac était probablement assez bruyant pour couvrir le ronflement d'un moteur mis en marche au-delà des dunes.

— Et cependant vous avez bien entendu un cri de femme... ?

— Certes, mais c'était là un son aigu. Du reste, comme je vous l'ai signalé déjà, au premier instant je n'étais pas très sûr que ce fût un cri humain.

Sur ce, Sheldon dévala le flanc de la dune et entreprit un nouvel examen du sable poudreux qui, en bas, couvrait le sol. Je sentis alors une main se poser sur mon bras : celle d'Horace Allen.

— Pete... et vous aussi, Dan... Je vous dois à tous deux des excuses pour avoir involontairement abusé de votre temps, et ce d'autant plus que j'étais au fait de certaines circonstances... Mais, voyez-vous, cette histoire sonnait si *vraie* quand il me l'a contée...

— De quelles circonstances parlez-vous, Horace ? interrogea Dan.

— De celles qui ont amené le docteur Sheldon à

venir en villégiature dans la région. Voilà que ça me revient seulement à l'esprit.

Il se tut, soudain embarrassé, baissant la tête et enfonçant le bout de sa chaussure dans le sable comme un gamin penaud.

— Il a fait une dépression nerveuse. Je crois que tout part de là, ajouta-t-il en se tapotant la tempe d'un geste significatif.

— Voulez-vous dire que le docteur a des visions ?

— Je crains que oui.

J'abaissai les yeux vers le pied de la dune et vis que le Dr Sheldon avait interrompu ses recherches pour lever vers nous un regard anxieux.

— Vous penseriez donc que ce... ce *crime* n'a été commis que dans mon imagination ? Je...

— Pete et moi n'avons pas coutume de sauter hâtivement aux conclusions, docteur, dit le shérif, comme pour lui redonner confiance. En ce qui concerne la femme, pouvez-vous nous la décrire autrement que par sa robe à pois ?

— Assurément, répondit Sheldon. C'était une personne de taille moyenne et d'une trentaine d'années ; jolie mais les traits un peu durs, même si l'on tient compte de la terreur qui s'était emparée d'elle à ce moment. Elle avait les cheveux blonds, coupés court...

Mais Horace ne lui laissa pas le temps d'achever :

— Tout le portrait de Miss Trudie Masefield ! marmonna-t-il.

Horace nous exposa que Miss Trudie Masefield comptait parmi ses autres locataires. Je demandai à Sheldon s'il la connaissait.

— Non, répondit-il en secouant la tête. Non. Je ne suis ici que depuis quelques jours et ne fréquente pas l'auberge, même aux heures de repas, car je fais ma popote moi-même.

— C'est exact, confirma Horace. Le docteur Sheldon occupe l'un de mes bungalows de plage. Vous savez, ces habitations en bois qui s'échelonnent le long de la route, sur le bord opposé à l'auberge... Il y loge sans pension et vit un peu en ermite.

— Ce séjour s'apparente pour moi à une cure... Une cure de repos, confia Sheldon.

— Bon, émit pensivement Dan Peavy. Retournons à *Guale Inn* pour voir si Miss Masefield est là.

Nous regagnâmes la Pontiac et repartîmes.

De la route, en venant de la mer, on ne distinguait de l'auberge que le toit dont les deux versants très inclinés plongeaient presque à pic au milieu d'un hallier. Je me demandai pourquoi Horace ne faisait pas déboiser une partie du terrain envahi par cette végétation luxuriante. Ce dégagement eût donné au site un aspect d'autant plus attrayant qu'on y eût respiré la fraîcheur de la brise marine à laquelle, dans le présent état de choses, les buissons faisaient obstacle ; mais je suppose qu'il n'était pas homme à changer quoi que ce soit à un décor auquel ses ancêtres avaient trouvé du charme. La seule modification apportée par Horace consistait en l'adjonction d'une demi-douzaine de bungalows espacés le long de la route, à proximité de l'auberge originelle. Ils dataient d'une quinzaine d'années. Propriétaire d'une vaste étendue de rivage, Horace avait prévu entre les bungalows un intervalle suffisant pour que chaque locataire jouisse d'une complète indépendance par rapport à ses voisins et se sente donc parfaitement chez soi. Un chemin privé et carrossable reliait chacune des constructions à la route du littoral ; et, au fil des années, les espaces intermédiaires s'étaient garnis d'une végétation touffue où les myrtes rivalisaient d'abondance avec les choux-palmistes.

Le bungalow de Sheldon, situé à l'extrême nord de l'alignement en bordure de la route, portait le numéro 1. Miss Trudie Masefield logeait au numéro 2. Horace nous informa que les bungalows 3, 5 et 6 étaient actuellement disponibles tandis qu'il avait loué le 4 aux époux Dunwoody venus s'adonner à la pêche.

— Il y a également le vieux London, qui loge en pension complète à l'auberge, compléta Horace. Il revient périodiquement depuis sa mise à la retraite. Son dada, c'est la pêche à la truite...

Sur les indications de l'aubergiste, je virai dans la courte allée poussiéreuse qui menait au bungalow numéro 2. D'épais fourrés le rendaient invisible tant de l'auberge que de l'un quelconque des bungalows avoisinants. Mais à l'arrière, on avait vue sur la plage et la mer.

Une Plymouth jaune, qui paraissait dater de deux ans, était garée près de la cabane. Horace descendit de la Pontiac et se dirigea vers l'entrée. A plusieurs reprises il frappa à la porte. N'obtenant pas de réponse, il revint à la voiture.

— Elle est probablement allée sur la plage... dit-il à Dan ... ou peut-être s'est-elle rendue à l'auberge pour le petit déjeuner.

Sheldon exprima le désir de regagner son bungalow. Il formula des excuses pour le vain dérangement qu'il nous avait causé, et s'en fut, long et maigre comme une mante religieuse, mais foulant le sol d'un pas d'échassier.

Nous reconduisîmes Horace à l'auberge. Mais nous n'y trouvâmes point Miss Masefield. Nous apprîmes qu'on ne l'avait pas revue depuis la veille à l'heure du dîner.

Dan et moi rembarquâmes en voiture. A quelques minutes près, il était à peine huit heures du matin.

— Passez-moi un coup de fil dès le retour de cette demoiselle Masefield, voulez-vous ? dit le shérif à l'aubergiste.

— Je crois inutile de vous faire encore du souci à propos de cette prétendue scène de meurtre, opina Horace. Le pauvre type a tout simplement été trompé par ses sens.

— Téléphonez-moi quand même, insista le shérif en me donnant le signal du départ.

En cours de route, Dan Peavy se gratta le crâne à travers une bonne épaisseur de cheveux indisciplinés.

— Une affaire plutôt étrange, n'est-ce pas, Pete ?

— J'ai l'impression que nous avons perdu notre temps, répondis-je.

Il se mura dans un silence méditatif pendant une minute ou deux. Puis, brusquement, comme rappelé soudain aux impératifs de l'heure :

— Appuyez donc sur le champignon, Pete ! J'ai des tas de choses à faire au bureau avant de me rendre au tribunal à 10 heures.

Après deux ou trois kilomètres parcourus à l'accéléré et sans mot dire, il émit cette réflexion :

— Et pourtant, ce Sheldon m'a l'air sensé. Il ne me fait pas du tout l'effet d'un type qui a perdu la boussole...

***

Un peu plus tard dans la matinée, alors que je vaquais à mes occupations au bureau du shérif, tandis que Dan Peavy siégeait au tribunal, mes pensées revenaient continuellement à Sheldon et à son histoire fantastique. Qu'est-ce qui aurait pu provoquer chez cet homme une hallucination ? Pourquoi, lors d'une paisible promenade sur une plage *déserte*, avait-il été soudainement le jouet de son imagination en croyant voir une scène de meurtre ?

Vers 11 heures, j'appelai Horace Allen au bout du fil pour m'enquérir si la pensionnaire Masefield était, ou revenue à l'auberge, ou rentrée à son bungalow. Il me répondit par la négative tout en m'assurant que cette absence prolongée n'avait encore rien d'inquiétant et que Miss Masefield ne tarderait plus à reparaître. Mais la voix mal affermie d'Horace semblait démentir cette belle affectation de sérénité.

Ce fut après déjeuner que nous reçûmes le coup de téléphone émanant de l'aubergiste. Dan Peavy était revenu à son bureau après la séance au tribunal. Mon collègue Jerry Sealy, second assistant du shérif, était parti chercher un bidon de café au drugstore d'en face afin d'en offrir une tournée générale.

Dan décrocha le combiné de l'appareil posé sur son bureau. Après avoir entendu un déluge de lamentations, il endigua le flot de paroles de son correspondant :

— Allons, allons, Horace, du calme ! Tâchez de vous ressaisir et reprenez depuis le début... Voilà qui est déjà mieux... Je vous écoute.

Dès lors il fut tout ouïe, hochant la tête de temps à autre cependant que, peu à peu, des rides creusaient son visage tanné. Au bout d'un moment, il étira du pouce et de l'index son grand nez bulbeux avant de conclure :

— Entendu. J'arrive avec Pete.

Il leva les yeux vers moi :

— On vient de retrouver Miss Masefield.

— Ah ! bon. Qu'a-t-elle déclaré au sujet de ce début de matinée ?

— Elle n'aurait pu se montrer loquace, répondit Dan en se levant avec lassitude pour aller prendre son chapeau. On l'a trouvée raide morte. Assassinée.

***

Horace Allen était notablement plus pâle que lors de notre dernière entrevue. En outre il avait les yeux exorbités, la bouche ouverte et la mâchoire pendante lorsqu'il nous fit signe de stopper au coin de la route et du chemin bordé de taillis qui menait au bungalow numéro 2. Je rangeai la Pontiac en bordure de la route et fis halte à hauteur de l'aubergiste.

— Seigneur ! dit-il, haletant, lorsqu'il se fut laissé tomber sur la banquette arrière. Je vous jure, Dan, que pour rien au monde je ne voudrais revivre un pareil moment ! J'étais venu apporter à Miss Masefield une provision de draps et de serviettes propres. Après avoir frappé en vain à plusieurs reprises, j'ai ouvert la porte à l'aide de mon passe. Mon intention était de déposer le linge à l'intérieur pour le mettre à l'abri d'une éventuelle averse, et de ressortir aussitôt...

Il s'interrompit car nous arrivions devant le bungalow. Je garai la Pontiac à côté de la Plymouth apparemment restée sur place depuis notre venue matinale.

— Si vous n'y voyez pas d'objection, Dan, je patienterai dehors, reprit Horace. Il me tendit une clef.

— Comme vous voudrez, Horace, acquiesça le shérif. Je vous demanderai toutefois de ne pas vous éloigner, car nous aurons probablement besoin de précisions.

Nous descendîmes de voiture et gagnâmes la

porte du bungalow. J'introduisis la clef dans la serrure, la fis jouer sans effort et la porte s'ouvrit. Près de l'entrée, nous vîmes la pile de draps et de serviettes que l'aubergiste avait laissé choir sous le coup de la surprise. J'enjambai le tas de linge, avec Dan sur mes talons.

La jeune femme gisait sur le dos, au pied d'un des lits jumeaux adossés au mur sud. Elle avait perdu tout son sang par une ou plusieurs blessures qu'elle portait sur le haut de la poitrine, près du nœud de ruban qui fermait sa robe bain de soleil.

Un détail me frappa d'emblée.

— Dan... commençais-je.

Mais il avait déjà saisi et opinait :

— Oui, Pete, je sais. C'est la robe à pois dont le docteur a fait mention. Et je parierais que la victime a été poignardée.

Il s'approcha du corps et se baissa pour l'examiner de plus près. J'allai me pencher par-dessus son épaule. Autres détails troublants : la victime était une blonde aux cheveux courts, de taille moyenne et d'un âge que je situai vers la trentaine. De fait, elle répondait en tout point au signalement fourni par Sheldon.

Je parcourus l'intérieur du regard. L'installation, dénuée de toute fantaisie, était strictement fonctionnelle. Rangé contre le mur nord, il y avait un combiné armoire-secrétaire et, un peu plus loin, du même côté, une petite table flanquée de deux chaises. Au-delà de ce même mur, une annexe exiguë servait à la fois de débarras et de salle de bains. Derrière le battant de la porte d'entrée que nous avions laissée ouverte, un cloisonnement entourait une kitchenette. De larges baies vitrées se découpaient au fond, dans le mur est, donnant une vue panoramique sur l'océan.

— Vous supposez que le crime a eu lieu comme Sheldon nous l'a raconté ? demandai-je à Dan. Il se peut qu'après coup le meurtrier ait transporté le corps ici, chose qu'il aurait pu réaliser facilement en voiture avant le retour de Sheldon. Étant donné la configuration particulière des abords du bungalow cerné de bosquets, il aurait pu s'approcher de l'habitation au volant d'un camion-remorque sans que nul ne s'en aperçoive.

— Une seule objection à cette hypothèse, Pete, émit Dan.

— Ouais ?

— Tout paraît indiquer que le crime a été commis *ici même, dans la cabane.* Voyez le sang répandu sur le sol, juste sous le corps, en une flaque bien circonscrite. Je ne vois de sang nulle part ailleurs dans l'habitation.

C'était vrai. Selon toute apparence, Miss Masefield avait été tuée là où elle gisait encore à l'heure présente, et elle avait abondamment saigné avant que le cœur cesse de battre.

Dan se redressa lentement.

— Le cadavre est déjà froid. La mort doit remonter à un certain nombre d'heures ; il est probable qu'elle avait déjà fait son œuvre au moment où Horace est venu frapper à la porte ce matin.

Il se dirigea vers l'armoire-secrétaire, meuble qui paraissait avoir servi également de coiffeuse si l'on jugeait par l'arsenal de produits de beauté qui s'y trouvait : lotions capillaires et autres, nécessaire de maquillage, etc. Un sac à main était posé sur le coin de l'armoire. Dan s'en saisit pour le retourner au-dessus de la tablette à écrire et inventorier le contenu. Là encore, rien d'inhabituel chez une femme : bigoudis et épingles diverses, pièces de menue monnaie, un porte-billets, des brindilles de tabac provenant de cigarettes. Toutefois Dan découvrit un bout de papier, plié en trois, qu'il étala sur la tablette devant lui. On y avait griffonné une seule et brève mention qui ressemblait à un numéro de téléphone : *MU 8.6213*. Dans le portefeuille de la morte, le shérif trouva quelques coupures formant une somme totale de soixante-trois dollars... et une bague de diamant.

— Ceci paraît exclure le vol en tant que mobile du crime, dis-je.

Poursuivant l'inventaire du réticule, Dan en sortit des pièces d'identité qu'il parcourut rapidement des yeux pour ne s'arrêter qu'au permis de conduire. Il lut à haute voix : *Monica Burroughs. Sexe : féminin. Race : Blanche. Age : 31 ans. Adresse : 3106 Wakefield Street, appartement 6, Kingston.* Il retourna le document pour en consulter le verso :

— Aucune infraction.

Encore une fois, d'un geste qui lui était coutumier, Dan Peavy fourragea dans son épaisse chevelure neigeuse.

— Filez dare-dare à l'auberge et téléphonez de ma part à Jerry ainsi qu'au docteur Stebbins. Priez-les de venir immédiatement.

Je me hâtai vers la sortie, mais il stoppa mon élan :

— Au retour, Pete, faites un saut au bungalow numéro 1 pour voir si Sheldon est chez lui. J'aimerais lui dire deux mots.

***

Quand j'eus rempli ma mission téléphonique, j'empruntai l'allée conduisant au bungalow numéro 1. Bientôt je frappai à la porte du docteur dont je voyais la MG parquée à la lisière des taillis.

— Oui ? Qui est là ? s'enquit Sheldon, sans se déranger pour ouvrir.

— Miller, docteur. Le shérif adjoint.

— Entrez donc. Je n'ai pas poussé le verrou.

Je tournai le bouton et entrai. A l'intérieur comme à l'extérieur, c'était l'exacte réplique du bungalow voisin. Sheldon, uniquement vêtu de son short, avait allongé ses deux mètres sur l'un des lits jumeaux et fumait une cigarette, les yeux fixés au plafond. Sur la table de nuit se trouvait, retourné, un livre ouvert.

— Le shérif Peavy aimerait vous parler, docteur, dis-je.

Il se redressa sur la couchette et écrasa son mégot dans un cendrier de verre, puis il déploya un bras tentaculaire afin de saisir sa chemise qu'il avait jetée sur l'autre lit.

— La jeune dame n'est donc pas rentrée ? interrogea-t-il.

— Si, répondis-je. Elle est dans son bungalow.

Il enfila sa chemise, en boutonnant le devant, remonta la ceinture de son short et chaussa ses pieds nus d'énormes mocassins. Je notai que, sur la table de chevet, le livre voisinait avec un gros flacon à demi plein de pilules.

— Mais alors, objecta-t-il, que me veut à présent le shérif Peavy ?

— A lui de vous l'expliquer, doc. Moi, j'exécute les ordres de mon supérieur, un point c'est tout.

Nous quittâmes le bungalow en silence. Je portai mon regard au large, sur les vagues écumantes, me demandant si le poisson (le bar, en l'occurrence) mordrait pendant la soirée du samedi. J'aurais peut-être une chance de faire bonne pêche en allant le taquiner en fin de semaine.

Au moment de monter les quelques marches de bois précédant le seuil, Sheldon me lança un coup d'œil intrigué après avoir remarqué la présence toute proche du nouveau fourgon de police, lequel portait au bas des portières la mention peinte sur deux lignes : *Comté de Guale* — BUREAU DU SHÉRIF.

— Ne sommes-nous pas à la cabane de Miss Masefield ? demanda-t-il.

Je lui répondis par un signe de tête affirmatif et, apercevant Dan Peavy en compagnie d'Horace au-delà de la Pontiac, j'allongeai le pas. A notre approche, Dan contourna la voiture pour se porter au-devant de nous.

— On a retrouvé Miss Masefield, docteur, dit le shérif. Je présume que Pete vous l'a signalé.

Sheldon inclina brièvement la tête.

— Elle est là, à l'intérieur... reprit Dan Peavy. L'espace d'un instant, ses yeux s'étrécirent. ... Morte, acheva-t-il d'un ton froid. Elle a été assassinée.

Bouche bée de saisissement, Sheldon finit par bégayer :

— *Ass-assass-assassinée ?*

— Oui. Et c'est même un crime fort étrange par certains aspects. Je sais, docteur — Horace m'a mis au courant de la chose — que vous suivez ici une cure de repos pour les nerfs. Cependant je vais vous prier de faire un effort sur vous-même pour aller, si possible, jeter un coup d'œil à la défunte.

— Pourquoi moi ? s'étonna Sheldon.

— J'ai déjà identifié la morte, intervint Horace. Pour quelle raison faudrait-il que le docteur Sheldon aille voir la dépouille ? Ce n'est assurément pas un spectacle pour lui.

— Alors, docteur ? insista Dan.

— Soit, si vous le jugez nécessaire, shérif. Mais, tout de même, je...

Sans plus attendre, Dan se dirigea vers la porte

de la cabane, l'ouvrit, se tourna de flanc pour s'effacer et, d'un geste, invita Sheldon à franchir le seuil. Je suivis les deux hommes à l'intérieur. Je vis alors, juste devant moi, Sheldon s'arrêter pile avec un haut-le-corps à la vue du cadavre. Réaction toute naturelle, au demeurant.

Ensuite Sheldon, que Dan observait avec une attention extrême s'avança lentement, d'une démarche hésitante vers la dépouille... Mais à peine eut-il abaissé les yeux pour dévisager la morte, qu'il tendit vers elle un doigt tremblant :

— C'est... c'est *elle* ! C'est Monica...

— Elle porte en effet le nom que vous avez prononcé ce matin, ainsi que l'attestent ses pièces d'identité, dit Dan Peavy.

— Quelle etait la nature de vos relations avec Monica Burroughs ? demandai-je au docteur.

Sheldon se détourna du corps.

— Je... j'ai connu cette fille autrefois. C'est tout. Voilà au moins cinq ans que je ne l'avais revue. Shérif, tout ceci me laisse confondu...

— N'avez-vous pas remarqué autre chose, docteur ? m'enquis-je.

Paupières closes, Sheldon inclina lentement la tête :

— Si. La victime est habillée exactement comme je vous l'avais décrit et, selon toute apparence, on l'a tuée exactement comme je vous le disais. Il se tourna vers Dan Peavy : Je *savais bien* que la scène du meurtre s'était *réellement déroulée sous mes yeux*. J'avais la conviction qu'il ne pouvait s'être agi d'une hallucination tant visuelle qu'auditive !

— D'accord, tout ceci paraît corroborer votre témoignage... A cela près que cette demoiselle Masefield ou Burroughs, ou quel que soit son nom, a été tuée *dans ce bungalow*, à l'endroit même où elle gît encore, corrigea Dan avec le plus grand calme.

***

Une demi-heure plus tard, le shérif et moi fûmes relayés par deux nouveaux arrivants : Jerry Sealey, mon collègue, et le Dr Stebbins, médecin légiste et coroner du comté.

Dan, Sheldon et moi, quittâmes le bungalow pour nous rendre à l'auberge.

Arrivés là, nous nous installâmes tant bien que mal dans la pièce fort encombrée qui tenait lieu de bureau à Horace Allen. A la requête de Sheldon, j'étais passé au bungalow 1 pour lui rapporter le flacon de pilules que j'avais remarqué sur la table de chevet lors de ma visite.

— Vous dites que vous n'avez plus vu cette femme depuis cinq ou six ans ? dit Dan en regardant Sheldon avaler coup sur coup plusieurs pilules.

Le docteur confirma d'un hochement de tête. Il ne prit la parole qu'après déglutition finale :

— Shérif, toute cette affaire est... comment dirais-je ? C'est comme si j'avais eu une sorte de vision prémonitoire me représentant la victime traits pour traits et, non moins exactement, la robe qu'elle portait au moment du crime ainsi que la manière dont le meurtre a été commis.

— Ce pourrait être plus qu'une vision, docteur, insinua Dan.

Sheldon posa sur lui un regard effaré. Puis :

— Oui, je conçois votre façon de voir : trop de coïncidences pour que l'on puisse me croire sur parole. Je me rends parfaitement compte que cela me met plutôt en fâcheuse posture.

Il entrelaça ses longs doigts noueux dont les articulations craquèrent.

— Puis-je donner un coup de téléphone, shérif Peavy ? Franchement, je... je préférerais avoir auprès de moi l'assistance d'un ami sûr.

— D'accord, acquiesça Dan. Mais dites-moi, au fait, quelle est votre spécialité ? La médecine ? La dentisterie ?

— Je suis docteur en philosophie. Mais actuellement je dirige le laboratoire des recherches de la Bowen Corporation, à Kingston.

— La Bowen ? Je connais l'entreprise. C'est là un poste éminent et comportant de lourdes responsabilités pour un homme aussi jeune que vous l'êtes. Car je ne vous donne guère plus d'une quarantaine d'années. Je suppose donc que vous êtes entré à la Bowen aussitôt après la fin de vos études... ?

Sheldon eut un sourire attristé.

— A vrai dire, j'ai trente-cinq ans, mais après une journée comme celle-ci je pourrais aussi bien paraître octogénaire. Quant à la Bowen, la date de mon entrée en fonctions ne remonte guère à plus d'un an. Avant cela, j'étais expérimentateur gouvernemental.

Dan se racla la gorge et s'éloigna du bureau.

— Allez-y, docteur. Le téléphone est à votre disposition.

Sheldon s'approcha de l'appareil dont il décrocha le combiné.

— Allô... Je désire appeler en P.C.V. un numéro à Kingston. Il s'agit d'une communication personnelle au docteur Amos Eddleman, en fonctions au laboratoire de la Bowen Corporation dont voici le numéro d'appel : Murray 8-6213. Oui, c'est bien ça... A Kingston. Certainement. Je ne quitte pas.

Dan Peavy avait cillé à l'audition du numéro :

c'était celui qu'il avait trouvé inscrit sur le bout de papier découvert dans le sac à main de Monica Burroughs.

Tandis que le docteur attendait sa communication, nous nous plongeâmes, Dan et moi, dans l'examen détaillé de nos ongles ; puis nous laissâmes errer nos regards sur les catalogues et magazines qui traînaient çà et là dans le bureau d'Horace. La plupart de ces publications avaient trait à la pêche. J'avisai une revue datée de 1946 et la désignai à mon chef d'un air goguenard...

— Allô, c'est toi, Amos ? dit soudain le docteur. Oui, Paul à l'appareil... Comment ?... Non, j'ai de graves ennuis. En fait, je me trouve impliqué dans une affaire des plus étranges. Pourrais-tu venir ici ? Oui, sur l'heure si possible... Je préfère ne pas entrer dans les détails par téléphone... Oui ? Parfait, Amos. A tout à l'heure... et merci d'avance.

Posant le combiné sur sa fourche, il nous regarda tour à tour.

— Le docteur Eddleman est mon assistant au labo en même temps qu'un ami intime, expliqua-t-il. C'est un esprit sain, parfaitement équilibré. Vu les circonstances présentes et celles qui ont motivé mon séjour ici, je serai soulagé d'avoir à mes côtés une présence amie et de bon conseil.

Dan se rapprocha du meuble, sur l'angle duquel il s'assit de biais. Il promena la main dans sa forêt de cheveux blancs et dit à Sheldon :

— Peut-être avez-vous maintenant le devoir de nous exposer ces *circonstances*, docteur. Du moins, celles qui vous ont amené dans la région.

Sheldon se mordilla la lèvre inférieure un moment, puis fit un signe d'assentiment comme si, en dernière analyse, il prenait le parti de se confier :

— Oui, vous avez raison. Elles ne peuvent plus

être passées sous silence. Puisque tôt ou tard vous aurez à les connaître, j'aime autant vous les révéler moi-même.

« J'ai eu ce qu'on appelle communément une dépression nerveuse. Conséquence d'un surmenage, d'après le médecin. Il m'a prescrit le repos complet et suggéré d'aller me mettre au vert dans un endroit où je vivrais coupé de tout ce qui pouvait me rappeler mon travail en souffrance.

— Comment en êtes-vous arrivé à jeter votre dévolu sur *Guale Inn* ? demandai-je.

— C'est Amos — le docteur Eddleman — qui m'a recommandé l'auberge. Il y avait séjourné à plusieurs reprises lorsqu'il était venu s'adonner à la pêche. Mr. Allen le connaît bien.

— Écoutez, docteur, dit Dan Peavy, je ne suis pas psychiatre, mais si vous me donniez tout de même une vague idée des troubles qui ont caractérisé cette dépression nerveuse...

Sheldon eut un bref éclat de rire sans joie.

— J'ai bien cru perdre la raison, je l'avoue. Au début (cela se passait il y a six ou huit mois), je ne retrouvais plus les objets là où j'avais l'impression de les avoir rangés. Il s'agissait d'articles usuels : notes, livres, voire mon chapeau. Et cela ne fit qu'aller de mal en pis. Bien souvent il m'arriva de ne plus retrouver ma voiture à l'endroit où je pensais l'avoir garée. — Il se tut un instant, comme s'il hésitait à poursuivre. — A deux occasions, je... eh bien... *j'entendis des voix.*

— Des *voix* ? fit Dan Peavy.

— Oui, des voix imaginaires.

Une image se précisait peu à peu dans mon esprit. Celle d'un homme qui, obéissant à un mobile encore inconnu, avait tué en une minute d'égarement et, ensuite, avait eu la vision hallucinatoire du même acte criminel — mais commis par un autre.

Mal à l'aise, je consultai le shérif du regard, mais Sheldon acheva d'une voix blanche :

— J'allai voir le médecin, lequel m'envoya chez le psychiatre. Ce dernier me conseilla de partir en villégiature dans quelque coin perdu ou, du moins, réunissant les conditions propices à une cure de repos. A l'entendre, j'avais été un bourreau du travail... ce que je dus forcément admettre, quoique j'eusse l'habitude de travailler dur sans me sentir surmené.

Abandonnant le coin du bureau, Dan arpenta la pièce, le front plissé par un effort de concentration. Bientôt il refit face à Sheldon :

— L'affaire se présente plutôt mal pour vous, n'est-ce pas, docteur ? Il faut que j'aille procéder immédiatement à certaines vérifications. Je désire que vous regagniez votre logement et y restiez jusqu'à nouvel ordre.

— Je comprends, shérif.

— Pete, vous allez raccompagner le docteur chez lui. Après quoi, vous me rejoindrez au bungalow de Miss Masefield. Nous allons confronter l'ensemble de nos informations avec les renseignements complémentaires que nous recueillerons auprès de Jerry et de Stebbins.

***

En m'éloignant du bungalow 1 après avoir escorté le docteur, je me surpris à penser que l'homme m'était rudement sympathique et je trouvai regrettable qu'un aussi chic type se fût mis dans un pareil pétrin.

Le vieux Dr Stebbins s'entretenait avec Dan au-dehors quand j'arrivai en vue du bungalow.

— ... rigidité cadavérique, l'entendis-je dire au shérif. J'estime que la mort remonte à six ou huit heures, tout au plus. Le corps porte deux blessures ressemblant à des coups de poignard. On n'a pas encore retrouvé l'arme du crime, m'a dit Jerry. Je pourrai préciser l'heure du décès après l'autopsie.

— Voyons un peu, dis-je en consultant ma montre. Il est maintenant près de deux heures, de sorte que la victime a été tuée au plus tard à huit heures du matin.

— Brillante déduction, mon jeune ami, commenta, aigre-doux, le Dr Stebbins. Je suppose, Dan, que les constatations d'usage ayant été faites, on peut procéder à la levée du corps sans plus attendre ?

A ce moment Jerry Sealey sortait du bungalow, la caméra à la main :

— J'ai pris toutes les photos nécessaires, Dan.

Le fourgon mortuaire venait de s'arrêter devant la porte. Le shérif autorisa le transfert de la dépouille.

Planté dans la cour, je vis Jerry et un ambulancier ressortir de la cabane avec, allongé sur une civière, le corps recouvert d'un drap. Dan Peavy poussa un long soupir.

— A présent, dit-il, nous allons interroger les autres locataires d'Horace. L'un d'entre eux pourra peut-être nous fournir quelque indice.

***

Mr. C.L. Dunwoody et sa femme occupaient le bungalow 4. C'était un couple d'âge mur, originaire du nord de l'État. L'endroit leur avait été recommandé par des amis.

— Il y a tout juste huit jours que nous sommes

ici, shérif, déclara Dunwoody. Quelle fin tragique pour cette demoiselle Masefield ! Il me semble encore la voir sur la plage, il y a un jour ou deux... Du moins, je suppose que c'était elle d'après la façon dont vous venez de me dépeindre la victime. C'est du reste la seule fois que je l'ai vue en promenade. Les autres jours, elle vivait probablement confinée dans son bungalow.

— Étiez-vous dans le vôtre ce matin, entre sept et huit heures ? lui demandai-je.

— Oui. Nous avons fait la grasse matinée jusqu'à neuf heures. La marée n'étant pas matinale aujourd'hui, nous n'avions aucune raison de l'être plus qu'elle.

— Avez-vous perçu quoi que ce soit en provenance du bungalow 2 ? s'enquit Dan. Le bruit d'une voiture ou, peut-être, les cris d'une femme appelant à l'aide ?

— Je n'ai absolument rien entendu avant mon réveil à neuf heures. J'avais dormi comme une souche. — Il interpella son épouse : — Et toi, Maybelle ?

— Rien non plus, déclara Maybelle en secouant la tête avec conviction.

— Hier soir, je suis allé au bungalow 1 pour faire une partie d'échecs avec le docteur Sheldon, dit encore Dunwoody. Il m'a mis échec et mat. Un charmant garçon, ce Sheldon. Il m'est bougrement sympathique. A mon avis, il n'est pour rien dans cet assassinat.

— Eh bien, conclut Dan Peavy avant de prendre congé, si l'un de vous deux se rappelle tout autre détail susceptible de nous aider, qu'il veuille bien en aviser le patron de *Guale Inn*.

Nous allâmes trouver ensuite Mr. Adam London qui avait une chambre à l'auberge même. Le retraité avait bien connu le père de l'actuel aubergiste. Il nous affirma tout ignorer de ce qui se passait du côté des bungalows de plage. Et nous eûmes droit à son opinion, très personnelle.

— Horace a commis une énorme bêtise en faisant construire ces baraques-là. Je le lui avais bien dit, mais il n'en a fait qu'à son idée... — Il eut le hochement de tête du sage que l'on n'a point écouté. — ... A l'heure actuelle, la preuve est faite qu'il a eu tort.

Une Ford décapotable vint s'arrêter devant l'auberge.

— Voici Eddleman, dit Horace. Venant de Kingston, il a dû rouler à tombeau ouvert pour couvrir une distance de 105 kilomètres en moins d'une heure...

Un homme trapu et à demi chauve, paraissant une cinquantaine d'années, descendit de l'auto. Il portait une cravate lâche qu'il avait probablement desserrée en cours de route, et une chemise blanche dont les manches étaient roulées jusqu'aux biceps. Son visage aux traits réguliers était grave lorsqu'il s'approcha de nous sous la véranda ombreuse.

Quand Horace se fut acquitté des présentations, Eddleman jeta un coup d'œil alentour et nous questionna sans ambages :

— Que se passe-t-il à l'auberge ? Où est Paul ? Où est le docteur Sheldon ?

— Dans son bungalow, répondit Dan Peavy. Vous êtes son assistant à la Bowen, paraît-il.

Eddleman confirma d'un signe aussi sec que pour chasser de son crâne une mouche importune.

— J'aimerais voir Paul, lui parler. A-t-il des ennuis ?

— Il pourrait en avoir de terribles, docteur Eddleman, dit Dan. A l'heure présente, nous lui accordons encore le bénéfice du doute. Venez, docteur, nous allons vous faire un brin de conduite jusqu'aux abords de son bungalow.

Dan, Eddleman et moi, prîmes à pied le chemin qui aboutissait à la route unilatéralement bordée par la série de bungalows.

— Vous semblez être liés de solide amitié, Sheldon et vous, observa Dan. Cela date peut-être de l'époque où vous travailliez ensemble pour le gouvernement ?

— Non. Moi, je suis à la Bowen depuis que j'ai décroché mon diplôme. J'y fais carrière. J'ai été l'assistant du docteur Longino et, après sa mort, je suis devenu celui de Paul, remplaçant du défunt. Nous nous sommes découvert des affinités, une communauté de goûts et d'intérêts en ce monde. Sans famille l'un et l'autre — Paul est divorcé — nous avons en quelque sorte gravité ensemble.

— Un meurtre a été commis dans le voisinage de *Guale Inn*, docteur. Or la victime, une certaine Monica Burroughs, est une ancienne connaissance de Sheldon.

Eddleman s'arrêta net au milieu de l'allée et regarda fixement le shérif :

— Vous... vous dites bien *Monica Burroughs* ?

— Parfaitement...

Le front d'Eddleman n'était plus que rides.

— Oh ! mais, alors, rien d'étonnant que Paul soit dans un bain d'acide chlorhydrique ! Cette roulure qui faisait du chantage...

Il s'interrompit et passa la main sur la surface polie de son crâne luisant.

— Pouvez-vous... Voulez-vous avoir l'obligeance de m'éclairer au sujet de cet homicide ? Je suis résolu à aider Paul dans la mesure de mes moyens, mais je ne pourrai agir qu'en pleine connaissance de cause. Si donc vous pouviez me faire une relation objective des événements...

— Au préalable, dit le shérif, vous allez compléter l'instruction criminelle en nous révélant tout ce que vous savez à propos de cette affaire de chantage.

— Dois-je comprendre que Paul vous l'avait tue ?

D'une lente inclination de tête, Dan fit signe que oui.

— Mais à présent que vous avez levé un coin du voile, nous vous offrons le choix entre deux méthodes : subir la manière forte ou coopérer spontanément à l'enquête par un témoignage sans réticence.

Un sentiment de culpabilité se refléta dans les yeux d'Eddleman. Sans doute se jugeait-il coupable de trahison involontaire à l'égard de son ami.

— Soit, acquiesça-t-il enfin. Cette sale histoire remonte à une dizaine d'années. Paul travaillait alors à un projet gouvernemental de la plus haute importance. A l'époque, il était marié, sans enfant. Ses activités l'appelaient souvent au loin et, du fait de ces longs et fréquents voyages, il passait fort peu de temps au domicile conjugal. Or un homme a beau appartenir à l'élite intellectuelle, il n'en est pas moins un mâle, et la chair est faible... Bref, Paul eut un écart de conduite... Malheureusement pour lui, ce fut avec une garce de femme qui ne tarda guère à se montrer sous son vrai jour. Détenant la preuve que Paul avait trompé Evelyn, son épouse, elle s'en servit aux fins de chantage. En l'espace de deux ans, cette garce parvint à lui extorquer une somme considérable. Puis Evelyn et Paul divorcèrent d'un commun accord — pour des raisons totalement étrangères aux manigances de Monica Burroughs. Dès lors, les menaces de chantage tombèrent à plat : divorcé, Paul ne vivait plus sous la griffe de l'intrigante. Il m'a narré toute l'affaire un beau soir, voilà quelques mois.

— Pensez-vous que cette femme ait pu trouver matière à un nouveau chantage aux dépens de Sheldon ? demandai-je.

Eddleman hocha la tête en signe de dénégation véhémente :

— Certainement pas !

— Nous voici presque arrivés, dit Dan. Nous avons consigné votre ami à demeure jusqu'à nouvel ordre, mais vous pouvez lui rendre visite.

— Merci, shérif, dit Eddleman qui se dirigea d'un pas décidé vers le bungalow.

Je me tournai vers Dan :

— Ces dernières informations modifient l'aspect du problème, ne trouvez-vous pas ? A présent, nous avons tout au moins un semblant de mobile.

— Peut-être. Quelle heure avez-vous, Pete ?

— Trois heures un quart, répondis-je après un coup d'œil à ma montre. Pourquoi dites-vous *peut-être* ? Supposons que la femme Burroughs ait rappliqué après avoir fait, sur la vie privée du docteur, une nouvelle découverte prêtant au chantage... Je ne vois vraiment pas d'autre motif à sa venue dans un patelin comme celui-ci. Seulement, cette fois elle a eu affaire à un Sheldon que le surmenage avait rendu à moitié fou. Il a perdu le contrôle de ses actes... et puis voilà, il a exécuté la sangsue à coups de couteau.

— Mais alors, comment interpréter les dires de Sheldon concernant l'épisode qui se serait déroulé *sur la plage* ce matin ? Jouait-il la comédie ?

Je haussai les épaules.

— C'est là un point que nous pourrions tirer au clair avec le concours du docteur Stebbins : à savoir si l'homme qui vient de commettre un meurtre peut ensuite — dans un décor tout différent — s'imaginer qu'il *voit* un autre homme occire la même personne d'une manière identique, comme pour se décharger du poids de sa culpabilité réelle en le transférant sur un meurtrier imaginaire.

Dan Peavy s'éclaircit la voix et se massa pensivement le menton.

— J'aurai plusieurs choses à faire avant mon retour au bureau, dit-il. En ce moment, Jerry bat les taillis environnant le bungalow 1, à la recherche du couteau. Vous pourriez peut-être aller lui donner un coup de main et...

A l'instant même où il disait ces mots, nous vîmes Jerry remonter au trot le chemin privé qui aboutissait au bungalow de Sheldon. Il arborait un sourire épanoui. Lorsque, un peu haletant, il nous eut rejoints, il tendit au shérif un objet enveloppé dans un mouchoir blanc. C'était un couteau de cuisine taché de sang auquel adhérait du sable.

— Voici sans nul doute la pièce à conviction, Dan, dit-il. Je l'ai trouvé enfoui sous la végétation d'un bosquet, derrière chez Sheldon. Trop maculé, je pense, pour que l'on puisse y relever des empreintes digitales.

Le shérif tint à se rendre immédiatement sur place. Nous y allâmes tous les trois. Quand nous eûmes contourné la cabane, Jerry montra du doigt les taillis :

— C'était là-dedans. On voit encore une trace de sang sur le sable.

Pas à pas, Dan Peavy s'engagea dans le buisson en inspectant au passage les branches de myrte et le sol.

— Venez voir, Pete... et vous aussi, Jerry. Regardez la tache que porte cette feuille de myrte. Si c'est du sang, on peut supposer que le couteau a touché la feuille avant d'atterrir dans le sable. En reliant par une ligne droite la tache de sang sur le sol et celle que porte la feuille, nous pouvons déterminer la trajectoire du couteau et d'où il a été lancé.

Regardant tour à tour les deux points de repère, Dan traça une droite sur le sable ; puis, se retournant, il prolongea cette droite par une ligne aérienne dans l'autre sens.

— Ceci paraît situer le lanceur, non au bungalow 1, mais plutôt à la porte de derrière du 2, celui du crime.

Je crus comprendre où Dan voulait en venir et, tandis qu'il s'absorbait dans ses pensées, je me permis cette remarque :

— Pourquoi le meurtrier, soucieux de se débarrasser d'un objet aussi compromettant que l'arme du crime, l'aurait-il lancé précisément derrière sa propre demeure où on ne pouvait manquer de le découvrir ?

— C'est précisément la réflexion que je me suis faite en le trouvant à cet endroit, marmotta Jerry.

— Pete, me dit le shérif, vous resterez ici pour surveiller les mouvements de Sheldon.

— Je crois qu'il serait bon de l'embarquer dès maintenant pour le mettre sous les verrous, suggérai-je. Du moins comme suspect.

— Plus tard, peut-être. Pour le moment, tenez-le à l'œil.

***

Dan et Jerry se rendirent en ville. Quant à moi, je retournai à l'auberge et m'assis à la terrasse. J'y étais à peine depuis quelques minutes quand Eddleman parut, revenant de sa visite à Sheldon.

Il s'arrêta devant moi et secoua la tête, les sourcils froncés.

— Paul est encore en plus mauvaise posture que je ne le pensais. Qu'est-ce que le shérif a décidé de faire ?

— Je n'en sais rien encore, répondis-je.

Il parut méditer un moment.

— Je crains que Paul ne soit en danger.

— En danger ? Comment ça ?

— J'ai bien peur qu'il ne présente un danger pour lui-même. Je pense que l'aliénation mentale, ne fût-elle que temporaire, peut être prouvée en ce qui concerne le meurtre de Monica Burroughs. Ce qui m'inquiète, c'est Paul lui-même. Le shérif est-il à son bureau ?

— Non. Il a dû se rendre en ville mais sera bientôt de retour.

— Je vais prendre une chambre à l'auberge. Voulez-vous dire au shérif que j'aimerais lui parler le plus tôt possible ?

Je lui promis de faire la commission. Eddleman entra dans l'auberge. Je l'entendis appeler Horace.

Ruminant les paroles d'Eddleman à propos de Sheldon, je retournai en hâte au bungalow 1.

Je frappai à la porte. Pas de réponse. Saisi d'appréhension, je frappai à nouveau.

— Entrez, répondit-il enfin.

Je le trouvai exactement tel que je l'avais vu la fois précédente : allongé sur un des lits jumeaux et n'ayant gardé que son short pour tout vêtement, il grillait une cigarette en contemplant le plafond. La brise de cette fin d'après-midi soufflait plaintivement par les larges baies orientées vers le large.

— Comment va, Doc ? Votre ami s'inquiète sérieusement à votre sujet.

— Ça va, Miller. L'esprit tourmenté, il est vrai.

J'ai bien cru qu'en ce moment je jouirais déjà de l'hospitalité municipale...

— Dan Peavy est la pondération même. C'est un homme avisé. Je ne l'ai jamais vu s'emballer sur de simples présomptions. Mais, bien sûr, il y a un commencement à tout.

— Je présume qu'il vous a chargé de me surveiller.

— C'est exact.

Il tira une longue bouffée de sa cigarette et se remit à fixer le plafond.

— Voulez-vous que je vous dise mon sentiment, monsieur Miller ? J'ai la demi-conviction d'avoir tué cette femme. Le cerveau humain peut jouer de vilains tours à son propriétaire.

Il se redressa sur le lit et, m'adressant un sourire las :

— Savez-vous jouer aux échecs ?

— Je crains que non. Mon jeu préféré est le gin rummy.

***

Il était près de sept heures du soir quand j'entendis la Pontiac s'arrêter devant la cabane. Sheldon m'avait battu à plate couture au gin rummy, mais il était le genre de gagnant avec qui l'on aime se montrer beau joueur.

M'étant levé, j'allai à la porte. Dan Peavy descendait justement de voiture.

— Le docteur Sheldon est toujours là ? s'enquit-il.

Je fis signe que oui et le shérif entra dans la cabane.

— C'est à lui que j'ai deux mots à dire. J'ai téléphoné de la ville à Horace. Il paraît qu'Eddleman a retenu une chambre à *Guale Inn*. Vous deux, Pete et Jerry, allez vite à l'auberge et faites en sorte qu'il ne rapplique pas ici avant que je vous donne le feu vert.

— Qu'est-ce qui... ? commençai-je.

— Allons, courez ! m'enjoignit-il en me poussant dehors.

Une fois en voiture, je questionnai Jerry aux fins de savoir ce qu'ils avaient appris en ville au cours de l'après-midi.

— Dan a eu deux entretiens téléphoniques avec un vieux frère d'armes : Hobart, chef de la police à Kingston. Entre ces deux communications, le chef a chargé deux détectives de perquisitionner l'appartement de la femme Burroughs. Ils ont fait chou blanc.

Jerry dépiauta un bâton de chewing-gum et le fourra dans sa bouche.

— Ensuite, Dan a passé un coup de fil à une huile de la Bowen Corporation. Tout ce qu'il m'en a confié, c'est qu'il va se livrer à un test avant de boucler Sheldon.

Le shérif semblait avoir perdu de vue que ses assistants devaient se sustenter comme tout le monde. Je raflai deux sandwiches à l'office de l'auberge et allai m'installer avec Jerry sous la véranda, d'où il nous serait possible de voir éventuellement sortir Eddleman.

***

Le crépuscule tombait, lorsque vers sept heures trente, Dan Peavy remonta l'allée vers *Guale Inn*.

— Le docteur Eddleman a exprimé le désir de vous parler dès votre retour, Dan, dis-je.

— Où est Horace ? demanda-t-il.

— Il est retourné à ses fourneaux voici un moment. Je pense qu'il doit y être encore.

Dan s'éclaircit la gorge et entra dans l'auberge dont les portes battantes se refermèrent derrière lui. Lorsqu'il en ressortit, quelques minutes plus tard, il dévala le perron de bois en nous jetant par-dessus son épaule :

— Venez, les gars, on retourne en ville !

— Quoi ? fit Jerry, éberlué, en se levant d'un bond. Et Sheldon ? Vous n'allez tout de même pas le laisser sans surveillance ?

— Embarquez, Jerry, intima Dan. Il me fit signe de m'installer au volant.

Nous roulâmes en silence le long du chemin, au bout duquel je virai dans la route du littoral, en direction de la ville. Nous y étions à peine engagés lorsque Dan me lança un contrordre :

— Changement de programme : nous quittons la route à hauteur du bungalow 2, celui où logeait la femme Burroughs.

— On ne va donc pas en ville ? s'étonna encore Jerry, complètement dérouté.

— Non. Stoppez aux abords de la cabane, Pete. Nous allons faire une tentative.

— Dans quel sens, Dan ?

— Amener le criminel à se démasquer. En route ! Et sans bruit...

Dan Peavy en tête, nous marchâmes en file indienne sur la plage et prîmes à gauche pour nous diriger vers le bungalow de Sheldon. Rapidement, la nuit était venue. Mais les fenêtres éclairées du bungalow 1 nous guidaient dans le noir. Dan, progressant par bonds tel un fantassin en marche d'approche, franchit en souplesse la faible distance qui nous séparait de la cabane et se tapit sous l'une des fenêtres en façade. A l'ouest, la lune n'était qu'un croissant jaune au firmament.

— Venez me rejoindre en vous baissant au maximum, nous souffla Dan.

Nous obtempérâmes. Il ne fallut que trente secondes à une escadrille de moustiques pour repérer notre position.

Il y avait bien vingt minutes que nous étions figés là dans une immobilité muette, et je commençais à me demander si, finalement, l'âge n'infligeait pas à Dan un début de gâtisme, quand un léger bruit nous parvint : on frappait à la porte de la cabane.

— Paul ? appela une voix que je reconnus être celle du Dr Eddleman. Paul ? répéta-t-il.

— C'est toi, Amos ?

— Oui. Allen m'a dit que tu désirais me voir après dîner.

— Ah ! oui ?... Eh bien, entre, Amos. J'ai effectivement à te parler.

Il y eut un bruit de pas à l'intérieur de la cabane, puis un faible grincement de gonds lorsque la porte s'ouvrit.

— J'étais sur le point de me faire sauter la cervelle, Amos, dit Sheldon. Avec tout ce travail en retard au labo, j'ai bien cru perdre la raison...

— Ce n'était pas ça du tout, Paul. Une simple fatigue nerveuse résultant du surmenage.

— Et maintenant ce meurtre ! Je suis certain que le shérif me croit coupable d'avoir tué Monica. Il pense qu'elle est venue séjourner ici, sous un faux nom, dans l'unique dessein de me rencontrer discrètement pour se livrer à de nouvelles extorsions sous menace de chantage. Après tout, je suis logiquement suspect.

— Ne t'inquiète pas. Dès demain je me mettrai en rapport avec un avocat et...

— Tu penses donc, toi aussi, que c'est moi l'auteur du crime ? Allons, Amos, avoue-le franchement...

Nous entendîmes gémir le sommier quand il s'assit lourdement sur le lit.

— J'estime que nous devrions faire venir le psychiatre que tu avais consulté...

— Mais, coupa Sheldon d'une voix devenue soudain ferme et vibrante, nous pouvons aborder le problème sous un autre angle. Étant donné l'esprit pratique et l'empirisme qui nous animent tous deux en tant qu'expérimentateurs, Amos, ceci est tout à fait dans nos cordes.

« Le shérif Peavy m'a signalé la découverte, dans le sac à main de Monica, d'un bout de papier portant un numéro de téléphone qui n'est autre que celui du laboratoire. Même après avoir souffert de... disons : de *troubles mentaux* au cours des mois écoulés, je sais pertinemment n'avoir eu aucun entretien verbal ni téléphonique avec Monica depuis plus de cinq ans.

— Peux-tu le certifier ?

— Oui, je le puis. Il m'apparaît dès lors que Monica avait noté ce numéro afin de parler à une tierce personne, attachée comme toi au labo.

— Elle l'avait peut-être noté fortuitement en vue de te joindre dans un proche avenir.

Sheldon éclata d'un rire bref.

— Monica ? Tu ne l'as pas connue aussi bien que moi. Quand elle notait un numéro, c'était pour l'appeler dans l'heure à suivre. Je te concède qu'elle a pu le garder sous la main pour le rappeler en d'autres occasions. Mais, en tout cas, une certitude demeure : *ce n'était pas avec moi que Monica s'entretenait lors de ses coups de fil au laboratoire.*

— Suivant ta méthode fondée sur la logique et

l'empirisme, Paul, qui donc pouvait être, au labo, le mystérieux correspondant de cette créature ?

La voix d'Eddleman montait âprement dans l'aigu. Ce n'était plus le ton d'un homme conseillant son ami en difficulté.

— J'ai idée que la réponse tombe sous le sens : *toi*, Amos.

Après un court silence, Eddleman émit un rire étouffé.

— Ça, par exemple ! Ma foi, Paul, si tu continues ainsi je finirai par convenir avec toi que tu perds irrémédiablement la boule. J'inclinerais à croire que tu es paranoïaque au dernier degré !

— J'irai même plus loin, Amos, poursuivit Sheldon sans se démonter. C'est toi qui as machiné toutes ces *anomalies* qui m'ébranlèrent et me confondirent, notamment certains soirs où nous étions seul à seul au labo, et tu as *entendu* aussi bien que moi les voix que j'étais censé *croire entendre*. En fait, elles émanaient de cette petite merveille de magnétophone que tu m'avais montré un jour.

— A supposer que l'on puisse prendre au sérieux une accusation aussi aberrante, une simple question se pose : Dans quel but t'aurais-je fait une chose pareille ? Nous sommes amis...

— La Bowen Corporation m'avait engagé, moi, un homme de trente-quatre ans, pour occuper un poste plus élevé que le tien, alors que toi, frisant la cinquantaine, tu travaillais au laboratoire depuis toujours. Je comprends que cette apparente injustice du sort ait pu porter un rude coup à tes espérances, Amos ; particulièrement en raison du fait que j'avais une bonne quinzaine d'années de moins que toi et qu'il se concevait dès lors que, de tout le reste de ta carrière à la Bowen, le poste de

Directeur des Recherches ne serait plus jamais vacant...

Un nouveau silence plana. Derrière nous les vagues venaient doucement mourir sur la grève. Puis nous réentendîmes parler :

— Mais *sous peu le poste sera* vacant, Paul. Crois-tu qu'à la Bowen on puisse maintenir en fonctions un fou homicide ? Lors de cette nouvelle vacance, le poste de Directeur des Recherches reviendra au seul homme qui devrait l'occuper déjà depuis belle lurette : Amos Eddleman !

— Tu te rends sûrement compte, Amos, que je vais devoir rapporter notre entretien mot pour mot au shérif. Je suis persuadé qu'une enquête approfondie mettra en lumière le lien qui existait entre toi et Monica. Mais un point m'intrigue encore : comment t'y es-tu pris pour obtenir de Monica qu'elle se prête à cette sinistre comédie sur la plage ?

— A coup d'argent, Paul. Mieux que quiconque tu dois savoir à quel degré Monica y était sensible. Toujours est-il que mon petit numéro *d'illusionnisme* aurait pu te conduire à la folie ou, à tout le moins, faire sombrer ta raison dans un état morbide incompatible avec les exigences de ton poste. Autrement dit, j'ai voulu te rendre à jamais incapable de reprendre tes activités directoriales au laboratoire... Ce qui eût précisément servi mon dessein.

« Mais connaissant Monica par le portrait moral et caractériel que tu m'avais tracé d'elle au cours de certaines confidences, je savais, dès le premier contact avec cette femme, qu'elle ne tarderait pas à essayer avec moi ses manigances aux fins de chantage. Aussi, après le simulacre d'agression meurtrière joué à ton intention sur la grève, j'ai ramené Monica à son bungalow pour la supprimer exactement de la façon que tu décrirais à la police. Puis j'ai repris la route de Kingston. Je ne suis arrivé qu'avec quelques minutes de retard à mon travail.

— Et la tête d'assassin que tu t'étais faite pour la circonstance ? Tu portais probablement un masque en plastique ?

— Exact, Paul. De plus, j'ai pris grand soin d'effacer nos empreintes de pas sur le sable après que tu as eu fui la plage au galop.

— Tout ceci m'est pénible, Amos, très pénible. Moi qui te croyais mon ami...

Je me redressai pour jeter un coup d'œil par la fenêtre garnie d'une moustiquaire et distinguai, dans la cabane, Eddleman qui s'approchait de l'armoire-secrétaire afin de s'emparer du pistolet.

— Non, Paul, dit-il avec détermination, tu ne sortiras pas *vivant* d'ici. De ton propre aveu, tu as envisagé le suicide au moyen de cette arme. Eh bien, tu seras censé avoir choisi ce moyen d'en finir. Je puis donner à cet épilogue toutes les apparences du suicide et la flicaille balourde du patelin accréditera cette version sans autrement sourciller.

Je heurtai du coude le bras de Dan. Le sieur Eddleman avait manifestement l'intention d'assassiner Sheldon, probablement dans les quelques secondes à suivre...

— Je crois que c'est le moment d'entrer en scène, décida le shérif en se redressant à son tour, mais sans aucune hâte.

— Nous ferions bien de nous dépêcher ! insistai-je.

— Pas besoin de presser le mouvement, Pete, nasilla Dan d'une voix traînante. Le pistolet m'appartient et n'est pas chargé.

Il longea le mur de la cabane pour se diriger vers l'entrée. Je l'entendis grommeler : « *Flicaille balourde... !* »

***

Le Dr Eddleman fut écroué sous bonne garde dans la meilleure cellule du comté de Guale.

Je m'étais perché sur l'angle du bureau occupé par Dan. Autour du shérif se trouvaient assemblés Sheldon, Horace Allen, Jerry et le Dr Stebbins ainsi que Jim Benson, reporter au *Weekly Clarion*.

— J'ai contracté une fameuse dette envers vous, shérif Peavy, disait Sheldon. Je suppose que ma foi aveugle en l'amitié d'Amos m'avait rendu incapable d'imaginer un seul instant qu'il pût avoir trempé dans cette sombre affaire.

— Si nous en venions à l'objet de cette réunion ? proposa le Dr Stebbins. Plairait-il à l'un d'entre vous de me dire exactement de quoi il retourne ? Mes minutes sont comptées. Vous n'ignorez pas que j'ai aussi une clientèle privée qui, en ce moment peut-être, fait antichambre à mon cabinet.

— Eh oui, Dan, insista également Jerry Sealey. Il nous tarde de savoir ce qui a aiguillé vos soupçons vers Eddleman. Docteur Sheldon, je ne voudrais pas vous offenser, mais j'aurais juré que c'était vous...

— Il y avait dans cette affaire, exposa Dan, deux ou trois indices donnant à penser que l'on voulait enferrer Sheldon. Nous savions, bien sûr, qu'à une date comparativement récente la Bowen avait engagé le docteur Sheldon pour remplacer, à la Direction des Recherches, feu le docteur Longino dont Eddleman avait été, durant de longues années, l'assistant au laboratoire. Restait à savoir pourquoi, en dépit de son ancienneté au labo, Eddleman était demeuré un subalterne au lieu de monter en grade après la mort de son supérieur initial. A cet effet j'ai eu, cet après-midi, un entretien téléphonique avec le président-directeur général de la Bowen Corporation. Ma question l'a fort surpris car, d'après lui, Eddleman n'avait aucune raison d'espérer accéder un jour au poste de Directeur des Recherches. Excellent comme sous-ordre, Eddleman, mais pas l'envergure d'un chef d'équipe.

« Et c'était Eddleman qui avait recommandé à Sheldon ce lieu de villégiature. Eddleman connaissait parfaitement les parages ainsi que la disposition des bungalows. Il les savait entourés de taillis qui les rendent invisibles les uns des autres. Il savait en outre (Sheldon le lui avait appris lors d'une conversation téléphonique) que *ce cher Paul* partait chaque matin vers six heures et parcourait à pied, en guise de promenade, la distance de l'auberge au rivage, aller et retour.

« D'autre part, quand Sheldon eut déclaré n'avoir plus eu de conversation téléphonique avec la femme Burroughs depuis plus de cinq ans, j'ai entrevu la possibilité qu'elle parlait à un autre que Sheldon lorsqu'elle téléphonait au laboratoire. C'est pourquoi, ce soir, j'ai tendu à l'assassin un piège qui a fonctionné à souhait.

— Et si cela n'avait pas marché ? s'enquit Jim Benson. Que serait-il advenu si Eddleman n'était pas tombé dans le panneau ?

— Qu'avions-nous à y perdre ? demanda le shérif. S'il était coupable, il se devait d'agir sur-le-champ. Or le pistolet était là, à portée de la main, et Sheldon venait de lui confier ses idées de suicide, puis le soupçon d'un lien possible entre la femme Burroughs et Eddleman. Le doute s'étant insinué, puis fermement implanté dans l'esprit de Sheldon, il ne restait au perfide qu'une seule solution pour ne pas être inquiété : tuer Sheldon et maquiller le crime en suicide, ce qui lui assurerait tout ensemble l'impunité et l'obtention du poste brigué de longue date. S'il n'était pas coupable... Eh bien... nous aurions acquis la certitude de ne pas commettre une erreur judiciaire.

Jim Benson se pencha vers le shérif par-dessus le vétuste bureau et lui dit avec un large sourire :

— Pas mal, Dan, pas mal, si l'on songe que votre nom va figurer en tête de la liste électorale...

— L'homme doit accepter le bon avec le mauvais, épilogua sagement le candidat. A propos, Benson, veillez donc à l'orthographe de *Peavy* au moment de faire imprimer la liste. Ça s'écrit : P-E-A-V-Y.

Polka-dot Blonde.
Traduction de Jean Laustenne.

LE MAL A LA SOURCE

par EDWARD D. HOCH

Lorsque Hastings avait quitté les services secrets britanniques pour prendre sa retraite, il avait déménagé en Écosse où Rand et sa femme, Leïla, lui avaient promis qu'ils lui rendraient visite régulièrement. Trois mois s'étaient écoulés depuis lors, et, à sa grande honte, Rand se rendit compte un jour qu'il n'avait rien fait pour tenir sa promesse. Ce soir-là, après le dîner, il se tourna vers Leïla et proposa d'une voix enjouée :

— A en croire la météo, il devrait faire beau ce week-end. Cela te dirait-il d'aller en Écosse, chez ce cher vieux Hastings ?

Elle posa le livre d'archéologie qu'elle était en train de lire et leva les yeux vers lui.

— Je croyais bien que tu ne te résoudrais jamais à faire ce voyage, répondit-elle en souriant.

— J'ai été long à me décider, concéda Rand. Sans doute parce que j'avais peur qu'il ait très mal vécu sa retraite forcée.

Quelques mois plus tôt, Hastings avait été soupçonné de trahison. Certaines personnes, en haut lieu, s'étaient imaginé qu'il était une « taupe » russe, et une taupe de la plus dangereuse espèce, car il faisait partie des instances dirigeantes du M.I.5. Grâce, en grande partie à Rand, qui avait témoigné en sa faveur, il avait été lavé de tout soupçon, mais l'épreuve avait été trop dure. En dépit des plates excuses de tous ceux qui avaient été à l'origine des accusations portées contre lui, Hastings avait eu le sentiment qu'il ne pourrait jamais reprendre son travail comme avant. Il avait donc demandé sa retraite et s'était retiré dans une petite maison à l'est d'Edimbourg, au bord du Firth of Forth.

— Il doit être bien seul là-haut, murmura Leïla après quelques instants de silence. Dommage qu'il ne se soit jamais marié...

— Je pense qu'il l'a été, déclara Rand. A l'époque où il était encore étudiant. Mais cela n'a pas duré longtemps. Depuis que je le connais, il s'est toujours consacré entièrement à son travail. Quand je dirigeais le service de décryptage, il venait nous voir presque tous les jours, alors qu'il avait bien d'autres services plus importants que le nôtre sous ses ordres.

Et c'est ainsi que le vendredi suivant, par une belle journée de printemps, Rand et Leïla prirent la route de l'Écosse.

***

Ils avaient téléphoné deux jours plus tôt à Hastings pour lui annoncer leur visite et, visiblement, il avait guetté leur arrivée depuis la fenêtre de sa salle de séjour, car, dès que leur voiture s'engagea dans l'allée gravillonnée conduisant à sa petite villa, il sortit et vint à leur rencontre, la main tendue.

— Je suis si heureux... C'est vraiment trop gentil d'avoir fait toute cette route pour venir me voir !

Rand lui serra la main, non sans remarquer qu'il avait beaucoup vieilli en trois mois. Il marchait plus lentement et regardait souvent par terre, comme s'il avait peur de trébucher. Lui qui avait toujours été si sûr de lui quand il était dans son bureau londonien !

— Ravissant ! Absolument ravissant ! s'extasia Leïla, lorsqu'il leur eut fait visiter les quatre pièces de son pavillon. Et cette vue sur l'estuaire... C'est magnifique !

Hastings hocha la tête.

— L'inconvénient, c'est que c'est petit. Très petit.

— Étant tout seul, vous n'avez pas besoin de plus de place.

— C'est vrai, admit-il. J'ai pu caser sans trop de peine tous mes livres et mon attirail de pêche. La région est un véritable paradis pour le pêcheur invétéré que je suis. Et puis, je ne suis pas totalement seul. J'ai une nièce à Edimbourg et, comme elle m'aime bien, elle vient me rendre visite de temps à autre. Je n'ai pas trop à me plaindre, en somme.

Pendant le trajet, Leïla avait promis à Rand qu'elle ferait tout son possible pour être aimable et joyeuse durant leur séjour chez Hastings, bien qu'elle ait eu souvent à se plaindre de lui lorsqu'il était encore en activité.

— Au moins, maintenant, il ne te dérangera plus à n'importe quelle heure de la journée ou de la nuit pour te parler de ses problèmes, avait-elle déclaré en soupirant.

— Oui, ce temps-là est révolu, avait répondu Rand avec une pointe de regret dans la voix.

Non sans une certaine surprise, il s'était rendu

compte que ce n'était pas seulement pour Hastings qu'il éprouvait de la nostalgie, mais également pour lui-même.

Maintenant, en voyant Hastings dans le cadre qu'il avait choisi pour y couler les jours heureux et paisibles de sa retraite, il se sentait moins mélancolique. Une fois la visite de la maison terminée, ils s'assirent au salon et son ancien chef leur parla longuement de la région, de ses beautés touristiques et artistiques. En apparence, il semblait s'être habitué à sa nouvelle vie et ce n'est que lorsque Leïla s'absenta quelques instants qu'il risqua une question sur le sujet qui lui brûlait sans doute la langue depuis leur arrivée.

— Avez-vous été au service de décryptage ou dans les autres services depuis mon départ ?

— Non, avoua Rand. Je n'ai eu aucun contact avec eux.

— Ah bon ? s'étonna Hastings. Je pensais que Parkinson vous demandait des conseils de temps à autre.

— Il ne l'a jamais fait auparavant, affirma Rand. Vous êtes le seul pour lequel j'aie jamais travaillé depuis mon départ.

Parkinson, qui avait remplacé Rand à la tête du service de décryptage quand celui-ci avait pris sa retraite dix ans plus tôt, était un spécialiste dans sa branche et, comme beaucoup de spécialistes, il ne demandait pour ainsi dire jamais d'aide à quiconque. Rand, cependant, n'avait aucun grief contre lui. D'autant moins que c'était lui qui l'avait prévenu que Hastings était accusé de trahison et avait été mis en résidence surveillée.

Hastings soupira et resta quelques instants silencieux, les yeux fixés sur un yacht qui remontait le Firth of Forth, toutes voiles dehors.

— Ce coup-ci, je pense que nous sommes vraiment tous les deux à la retraite, murmura-t-il finalement. Après toutes ces années passées...

— Interdit de parler boutique ! l'interrompit Leïla d'une voix enjouée en rentrant dans le salon. Parlez-nous plutôt de vos projets pour ce week-end. Je suis sûre que vous avez des tas de choses à nous proposer pour nous distraire et nous faire apprécier les charmes de l'Écosse !

Hastings lui sourit et se plia de bonne grâce à sa requête.

— Nous pourrions aller à Foxhart, demain, suggéra-t-il. Ce n'est pas très loin d'ici et, depuis quelque temps, il se passe là-bas des choses étranges autour d'une source dont les eaux, devenues brusquement miraculeuses, apaiseraient les souffrances des malades et des infirmes.

— Vous n'avez pas l'air de croire beaucoup à leurs vertus.

— Je n'ai pas d'opinion *a priori*, affirma-t-il. J'attends de voir, avant de donner mon avis. Mais je ne pense pas que, pour le moment, les instances religieuses de Lourdes aient besoin de s'inquiéter d'une éventuelle concurrence de Foxhart.

***

Cette nuit-là, Leïla et Rand dormirent merveilleusement bien dans le grand lit de la chambre d'ami du pavillon. Au matin, ce fut Hastings lui-même qui leur prépara leur petit déjeuner. Il avait l'air reposé et plus détendu que la veille.

Avant de monter en voiture pour aller à Foxhart, il tint à les prévenir qu'il y aurait sans doute beaucoup de monde.

— On n'en a pas encore tellement parlé dans les

médias, mais en province les rumeurs circulent vite, surtout ici où il se passe rarement quelque chose.

— Cela n'a pas d'importance, le rassura Leïla. S'il est impossible d'approcher de votre source miraculeuse, nous pourrons toujours aller nous promener le long de la côte.

Lorsqu'ils arrivèrent à Foxhart, un peu avant midi, le village était en effervescence. Une vaste prairie avait été transformée en parking improvisé et un agent en uniforme réglait la circulation, faisant garer les gens avec une rare efficacité. Il trouva une place à Rand et lui indiqua fort aimablement le sentier par lequel il pouvait se rendre jusqu'à la source miraculeuse.

Le long de l'étroit chemin de terre, un grand nombre de gens allaient et venaient. Certains d'entre eux observaient un silence religieux, alors que d'autres bavardaient et riaient comme n'importe quels touristes. Foxhart n'était pour eux qu'un simple but de promenade, un prétexte pour sortir de leur appartement ou de leur maison de banlieue.

Au bord du ruisseau, ils découvrirent, non sans surprise, un étrange personnage en habits cléricaux qui faisait, en quelque sorte, office de guide.

— Venez, plongez vos mains dans cette eau miraculeuse, répétait-il inlassablement en s'affairant autour de chacun. Des croyants ont été guéris et si vous croyez, Dieu vous fera miséricorde, soulagera vos maux ! N'ayez pas peur. Approchez, Madame, laissez-moi vous donner la main...

— Tu crois que c'est un vrai prêtre ? murmura Leïla à l'oreille de Rand.

— Je ne sais pas, avoua-t-il. Approchons-nous et voyons s'il fait la quête à la fin de chacune de ses prestations.

La plupart des gens plongeaient leurs mains dans l'eau courante et ils virent même un vieil homme enlever ses chaussures, ses chaussettes et tremper ses pieds.

— Je suis le révérend Joshua Fowler, déclara le clergyman en élevant à nouveau la voix pour être entendu de tout le monde. Avant que vous ne vous en alliez, je me permets d'attirer votre attention sur le petit stand à l'entrée du chemin. Des bouteilles de cette eau miraculeuse y sont à votre disposition, pour un prix modique. Tout l'argent que nous collectons ici sert à poursuivre l'œuvre de Notre Seigneur Jésus Christ. Merci, merci. Continuez d'avancer, je vous prie. D'autres pèlerins désirent approcher de ces eaux miraculeuses...

Rand jeta un coup d'œil vers Hastings et vit qu'il avait le regard fixé sur une jeune femme, plutôt jolie, qui se tenait un peu à l'écart de la foule. Assez grande, âgée de trente ou trente-cinq ans, elle portait un imperméable beige, très chic, et un foulard de soie protégeait ses cheveux châtains contre la bise froide qui soufflait des Highlands. Elle avait l'air d'une femme d'affaires, vive et efficace, et Rand se demanda ce qu'elle pouvait bien faire en un tel lieu. Hastings avait dû se poser la même question, car, tout d'un coup, il les quitta et se mit à fendre la foule dans sa direction. Machinalement, Rand le suivit.

— Hello, Karen, quelle surprise de vous rencontrer ici ! s'exclama Hastings en arrivant à la hauteur de la jeune femme. Jamais je n'aurais pensé...

— Je m'appelle Monica, l'interrompit-elle sèchement en se retournant vers lui. Vous avez dû me confondre avec quelqu'un d'autre.

Elle avait parlé avec un fort accent américain et

l'espace d'un instant, Hastings hésita, mais, finalement, il souleva sa casquette et s'excusa.

— Je suis désolé. Veuillez me pardonner cette méprise. Vous lui ressemblez beaucoup et, de loin, je vous ai prise pour elle.

Elle ne répondit rien et, leur tournant le dos, elle s'éloigna avec précipitation en direction du sentier qui remontait vers le parking.

— Qui pensiez-vous qu'elle était ? questionna Rand.

— Une jeune femme que j'ai rencontrée à Londres l'année dernière. Karen Hayes.

— Vous vous étiez trompé ?

— Non.

— C'est l'une des nôtres ?

— Pas tout à fait. Elle appartient à la CIA. C'est l'une de leurs spécialistes.

— Oh, oh...

— Que signifient ces messes basses ? s'enquit Leïla en les rejoignant. Seriez-vous en train de former le projet de vous emparer de la recette de l'eau miraculeuse ?

— Hastings croyait avoir reconnu quelqu'un, expliqua Rand.

— J'espère que vous ne m'en voulez pas trop de vous avoir emmenés ici, s'excusa Hastings d'une voix embarrassée. Cette source ne valait guère la peine que nous nous déplacions. Voulez-vous que nous continuions notre promenade par un circuit le long de la côte ?

Leïla et Rand acceptèrent volontiers, mais en arrivant au stand, Leïla s'arrêta pour jeter un coup d'œil aux cartes postales et aux bibelots disposés sur les présentoirs.

— Commencez à remonter sans moi, suggéra-t-elle. Je voudrais acheter un souvenir. Je vous rejoins dans un instant.

— D'accord, acquiesça Rand, mais, surtout, ne choisis pas une bouteille d'eau.

— Ne t'inquiète pas, je ne suis pas idiote.

Sans se hâter, Hastings et Rand remontèrent le petit chemin et parvinrent au parking où un mini-embouteillage était en train de se développer.

— Je suppose qu'elle est en mission, déclara tout d'un coup Hastings, comme s'il se parlait à lui-même.

— Qui cela ? s'enquit Rand.

— La jeune femme que nous avons vue tout à l'heure. Karen Hayes.

— Votre travail vous manque, n'est-ce pas ?

— Il ne vous a pas manqué à vous quand vous avez quitté le service de décryptage ?

— Pas vraiment. J'avais Leïla et, pour m'occuper, j'ai puisé dans mes souvenirs afin d'écrire quelques romans d'espionnage. Sans compter que, pendant des années, vous avez régulièrement fait appel à mes services.

Hastings hocha la tête.

— Bien sûr. Mais vous savez, Rand, ce n'est pas tellement de la solitude que je souffre. Non, ce qui me manque, c'est de ne plus être au courant, jour après jour, de ce qui se passe dans les coulisses du monde.

— Vous auriez pu rester, si vous l'aviez voulu, fit observer Rand. Après avoir porté contre vous toutes ces accusations absurdes, ils pouvaient difficilement vous forcer à vous en aller.

— Je ne me sentais plus à l'aise dans la maison, avoua Hastings. Parkinson et les autres se montraient très aimables et pleins de sollicitude, mais il y avait dans leurs regards quelque chose qui ne s'y trouvait pas auparavant. En outre, je n'étais qu'à deux ans de ma retraite normale, et lorsque j'ai appris que je pouvais quitter le service tout de suite en conservant tous mes droits, j'ai pensé qu'il ne valait pas la peine que je m'accroche à mon poste.

Tout essoufflée, Leïla les rejoignit en courant. Elle tenait à la main une petite poche en plastique.

— Vous ne me croirez peut-être pas, mais ils vendent l'eau trois livres la bouteille ! s'exclama-t-elle. Grâce à Dieu, le reste était moins cher. Finalement, j'ai choisi une photo encadrée qui représente le ruisseau avec le révérend père Fowler en premier plan.

— J'espère que tu n'as pas l'intention de l'accrocher dans notre salon ? s'inquiéta Rand avec un éclat de rire un peu forcé.

Le centre du parking était bloqué par des voitures qui manœuvraient dans tous les sens et l'agent en uniforme courait, s'agitait, en ponctuant chacun de ses gestes de coups de sifflet autoritaires. Très vite, la circulation commença à s'améliorer et il venait de faire dégager la dernière voiture qui barrait le passage, lorsqu'un cri aigu résonna à l'autre bout de la prairie.

Un cri qui avait été poussé par une femme.

Hastings, Rand et Leïla arrivèrent auprès d'elle en même temps que deux ou trois autres personnes. C'était une femme d'un certain âge, qui avait l'air d'une mère de famille digne et respectable. Une autre femme gisait à ses pieds, dans une mare de sang. Elle était plus jeune et portait un imperméable beige.

C'était la jeune femme en qui Hastings avait cru reconnaître l'une de leurs collègues de la CIA, Karen Hayes, et Rand avait assez d'expérience pour voir tout de suite qu'elle était morte...

Pendant toute leur longue carrière, Hastings et Rand avaient appartenu à une administration au sein de laquelle la plus extrême discrétion est de rigueur, même vis-à-vis de la police, et ils restèrent donc sur la touche durant le bref tumulte qui s'ensuivit. Le sergent Stebbins, l'agent en uniforme qui avait réglé la circulation, se pencha sur le corps et écarta les pans de l'imperméable, juste assez pour découvrir une blessure en dessous du sein gauche. Puis, il se releva et courut jusqu'à sa voiture pour appeler des renforts au moyen de sa radio.

Entre-temps, un attroupement de badauds s'était formé ; une fois son appel radio terminé, le policier revint et intima aux gens de circuler en agitant frénétiquement son bâton.

— Mesdames, Messieurs, je vous en prie, retournez à vos voitures et rentrez chez vous... Allons, circulez, il n'y a rien à voir...

Leïla tira Rand par la manche.

— Nous n'avons pas besoin de nous mêler de cette histoire, n'est-ce pas ?

— Hastings croit la connaître, répondit-il à voix basse. Attendons au moins jusqu'à l'arrivée de la police criminelle.

Le révérend Joshua Fowler, qui avait délaissé pour quelques instants sa source miraculeuse et lucrative, exhortait ses fidèles à garder leur calme.

— Une femme vient de perdre la vie dans la fleur de sa jeunesse. Prions pour elle, mes frères et mes sœurs, et prions aussi pour son agresseur afin que Notre Seigneur ait plus pitié de lui qu'il n'a eu pitié de sa malheureuse victime !

Discrètement, Rand entraîna Hastings un peu à l'écart.

— Vous m'avez dit qu'elle était une spécialiste de la CIA. Dans quel domaine ?

— S'il s'agissait bien de Karen Hayes, comme j'en suis persuadé, c'était une experte en matière de déguisement et de maquillage. Washington nous l'a prêtée l'année dernière pour nous aider à effectuer une mission spéciale. Elle aurait dû être rentrée depuis longtemps déjà aux États-Unis.

— Quel genre de mission ?

— Je ne puis vous le dire, Rand. Le dossier est classé « top secret ».

Leur conversation fut interrompue par l'arrivée de deux voitures de police. Si Rand nourrissait encore l'espoir qu'ils pourraient rester à l'écart, il ne devait pas tarder à déchanter.

Le premier policier qui descendit de la deuxième voiture repéra Hastings et se dirigea tout de suite vers lui.

— Êtes-vous impliqué dans cette affaire, monsieur Hastings ? questionna-t-il sans autre préambule.

— Pas du tout, affirma Hastings sans hésitation. Mes amis et moi sommes ici en simples touristes. Leïla et Rand, permettez-moi de vous présenter l'inspecteur Winston, l'un des plus fins limiers de notre police criminelle.

Winston serra la main que lui tendait Rand et se retourna vers Hastings.

— Restez dans les parages, lui demanda-t-il. Je voudrais avoir un entretien avec vous, lorsque j'aurai terminé les premières constatations d'usage.

— Que va-t-il se passer maintenant ? s'enquit Leïla, tandis que l'inspecteur se hâtait de rejoindre ses collègues auprès du corps de la jeune femme.

— Je connais Winston depuis que j'ai acheté ma maison au bord du Firth of Forth, répondit Hastings. Nous avons la même passion pour la pêche et, dans son métier, c'est un homme aussi efficace que compétent. C'est probablement lui qui sera chargé de cette enquête, à moins qu'il ne demande de l'aide à ses supérieurs.

— La police locale ne fait-elle pas appel automatiquement à Scotland Yard lorsqu'il y a un meurtre ? s'étonna Leïla en regardant les hommes qui s'affairaient autour de la victime. Car il y a meurtre, n'est-ce pas ? Je ne pense pas que cela puisse faire le moindre doute.

— En dépit de son nom, la compétence de Scotland Yard ne s'étend pas à l'Écosse, expliqua Hastings. Les tribunaux et le système judiciaire de ce pays sont presque complètement indépendants des nôtres.

— Parlez-moi un peu de Fowler et de sa source miraculeuse, demanda Rand.

Le clergyman — ou prétendu tel — était pour le moment en grande conversation avec Winston. Aux gestes qu'il faisait avec ses bras, on voyait qu'il était très perturbé, peut-être à cause de la baisse dans son chiffre d'affaires que ce meurtre allait, à coup sûr, provoquer.

— C'est la première fois que je viens ici, répondit Hastings, mais j'ai lu plusieurs articles dans les journaux à son sujet et au sujet de cette source. Il semblerait qu'il ait loué cette propriété, voici un an environ, à un agriculteur en retraite qui habite dans un hameau voisin. Au bout de quelques mois, une jeune femme qui était paralysée depuis son plus jeune âge a déclaré avoir été guérie grâce aux bains qu'elle prenait quotidiennement dans cette source. Ensuite, c'est un vieillard qui a affirmé haut et fort que l'eau de ce ruisseau avait soulagé son arthrite. Deux ou trois autres témoignages ont confirmé les vertus bénéfiques de cette eau et Fowler a alors décidé de la mettre en bouteille, puis de monter un stand de souvenirs.

— Le monde est plein de charlatans prêts à exploiter la crédulité des braves gens à la moindre opportunité, commenta Rand en hochant la tête. Mais que diable pouvait bien venir faire ici une spécialiste de la CIA ?

— Je n'en ai pas la moindre idée, avoua Hastings.

— Peut-être s'était-elle foulé le poignet ou le coude en jouant au tennis, suggéra Leïla. Les agents de la CIA sont des êtres humains et comme tous les êtres humains, ils deviennent crédules quand ils souffrent de maux que la médecine classique n'est pas capable de guérir.

— Si elle était venue ici seulement pour se soigner, pourquoi aurait-elle dissimulé son identité et refusé de me reconnaître ? répliqua Hastings.

Leïla haussa les épaules.

— Je ne sais pas... Elle s'est peut-être sentie gênée. Et puis, êtes-vous vraiment sûr de ne pas l'avoir confondue avec quelqu'un d'autre ?

***

Dès que le corps eut été emporté, l'inspecteur Winston envoya l'agent en uniforme les chercher.

— Je n'ai jamais vu pareille chose à Foxhart, grommela le policier, après leur avoir fait part de la requête de son supérieur. Depuis que je suis né, j'ai toujours vécu ici et quand les touristes ont commencé à affluer pour voir cette source, j'ai tout de suite su qu'il finirait par y avoir des problèmes. C'est toujours comme cela que ça se termine quand on attire autant de gens dans un endroit qui n'a pas été prévu pour les accueillir.

Il était difficile de ne pas être d'accord avec lui et Winston leur tint à peu près le même discours :

— Ce sont les gens de la ville qui commettent ce

genre de crime, déclara-t-il. A la campagne, il ne viendrait à l'idée de personne de poignarder quelqu'un ainsi sans la moindre raison.

— Comment pouvez-vous savoir qu'il s'agit là d'un crime gratuit ? s'enquit Hastings.

— La victime était américaine et elle voyageait seule. Nous avons retrouvé sa voiture de location dans le parking. A en juger par les cartes routières étalées sur le siège passager, elle faisait un périple touristique en Angleterre et en Écosse. Elle est arrivée au plus tôt ce matin à Foxhart, car nous avons trouvé dans son sac une note d'hôtel indiquant qu'elle a dîné et passé la nuit à Edimbourg, où elle a occupé une chambre simple.

Rand hocha la tête :

— Oui, tout tend à prouver qu'elle voyageait seule. La chambre simple, les cartes posées sur le siège passager...

— Exactement, acquiesça l'inspecteur. Une étrangère qui faisait du tourisme dans une région où elle ne connaissait personne et pourtant quelqu'un l'a tuée.

— Quelle arme a-t-il employée ? questionna Hastings.

— Une dague avec une lame très fine, je suppose, répondit Winston. Nous en saurons plus après l'autopsie. Maintenant, dites-moi ce que, vous, vous avez vu ?

— Rien de particulier, affirma Hastings. J'avais remarqué cette femme un peu plus tôt, au bord du ruisseau. Je suppose qu'elle avait attiré mon attention parce qu'elle était plus jeune et en meilleure santé que la plupart des autres personnes présentes. Quand on est jeune et bien portant, on ne s'intéresse guère aux sources miraculeuses.

— Avez-vous remarqué si quelqu'un la suivait ou la surveillait ?

— Non.

Hastings tourna la tête et Rand lut dans son regard un sentiment de culpabilité. Sans doute se rendait-il compte qu'il avait commis une faute en appelant Karen Hayes par son nom. Une faute qui l'avait désignée à son agresseur et pouvait très bien avoir été la cause directe de sa mort.

— Et à propos de Fowler ? Savez-vous quelque chose à son sujet ?

— Absolument rien, déclara Hastings. Hormis ce que j'ai lu dans les journaux sur les guérisons attribuées aux eaux prétendument miraculeuses de cette source.

— Hum, marmonna l'inspecteur. Au moins, il ne pourra pas se vanter d'avoir guéri cette pauvre femme.

— L'avez-vous déjà identifiée ? s'enquit Rand, alors qu'il s'apprêtait à s'en aller.

— Elle avait tout un assortiment de papiers d'identité sur elle, répondit Winston. Avec, entre autres, un passeport américain au nom de Monica Camber et une carte du M.I.5, le genre de carte qu'ils délivrent aux personnes en mission spéciale.

— Intéressant, murmura Rand.

***

— Peut-être vous étiez-vous trompé, suggéra Rand lorsqu'ils furent remontés en voiture. Elle vous a dit s'appeler Monica et non Karen. Pourquoi ne vous aurait-elle pas dit la vérité ? J'ai lu quelque part que tout le monde avait un sosie. Cette Monica Camber était peut-être le sosie de Karen Hayes.

— Si elle n'était qu'une innocente touriste américaine, pourquoi a-t-elle été tuée ?

— Un crime gratuit, comme semble le penser la police.

— Absurde ! s'exclama Hastings. Et j'ai bien peur que ce soit un peu par ma faute qu'elle est morte.

— Alors, vous êtes certain qu'il s'agissait de cette Karen Hayes ?

— Absolument certain. J'ai passé deux journées entières avec elle l'année dernière et j'ai une excellente mémoire.

— Qu'allez-vous faire ?

Hastings soupira.

— Je suppose qu'il me faudrait prévenir Londres, afin qu'ils puissent en avertir les Américains aussi rapidement que possible.

— Ce n'est plus votre affaire, lui rappela Rand.

— Cette jeune femme est morte ! s'insurgea Hastings. Il y a des gens qui ont besoin d'être prévenus de ce qui vient de lui arriver, et pas seulement ses employeurs. Il y a sa famille, ses amis...

— Elle sera identifiée par la carte du M.I.5. qu'elle avait dans son sac.

Hastings resta silencieux pendant quelques instants, puis secoua la tête.

— Non, il faut que je les prévienne tout de suite. Sinon, ils ne sauront pas avant lundi qu'elle a été tuée.

Quand ils arrivèrent chez lui, Hastings se précipita immédiatement sur le téléphone. Rand savait quel numéro il allait composer. Le numéro d'une permanence où il y avait toujours quelqu'un, même la nuit et le week-end.

— Je leur ai laissé un message très urgent à l'intention de Parkinson, déclara-t-il en les rejoignant. Je ne pense pas que cette affaire soit de sa compétence, mais j'ai confiance dans son efficacité et je sais qu'il transmettra l'information aux personnes concernées.

Ils attendirent, pensant que le téléphone allait sonner d'un instant à l'autre, puis, comme il n'y avait aucun appel, Leïla se leva et alla regarder par la fenêtre.

— Quel paysage splendide ! murmura-t-elle. C'est si calme, si paisible... Qu'est-ce que la CIA pourrait bien avoir à faire ici ?

— Je n'en ai pas la moindre idée, avoua Hastings. Il y a bien une base de la RAF non loin d'ici, mais cela fait des années que plus aucun avion militaire n'y est stationné. Sa piste n'a pas été modernisée et elle sert seulement de terrain de secours pour les petits avions de tourisme. Un jour ou l'autre, d'ailleurs, elle finira par être désaffectée, car elle n'a plus aucune utilité maintenant qu'on ne parle plus que de paix en Europe. La guerre froide est terminée et l'heure est aux économies.

— Et les espions sont tous au chômage, ajouta Rand en souriant.

— Ce n'est pas une plaisanterie, déclara Hastings avec gravité. Vous savez déjà qu'une grande partie de notre travail est effectué maintenant par des satellites et il n'est pas impossible que ceux-ci deviennent un jour inutiles, si la Russie continue de s'ouvrir et de se démocratiser.

— Allons, Hastings, vous savez très bien qu'on aura toujours besoin d'espions ! protesta Rand. Il y aura des guerres locales, des terroristes soutenus par des gouvernements sans parler de ce fameux affrontement Nord-Sud qui pourrait bien un jour remplacer la confrontation Est-Ouest.

Leïla commençait à s'impatienter. Quelques mèches grises se mêlaient maintenant à ses cheveux noirs, mais elle était toujours aussi adorable que lorsque Rand l'avait rencontrée pour la première fois dans la vallée du Nil, à la pire époque de la guerre froide, lorsque des troupes russes étaient basées en Égypte.

— Bon, nous pourrions peut-être maintenant changer de sujet ? suggéra-t-elle en se retournant vers Hastings. La visite de votre source miraculeuse a été aussi intéressante que riche en péripéties, mais je suppose que vous aviez autre chose à nous proposer pour l'après-midi et la soirée ?

Hastings sourit.

— Bien sûr. Un lunch rapide, tout d'abord, puis la visite d'*Inveresk Lodge*, un site touristique que vous devriez aimer et, pour terminer la soirée, dîner à Edimbourg dans un petit restaurant plein de charme et de couleur locale.

Des projets qui, hormis le lunch rapide, devaient être profondément modifiés par les circonstances. Ils venaient de sortir de la maison pour monter en voiture, lorsqu'une berline noire s'arrêta devant le portail. Rand reconnut tout de suite Parkinson. Il était accompagné par un Américain corpulent qui avait l'air d'un homme d'affaires ou d'un riche commerçant. Ni Rand ni Hastings ne l'avaient jamais vu.

— Ah, grâce à Dieu, nous sommes arrivés juste à temps ! s'exclama Parkinson. Cinq minutes de plus et vous étiez partis. Nous avons pris l'avion dès que j'ai reçu votre message, Hastings. M. Camber a été bouleversé en apprenant ce qui était arrivé à sa fille.

Le double jeu continuait, se dit Rand et il sourit malgré lui. Ce n'était pas pour lui déplaire.

— Je m'appelle Rand, Jeffrey Rand, se présenta-t-il en tendant la main à l'Américain. Ne nous sommes-nous pas déjà rencontrés quelque part, monsieur Camber ?

L'Américain fronça les sourcils.

— Je ne crois pas, à moins que nous ne nous soyons vus à Richmond ? Je suis Hugh Camber, le père de Monica. Je dirige là-bas une entreprise de promotion immobilière.

— Vous avez parlé avec sa fille ? demanda Parkinson à Hastings.

Hastings regarda Rand et Leïla d'un air penaud, puis soupira.

— Je pense que nous ferions mieux de rentrer à l'intérieur, murmura-t-il. Nous pourrons discuter plus tranquillement.

***

Quand ils furent tous assis dans l'étroit salon du petit pavillon, Hastings regarda l'Américain et déclara d'une voix grave :

— La jeune femme avec qui j'ai échangé quelques mots ce matin à Foxhart s'appelait Karen Hayes et c'était une spécialiste de la CIA. Elle n'appartenait pas au service action et, pour autant que je sache, elle n'y a jamais appartenu. C'était une jeune femme douce et charmante, qui possédait simplement un certain talent pour les déguisements et le maquillage. Dans ces conditions, celui qui l'a envoyée à Foxhart est un criminel. Lequel d'entre vous est-il prêt à en prendre la responsabilité ?

L'Américain se tortilla avec embarras dans son fauteuil.

— Vous vous méprenez, Monica...

— Allons donc ! l'interrompit Hastings d'un air agacé. Je ne suis pas né de la dernière pluie. Vous appartenez à la CIA et tout le monde dans cette pièce le sait. Je connais assez Parkinson pour être convaincu qu'il ne sacrifierait pas l'un de ses sacro-saints week-ends en famille pour accompagner en Écosse un malheureux père bouleversé par la mort de sa fille. C'est le genre de corvée que dans la maison on préfère laisser aux jeunes diplômés fraîchement émoulus de l'université. Pour les aguerrir, comme on dit non sans une certaine hypocrisie.

L'Américain se leva et se mit à marcher de long en large.

— Bon, d'accord, concéda-t-il sur un ton plus détendu. Pouvez-vous nous dire maintenant ce qui s'est passé ?

— Quel est votre véritable nom ?

L'agent de la CIA haussa les épaules.

— Peu importe mon nom. Camber suffit amplement. Parlez, dites-moi ce que vous savez.

Hastings hésita encore une fraction de seconde, mais, finalement, il hocha la tête et leur raconta tout ce qui s'était passé sans omettre aucun détail.

— A vous, maintenant, monsieur Camber, déclara Rand quand il eut terminé.

L'Américain le regarda d'un air soupçonneux.

— Ces personnes sont-elles habilitées à recevoir des informations classées « Confidentiel défense » ? questionna-t-il.

— Rand a été mon prédécesseur au service du décryptage, déclara Parkinson. Je me porte garant de lui.

— De sa femme également ?

Leïla se leva pour quitter la pièce, mais Rand la retint par la manche.

— Tu peux rester, ma chérie.

Camber n'insista pas.

— Très bien, le nom d'Oleg Penkov dit-il quelque chose à l'un d'entre vous ?

Rand avait quitté le service depuis trop longtemps pour le connaître, mais Hastings, lui, réagit tout de suite.

— Le boiteux ?

— Oui, acquiesça l'Américain. Le boiteux. Un expert en matière de déguisement et de maquillage. Un type capable de se mettre dans la peau de n'importe quel personnage, pourvu qu'il soit boiteux.

Il sortit la photo d'un homme âgé et la leur montra.

— Sa dernière métamorphose, commenta-t-il.

— Il était à Foxhart ?

— D'après nos renseignements, il serait parti de Londres voilà deux semaines et effectuerait depuis lors un périple dans le nord de l'Angleterre et en Écosse, pour une mission dont nous ne connaissons pas la teneur.

— Je pensais la guerre froide terminée, l'interrompit Rand. Pourquoi Moscou aurait-il donc besoin d'envoyer quelqu'un ici ?

— Pour ce qui est de l'espionnage industriel, rien n'est encore terminé, affirma Camber. Les Russes ont un grand retard technologique et, en cette matière, tous nos petits secrets les intéressent, ne serait-ce que pour faire des économies dans le domaine de la recherche.

— Je ne vois guère ce qu'il venait espionner à Foxhart, fit observer Hastings.

Camber ignora sa remarque et continua.

— Nous avons donc demandé à Mlle...

— Hayes.

— Oui, Hayes, concéda-t-il d'un air agacé. Mlle Hayes était la meilleure spécialiste en déguisements et maquillage dont nous pouvions disposer alors à Londres. Elle savait ce qu'elle devait chercher et nous avions la conviction qu'elle serait capable de percer à jour Penkov, même s'il lui prenait la fantaisie de se déguiser en vieille dame. Elle l'avait suivi dès son départ de Londres et n'avait, depuis lors, jamais perdu sa trace.

— A-t-il contacté des gens au cours de ce périple ?

— Oui. Un professeur de collège à Sheffield, un receveur des postes à Blackpool et un magistrat à Newcastle. Des personnes qui occupent des postes subalternes et ne figurent sur aucune de nos listes d'agents potentiels à la solde du monde communiste.

— Il s'est peut-être reconverti dans la vente à domicile, suggéra Rand.

Camber lui jeta un regard noir.

— Je vous en prie, monsieur Rand ! Il y a eu un meurtre.

— Pardonnez-moi.

— Elle a appelé Londres ce matin et nous a dit être à Foxhart. Penkov semblait intéressé par la source miraculeuse et elle était persuadée qu'il était sur le point de contacter une autre personne. Depuis lors, plus rien.

— Quand je lui ai parlé, je l'ai appelée par son nom, déclara Hastings d'un air coupable. Cela a-t-il suffi pour qu'elle soit repérée par Penkov ?

Parkinson réfléchit pendant quelques instants.

— Je doute que son nom ait pu avoir une signification quelconque pour Penkov — à moins qu'elle ait été connue de la personne qu'il devait contacter.

— Pourtant, elle est morte dans les minutes qui ont suivi...

— Simple coïncidence, sans doute, le rassura Camber.

Une hypothèse qui ne suffit pas pour rendre à Hastings sa sérénité. De toute évidence, il était très affecté à l'idée d'avoir pu être responsable de la mort de la jeune femme, même par inadvertance.

— Elle n'appartenait pas au service action, murmura-t-il plus pour lui-même que pour les autres. Je n'avais donc aucune raison de croire que sa vie était en péril, surtout dans ce coin reculé de l'Écosse, où on a l'impression d'être à mille lieues des luttes sourdes auxquelles se livrent les grandes nations du monde.

— C'est un crime un peu bizarre, concéda Camber.

— Puis-je me servir de votre téléphone ? demanda Parkinson en se levant.

— Bien sûr, acquiesça Hastings. Qui voulez-vous appeler ?

— La police de Foxhart. Ils m'ont assuré qu'ils auraient un rapport d'autopsie préliminaire en début d'après-midi.

— Allez-y, l'appareil est dans l'entrée.

Parkinson sortit et ils l'entendirent décrocher le combiné, composer un numéro. Il échangea quelques phrases avec la personne à l'autre bout du fil, puis raccrocha et rentra dans le salon.

— Karen Hayes a été tuée par un seul et unique coup de poignard, déclara-t-il en se rasseyant. Un poignard dont la lame était longue et étroite. Elle a pénétré jusqu'à une profondeur de quinze centimètres environ et a transpercé le cœur de part en part. La mort a été pour ainsi dire instantanée.

— Une lame longue et étroite... répéta Rand. Et quel est le seul détail certain que nous connaissons sur Oleg Penkov ? La seule chose qu'il soit incapable de dissimuler ?

— Sa boiterie, répondit Leïla.

Rand hocha la tête.

— S'il boite, il utilise probablement une canne.

Et d'une canne à une canne-épée, il n'y a qu'un pas.

Parkinson haussa les épaules.

— Peut-être, mais il est trop tard maintenant. Canne-épée ou stylet dissimulé dans une manche, il doit déjà être dans un avion à destination de Moscou.

— Pas forcément, déclara Rand. Il est facile d'identifier un boiteux, surtout s'il essaie de s'enfuir. Je suis certain que cette infirmité a beaucoup aidé Mlle Hayes à ne pas perdre sa trace. Et, à mon avis, l'endroit le plus sûr pour lui est encore la source miraculeuse de Fowler à Foxhart.

— Vous croyez qu'il y serait retourné ?

— Et s'il n'avait pas quitté les lieux ? Il a pu se dire qu'il passerait plus facilement inaperçu s'il ne s'en allait qu'après la tombée de la nuit.

***

Il était près de six heures, lorsqu'ils arrivèrent à Foxhart, mais à la latitude de l'Écosse, le soleil se couche très tard à la fin du mois de mai. La foule au bord du ruisseau champêtre était encore plus dense que le matin, une foule grossie sans doute par nombre de curieux attirés par la nouvelle qu'un crime avait été commis. Sur le parking, Stebbins manœuvrait son bâton avec maestria et faisait de son mieux pour canaliser la circulation. Au stand de vente, les deux adolescents qui servaient les clients vendaient les bouteilles d'eau miraculeuse comme des petits pains et n'étaient freinés que par la vétusté de leur caisse enregistreuse. Ravi de l'aubaine, le révérend Joshua Fowler officiait comme à son habitude au bord de l'eau et semblait omniprésent, tellement il s'affairait auprès de ses ouailles.

— Nous aimerions vous poser quelques questions, lui dit Parkinson après lui avoir montré discrètement sa carte.

— J'ai déjà été interrogé par la police locale et je ne vois guère ce que je pourrais vous dire de plus, répondit Fowler sur un ton défensif.

A son accent, il avait sans doute tout de suite deviné que Parkinson était anglais et dû en déduire qu'il appartenait à Scotland Yard, mais il ne fit aucune remarque à ce sujet. Par ignorance, probablement, car peu de gens en Écosse savent qui, exactement, est compétent en matière criminelle dans leur pays.

— Ce que nous voulons savoir ne concerne pas directement le meurtre, expliqua Rand. Nous cherchons quelqu'un, et comme vous avez été là toute la journée, vous êtes la personne qui a le plus de chances de l'avoir repéré. Il s'agit d'un homme d'un certain âge qui boite et marche avec une canne.

— Je n'ai remarqué personne pouvant correspondre à cette description.

Parkinson et Camber ne parurent guère convaincus, mais Rand, lui, fut tout de suite persuadé qu'il ne mentait pas. Fowler voyait beaucoup de monde et ne pouvait donc accorder beaucoup d'attention à chacun. Sans compter qu'Oleg Penkov était un professionnel du déguisement et rompu à toutes les méthodes qui permettent de passer inaperçu.

Tout d'un coup, Leïla le tira par la manche.

Pendant qu'ils interrogeaient le clergyman, elle avait regardé les gens autour d'eux.

— Cet homme, là-bas !

Rand suivit la direction de son regard et découvrit un gentleman aux cheveux blancs et à l'air distingué qui était assis au bord du ruisseau sur l'une de ces cannes télescopiques que l'on peut transformer en sièges de fortune quand on est fatigué.

— Qu'est-ce qu'il a de particulier ? questionna Rand.

— Tu ne le reconnais donc pas ? Nous avons vu sa photographie il y a une demi-heure à peine ! C'est Penkov, sans déguisement et sans maquillage !

— Bon Dieu ! tu as raison !

Rand se jeta en avant et traversa la foule des pèlerins, bouscula un militaire en retraite qui l'agonit d'injures et parvint en un temps record à l'endroit où l'espion soviétique était assis.

— Monsieur Penkov, si je ne m'abuse ?

Le Russe se leva d'un bond et se retourna, sa canne à la main. Si Leïla n'avait pas crié pour le prévenir, Rand n'aurait pas vu le coup venir. Il l'évita de justesse et, ceinturant Penkov, le déséquilibra. Ils roulèrent par terre, luttant et se débattant avec une étonnante vigueur, compte tenu de leur âge, et, finalement, au milieu des cris de la foule, ils basculèrent dans les eaux miraculeuses du ruisseau.

***

Il fallut les efforts combinés de Camber et de Parkinson pour les sortir de cette fâcheuse posture et les séparer. Pendant ce temps-là, Hastings, qui avait toujours eu l'esprit pratique, avait demandé à Fowler de mettre à leur disposition la petite baraque en bois au fond du parking, qui lui servait d'entrepôt et de cabane à outils. C'est là qu'ils essayèrent de se sécher, en attendant les renforts de la police locale et des vêtements de rechange.

— Décidément, je ne comprendrai jamais les Anglais ! s'exclama Oleg Penkov en secouant la tête.

Vous devez bien savoir, tout de même, que mon arrestation ne vous servira à rien !

Les yeux de Camber étincelèrent de fureur.

— Comment cela ? s'indigna-t-il. Vos chefs politiques parlent de paix et de relations nouvelles et ils vous envoient nous espionner !

— Vous espionner ? répéta le Russe avec stupéfaction. Vous n'y êtes pas du tout ! Je suis venu en Angleterre simplement pour démanteler un réseau d'agents qui n'a jamais été activé. Certains d'entre eux ont été recrutés il y a plus de vingt ans et j'étais chargé d'aller leur rendre visite afin de les remercier et de leur dire que, la guerre froide étant terminée, nous n'avions plus besoin de leurs services.

— Et vous imaginez que nous allons vous croire ? répliqua Camber sèchement. Si tel était le cas, pourquoi auriez-vous tué cette jeune femme ?

— Je ne l'ai pas tuée.

L'Américain saisit la canne de Penkov, l'agita devant ses yeux avec un éclat de rire sarcastique, et la brisa théâtralement sur son genou.

Elle était en bois plein. Il n'y avait pas de lame métallique à l'intérieur.

Hastings et Rand se regardèrent d'un air perplexe.

— Donnez-nous les noms des agents que vous avez contactés, exigea Parkinson en s'efforçant de garder une voix calme et pondérée.

Le Russe frissonna de froid et serra contre lui les pans de sa veste mouillée.

— Ce ne serait guère correct, vous ne croyez pas ? répondit-il en claquant des dents. Ils n'ont commis aucun acte répréhensible contre leur pays et, désormais, ils n'auront plus l'occasion d'en commettre. La plupart d'entre eux ont été recrutés alors qu'ils étaient encore étudiants et croyaient dans les idéaux communistes. Nous ne nous sommes jamais servis d'eux et il serait absurde de les punir maintenant pour ce qu'ils auraient pu faire.

— Qui a tué Mlle Hayes ? questionna Camber.

— Je n'en ai pas la moindre idée. Je ne l'avais jamais vue auparavant et je n'ai pas vu non plus la personne qui l'a agressée.

— Karen Hayes vous suivait depuis Londres, pourtant.

Le Russe haussa un sourcil étonné.

— Ah bon ?

— Et si vous nous parliez un peu de l'agent que vous deviez rencontrer ici ? suggéra Rand.

— Ici, à Foxhart ? Je ne devais rencontrer personne. J'étais en route pour Edimbourg et je me suis arrêté simplement par curiosité.

— Pour tester les vertus de l'eau miraculeuse ?

Oleg Penkov grimaça un sourire.

— Ma jambe...

— Je sais.

Rand hocha la tête en soupirant. Ils n'obtiendraient rien d'Oleg Penkov.

Il était possible, bien sûr, qu'il eût dit la vérité sur l'objectif de sa mission. La guerre froide était terminée. Tout le monde le savait, à part le type qui avait tué Karen Hayes, Camber et Parkinson, eux, n'osaient pas encore y croire.

Espérant que les derniers rayons du soleil aideraient à sécher ses vêtements, il sortit de la cabane.

— Vous comptez faire quelque chose ? questionna Hastings, qui l'avait suivi.

— Il m'est difficile d'intervenir, fit observer Rand. Parkinson et Camber ont pris les choses en main ; vous et moi ne sommes plus habilités à mener une enquête, surtout dans une affaire aussi délicate. Il y a eu un meurtre, ne l'oubliez pas.

— Ils ont besoin de vous, Rand. Ils sont le dos au mur. S'ils ordonnent à Winston d'arrêter Penkov, il obéira, et nous aurons peut-être un grave incident international.

Rand regarda pensivement la longue file de pèlerins, pour la plupart vieux ou malades, qui venaient chercher une lueur d'espoir et un peu de consolation. Peut-être, tout le monde avait-il besoin de surnaturel, d'une... Tout d'un coup, le cours de ses pensées s'interrompit. Il y avait eu une sorte de déclic dans sa tête... Il savait qui était l'assassin de Karen Hayes !

— Je vais à ma voiture, dit-il à Hastings. Restez ici avec Leïla et secondez-moi.

— Que voulez-vous que nous fassions ?

— Vous le saurez quand le moment viendra. Pour l'instant, restez sur le qui-vive.

Il traversa à la hâte le parking, monta dans sa voiture, manœuvra pour se dégager de la place où il était garé et s'infiltra dans la file de véhicules qui se dirigeaient vers le portail d'entrée. Camber et Parkinson étaient également sortis de la cabane et regardaient en direction de la route où venaient d'apparaître enfin les gyrophares des voitures de la police locale.

La file sortante s'arrêta pour laisser entrer les voitures de l'inspecteur Winston, et Stebbins, avec son bâton, indiqua la cabane en bois à son supérieur, avant de se retourner pour faire signe à Rand que la voie était libre. Rand passa presque sous son bras et il n'eut qu'à sortir la main par sa fenêtre ouverte pour lui arracher son bâton. Pendant une fraction de seconde, le policier se demanda ce qu'il lui arrivait, puis il devint très pâle et se mit à courir en zigzaguant à travers les voitures.

Hastings et Parkinson le rejoignirent juste au moment où il allait sauter par-dessus la clôture.

***

Un peu plus tard, au commissariat de police de Foxhart, l'inspecteur Winston procéda à l'interrogatoire et détailla les charges qui pesaient contre Stebbins.

— Bien sûr, conclut-il, vous n'avez à répondre devant nous que des faits relatifs au meurtre de cette jeune Américaine, Karen Hayes. Tout le reste regarde ces messieurs. Pour vous inculper, je n'ai plus qu'à attendre le résultat de l'analyse des parcelles de sang prélevées sur la lame à l'intérieur de votre bâton.

Les yeux fixés sur ses mains, le policier ne répondit rien.

Winston hocha la tête et commença à remplir les inévitables formulaires qui accompagnent tout acte judiciaire ou administratif, quel qu'il soit.

— Je comprends que vous n'ayez pas envie de parler, déclara-t-il tout en écrivant, mais je suis certain que M. Rand voudra bien nous dire par quelles déductions il a compris que l'arme du crime était dissimulée à l'intérieur de votre bâton.

— En l'occurrence, il s'agit plus d'intuition que de déductions, avoua Rand. Si l'histoire que nous avait racontée Penkov était exacte, et il n'y avait aucune raison pour en douter, il était dans ce pays pour prendre contact avec divers agents, hommes et femmes tout à fait honorables en apparence, qui ne devaient jouer un rôle que dans le cas d'hostilités ouvertes entre la Grande-Bretagne et l'Union soviétique. Une sorte de cinquième colonne potentielle. Il avait mission de les contacter et de leur annoncer que l'Union soviétique n'avait plus besoin d'eux. Karen Hayes avait suivi Penkov, en notant les noms et adresses de toutes les personnes qu'il avait contactées — un professeur, un magistrat et un receveur des postes. Tous petits fonctionnaires, sans responsabilités particulières. Puis il était venu à Foxhart, à la source miraculeuse du révérend Joshua Fowler, et d'après Mlle Hayes, il s'apprêtait à rencontrer une nouvelle personne. Y avait-il quelqu'un aujourd'hui à Foxhart qui était fonctionnaire et pouvait avoir été un agent potentiel du communisme international ? Quelqu'un qui travaillait là et n'aurait pu être recommandé nulle part ailleurs ? Certainement pas Joshua Fowler ou l'un des adolescents qui l'aident dans son petit commerce. En fait, seul l'agent Stebbins, qui avait été détaché par la ville pour régler la circulation autour du lieu de pèlerinage, remplissait toutes les conditions requises.

Parkinson secoua la tête avec incrédulité.

— Je ne vois vraiment pas comment un simple policier dans une ville comme Foxhart aurait pu aider les Russes en cas de guerre ! C'est ridicule.

— Pas autant que vous le croyez, répondit Rand en souriant. Hastings m'a dit ce matin qu'il y avait dans les parages une base de la RAF qui, pour le moment, est pratiquement désaffectée. En cas de guerre, elle aurait été peut-être réactivée et les Russes n'auraient alors pas été mécontents d'avoir quelqu'un dans la place, surtout un policier honorablement connu et estimé par ses supérieurs. C'est exactement le genre d'informateurs dont rêvent les généraux de toutes les armées du monde.

— Peut-être, mais vous n'aviez encore aucun indice tendant à prouver que c'était lui qui avait tué Mlle Hayes.

— Aucun indice précis, mais un vague souvenir.

Ce matin, quand nous sommes remontés vers le parking, il y avait un embouteillage. Sur le moment, je n'y ai pas prêté une grande attention et, ensuite, la découverte du crime me l'a fait complètement oublier. Mais, tout à l'heure, je m'en suis souvenu. Pour quelle raison cet embouteillage s'était-il produit ? Nous avons tous vu avec quelle efficacité Stebbins est capable de régler la circulation. Pouvait-il avoir abandonné son poste pendant quelques instants, juste le temps de tuer Karen Hayes ? Je me suis dit que c'était possible. Il n'avait pas eu besoin d'utiliser une arme aussi longue qu'une canne à épée — la lame n'avait pénétré que d'une quinzaine de centimètres. C'est alors que j'ai pensé à son bâton. Un ingénieux bricoleur pouvait l'avoir transformé en arme redoutable... Karen Hayes n'aurait pas eu le moindre soupçon en le voyant se diriger vers elle et il aurait pu la frapper sans attirer l'attention de quiconque. C'était une arme parfaite pour un homme comme Stebbins qui savait qu'un jour ou l'autre, ses maîtres à penser soviétiques lui confieraient peut-être une mission très « spéciale ». Il n'en aurait sans doute jamais besoin, mais il l'avait toujours avec lui.

— Comment a-t-il deviné qui était Karen Hayes ? questionna Hastings d'une voix calme. Il n'était pas près de nous quand je l'ai appelée par son nom.

Ce fut Stebbins lui-même qui lui répondit, sur un ton empreint de résignation.

— Elle est arrivée juste après Penkov et a voulu se garer à côté de lui. Quand je lui ai suggéré d'aller un peu plus loin, elle m'a montré brièvement un laissez-passer du M.I.5. J'ai alors tout de suite compris qu'elle suivait Penkov et allait découvrir que c'était moi qu'il venait voir. Il fallait donc que je la tue.

— N'aviez-vous pas déjà parlé avec Penkov ?

— Je n'en avais pas eu le temps. On m'avait prévenu de son arrivée, mais j'étais en service et ne pouvais pas m'entretenir avec lui au milieu de tout ce monde. Après le meurtre, il est parti et n'est revenu qu'au milieu de l'après-midi. J'attendais un moment favorable pour m'approcher de lui, quand vous l'avez reconnu et arrêté.

— Il n'était ni déguisé, ni maquillé à son retour, fit observer Camber.

— Parfois le meilleur déguisement consiste en pas de déguisement du tout, répondit Hastings. C'est dans tous les bons manuels.

— Et cela aurait pu marcher, acquiesça Rand. Mais, hélas pour lui, ma femme n'avait jamais lu le « manuel du parfait petit espion ».

The Spy and the Healing Waters.
Traduction de L. de Pierrefeu.

RIEN QUE DES ARBRES

par ESTHER J. HOLT

Lorsque le vent soufflait, les arbres à feuilles persistantes ressemblaient à des paysannes en robes froissées dansant la sabotière. Plantés sur deux rangées, par endroits assez éloignés les uns des autres, ils formaient une haie touffue et compacte entre les deux maisons, protégeant des rafales la demeure des Chandler. Et puis ils avaient en outre quelque chose de spécial.

Du moins c'était ce qu'Eva ne cessait de répéter à Edward, en plaisantant, bien sûr. Pour lui faire plaisir, il en riait avec elle. C'étaient le propriétaire de la villa voisine et Edward qui avaient planté les arbrisseaux. Aussi ce dernier était-il bien placé pour savoir à quoi s'en tenir sur la nature prétendument « spéciale » de cette végétation.

L'actuel locataire de la maison d'à côté ne riait pas, lui. Il semblait prendre ça pour une insulte personnelle, comme tout ce qu'elle faisait, d'ailleurs. Il y avait déjà trois ans qu'il pestait contre Eva ; mais ces derniers temps il s'était mis à pousser des cris d'orfraie chaque fois qu'il la surprenait en train de déposer des restes de nourriture sous les branches.

— Vous encouragez les chiens errants à venir rôder par ici. Après ça, ils s'en prennent aux poubelles, qu'ils renversent. Toutes, excepté la vôtre.

— Vous vous trompez, monsieur Gates, la vôtre est la seule qui les attire.

Dès que Mrs. Gates entendait brailler son époux, elle sortait en trombe afin de lui ordonner de regagner ses pénates séance tenante. C'était drôle. Gates avait beau être un agent d'assurances à la coule doublé d'un tyran domestique, il baissait régulièrement pavillon devant sa moitié. S'il avait été un de ces chiens errants qu'il haïssait tant, il aurait été capable de ramper à ses pieds.

— L'ami Gates t'a encore prise sur le fait, remarqua Edward en voyant rentrer sa femme, une assiette vide à la main.

— Dommage que les arbres ne soient pas tous sur notre terrain, fit Eva, furieuse, et se retenant de justesse d'expédier l'assiette dans l'évier. Nous avons de la veine qu'ils ne soient que locataires : il les aurait fait abattre depuis longtemps.

— Bof, du moment que Jessie Gates fait bloc avec toi, marmonna Edward, se replongeant dans son journal.

Sa vaisselle terminée, Eva sortit se promener sur la pelouse, examinant les arbustes bourgeonnants. La terre était encore détrempée par la pluie. Du marécage situé au-delà du bois bordant l'arrière des jardins, jaillirent des coassements de grenouilles. Un chat venu d'une des villas du lotissement vint se frotter contre les jambes d'Eva : elle attirait les animaux.

— Ne va surtout pas piétiner les plates-bandes de Gates, il t'étriperait, murmura-t-elle au félin.

Le chat lui jeta un regard ferme, l'air de dire : « Je ne lui conseille pas d'essayer. »

Eva n'avait jamais vu de chiens se glisser dans le bosquet. Pourtant, lorsqu'elle revint après avoir déposé de la nourriture à cet endroit, elle constata que les os eux-mêmes avaient disparu. Plusieurs de ses voisins avaient des chiens qui se promenaient en liberté dans le secteur. Peut-être ne les avait-elle pas remarqués parce qu'ils faisaient partie du paysage.

Jessie Gates jaillit de sous son porche de derrière et la rejoignit.

— Toutes mes excuses. Une fois de plus.

C'était une femme mince et séduisante d'une bonne quarantaine d'années, qui n'élevait la voix que pour s'adresser à son époux.

— Ne vous excusez pas, ce n'est rien. Il faudrait que les arbres soient partout aussi touffus. Ainsi votre mari ne pourrait pas me voir.

— Je lui fais confiance, il trouverait un autre prétexte pour râler.

— Les arbres finiront par avoir raison de lui.

Elles éclatèrent de rire toutes les deux.

Mr. Gates décida de s'en prendre à tout le monde dans le lotissement en convoquant le préposé chargé d'envoyer à la fourrière les chiens errants. Mais au lieu de faire main basse sur les animaux, le gardien laissa aux habitants des villas du voisinage le temps d'attacher leurs fidèles compagnons dans leurs niches respectives. Lorsqu'il revint passer l'inspection, tout était en ordre.

Un soir, dans un moment d'inattention, Eva déposa des morceaux de viande et des restes de légumes sous les arbres. Aussitôt Mr. Gates se précipita, foulant sa pelouse à grands pas.

— Ces restes vont pourrir et empuantir le bosquet. Nettoyez-moi ça.

— Voyons, monsieur Gates, vous n'avez rien de mieux à faire que de passer votre temps à m'espionner ?

Tournant les talons, elle regagna sa maison.

— Pourquoi ne déposes-tu pas ces restes quelques mètres plus loin ? Il ne te verrait pas, remarqua Edward, non sans justesse.

— Parce que je les ai toujours déposés là. C'est là que les chiens ont l'habitude de les trouver. Pourquoi ne vas-tu pas casser la figure à Gates ?

— J'ai cinquante ans. Je suis trop vieux pour démolir le portrait à mes semblables. En outre, la résistance passive que tu lui opposes me semble autrement plus efficace qu'un bon coup de poing sur le nez.

— Est-ce que tu me défendrais, au moins, s'il m'agressait physiquement ?

— Et comment ! fit-il en la prenant dans ses bras.

Le lendemain soir, les restes avaient disparu, comme d'habitude. Si les chiens des voisins étaient effectivement tous enfermés dans leur niche, cela signifiait que des chiens errants rôdaient dans le bois. Aux yeux d'Eva, cela ne faisait aucune différence : apprivoisés ou non, elle les nourrissait tous.

Mr. Gates signala à la police que Mrs. Chandler jetait des détritus dehors. Le flic convoqué par ses soins n'ayant rien trouvé de tel, Jessie entraîna son époux à l'intérieur où elle s'employa à lui dire à haute et intelligible voix le fond de sa pensée. Ni l'un ni l'autre ne ressortirent pour profiter de la douce soirée de printemps.

— On pourrait vendre la maison, suggéra Edward, taquin. Déménager.

— Pas question ! Il se fatiguera avant moi.

— S'il continue à se comporter de cette façon, les voisins vont se mobiliser, signer des pétitions contre lui.

— A moins que mes arbres ne se chargent de le mater, rétorqua-t-elle d'un air entendu.

— C'est pas sérieux ! Tu te mets à croire à ces sornettes, maintenant ? Fais gaffe, chérie, ou il te fera embarquer chez les dingues, observa Edward en éclatant de rire.

La mercuriale de Jessie Gates avait dû porter. Car, sauf lorsqu'il chevauchait majestueusement sa tondeuse, Mr. Gates évita désormais la partie du jardin jouxtant celle des Chandler, laissant à Edward le soin de passer autour des arbres avec sa propre machine.

— De deux choses l'une, fit observer un soir Edward à sa femme. Ou les chiens croquent les os ou ils les emportent. Car j'ai beau veiller à ne pas passer dessus avec la tondeuse, je n'en ai encore jamais trouvé.

— Écoute, Edward, il y a des années que je jette des restes à cet endroit, répliqua Eva. Ce n'est pas parce que Mr. Gates en fait une montagne qu'il faut que nous fassions une fixation là-dessus, toi et moi. Laissons tomber et passons à autre chose, si cela ne t'ennuie pas.

***

Ce fut au milieu de l'été torride que Jessie Gates trouva la mort : elle se rompit les cervicales en tombant dans l'escalier menant à la cave. Comme par hasard, en l'absence de son époux.

La police vint examiner les lieux, fit son enquête et conclut à un accident. Eva, quant à elle, penchait pour un meurtre. Mais elle n'en parlait qu'à Edward, et encore à voix basse, car toutes les fenêtres étaient ouvertes.

— Qu'est-ce qui peut bien t'avoir fourré pareille idée en tête ? questionna Edward, une fois qu'ils furent au lit, le ventilateur de la chambre tournant à plein régime. (Il avait peur, sa femme l'inquiétait.) Gates n'a pas bougé de son bureau le jour de l'accident. Il a reçu des gens toute la matinée.

— Il a fort bien pu manigancer quelque chose. Laisser traîner je ne sais quoi dans l'escalier pour qu'elle se casse la figure. Et il aura eu tout le temps de faire disparaître l'objet avant d'appeler l'ambulance.

— Dommage qu'ils n'aient pas d'enfants, enchaîna Edward, faisant mine d'entrer dans son jeu. Il aurait pu se servir d'un patin à roulettes.

— Ou d'un *skateboard.* (Eva se dressa d'un bond sur son lit.) N'importe qui peut se rendre dans un magasin de sport pour y faire l'acquisition d'une planche à roulettes.

— Comment pouvait-il savoir que ce jour-là, précisément, Jessie descendrait à la cave et qu'il lui faudrait se forger un alibi ? (Tendant le bras, il força sa femme à se rallonger.) Et comment pouvait-il être sûr qu'elle se tuerait ? Après tout, elle aurait très bien pu remarquer la présence de cet engin de malheur et comprendre le but de la manœuvre.

— J'ignore comment il se fait qu'elle n'ait pas déjoué le piège. Ce que je sais, en revanche, c'est qu'il voit des gens constamment pour son travail. N'importe quel jour pouvait donc faire l'affaire pour lui permettre de mettre son plan à exécution. C'est pourquoi, de ton côté, tu n'as que l'embarras du choix si tu veux l'inviter à déjeuner.

Edward se redressa d'un bond à son tour.

— A déjeuner ? Pourquoi diable inviterais-je Gates à déjeuner ?

— Pour me permettre de m'introduire chez lui et de découvrir avec quoi il a provoqué la chute de sa femme. (Eva avait eu de la sympathie pour Jessie Gates dont la mort la mettait en rage.)

— Sous quel prétexte l'inviterais-je à déjeuner après toutes ces années ? Tu veux me le dire ?

— Parce qu'il est seul, désormais. Qu'il n'a pas d'amis véritables.

— Ça ne semble pas lui manquer beaucoup, les amis. Par ailleurs, il y a de fortes chances que tu ne découvres rien. En outre, je trouve ça dangereux, ta manip. Imagine que je n'arrive pas à le retenir suffisamment longtemps au restaurant ou qu'il conçoive soudain des soupçons ? Rien que mon invitation à déjeuner risque de lui mettre sérieusement la puce à l'oreille.

— Pas du tout. Il en profitera pour te faire le numéro du veuf éploré. D'ailleurs, pour le mettre en condition, tu n'auras qu'à commencer par lui offrir trois martinis.

— Moi qui n'en bois même pas un au déjeuner. (Il se rallongea.) Je suppose que tu es bien décidée à aller de l'avant, qu'il est inutile de vouloir t'en faire démordre ?

— Si nécessaire, je trouverai un autre moyen pour arriver à mes fins.

— Parfait. (Il s'approcha d'elle, l'embrassa.) Je vais l'inviter un jour de la semaine prochaine. Histoire d'en finir. J'aimais bien Jessie, moi aussi.

***

Edward commença par aller se promener, le soir, du côté de chez Gates pour échanger quelques mots avec son voisin, qui prenait le frais, assis dans son jardin. Il ne s'en ressentait pas pour l'inviter de but en blanc à déjeuner. Les travaux d'approche se trouvèrent toutefois facilités du fait qu'Edward n'avait jamais ouvertement pris le parti d'Eva lors des algarades concernant les reliefs de repas.

Le mercredi, Edward revint chez lui l'air satisfait mais pas franchement radieux. Eva comprit que le moment était venu de passer à l'action.

— Tu ne m'as pas encore expliqué comment tu comptais t'introduire chez eux.

— Grâce à Jessie, figure-toi. Comme elle n'arrêtait pas d'égarer ses clefs, elle a fini par en glisser un jeu entre la balustrade du porche de derrière et l'un des poteaux. Sans s'en vanter auprès de son mari, évidemment : il en aurait encore fait tout un fromage.

— J'emmène Gates déjeuner au *Businessmen's Club* demain. Je t'appellerai dès que nous y serons. Fais comme si je téléphonais à mon bureau.

Eva attendit toute la matinée le coup de fil qui n'aurait pas lieu avant midi et demi. Incapable de vaquer à ses occupations habituelles du jeudi, elle alla se promener sur la route le long de la haute haie qui dissimulait aux regards la villa des Gates, jusqu'à la ferme située juste après. Celle-ci était séparée de la propriété des Gates par une clôture et une haie. Ceux qui vivaient dans les parages aimaient le coin pour sa tranquillité. Les enfants du voisinage, eux, l'évitaient.

Après le coup de fil bidon de son mari qui s'était évertué à lui donner du Miss Sims et à lui recommander de rassembler certains dossiers bien précis, Eva traversa la pelouse et se dirigea vers la partie dense du bosquet. Au centre, là où se dressaient quatre arbres dont les branches s'entremêlaient, le sol était recouvert d'aiguilles de pin rousses au parfum envoûtant.

Repoussant les branches, elle déboucha dans le jardin des Gates. Le soleil tapait dur sur les murs blancs de la villa. Elle essuya ses mains moites après son jean délavé.

A petites foulées dans ses baskets, Eva atteignit le porche arrière et, les doigts tremblants, se mit en quête des clefs. Les extrayant de leur cachette, elle fit tomber le trousseau sur le sol, d'où il rebondit dans l'herbe.

Comme une folle, elle descendit les quelques marches pour fouiller l'herbe haute, se cassa un ongle au contact de la clef. S'en saisissant, elle gravit les marches en trombe pour ouvrir la porte donnant accès à la cuisine.

La netteté de la pièce la surprit tout d'abord. Puis elle songea que Gates avait dû conserver la femme de ménage.

— Pas le moment de faire la chasse à la poussière, se dit-elle.

Se dirigeant vers l'entrée de la cave, elle fut surprise de trouver la porte fermée à clef. Il y avait également un cadenas de posé. Mais cela n'était pas étonnant. Grâce au trousseau, elle poussa la porte et prit pied sur le petit palier au sommet de l'escalier abrupt. La lumière du jour provenant de plusieurs meurtrières inondait la cave.

A leur connaissance, Gates n'était jamais rentré chez lui pendant la journée. Mais Edward l'avait mise en garde, lui disant qu'elle devait s'attendre à tout de la part de pareil individu. Il lui fallait donc fouiller les lieux en quatrième vitesse et filer.

Jessie lui avait parlé du vieux cellier dont elle ne se servait jamais. Eva commença ses recherches par là. La pièce sentait la terre humide et ne contenait que des étagères chargées de pots vides et de vieilles faïences ainsi qu'une collection de toiles d'araignées. Inutile de s'attarder plus longtemps.

Une armoire de cuisine déglinguée flanquait l'établi de Gates. Elle se révéla pleine de pots de peinture et d'huile. Il n'y avait rien sous le meuble.

La buanderie était dépourvue de cachettes. Tout comme l'espace entourant la chaudière. Même les poutres étaient nues.

— Allons jeter un œil en haut, décida Eva.

Alors qu'elle gravissait l'escalier raide, son œil rencontra soudain des jambes de pantalon au pli impeccable. Ce fut si inattendu qu'elle s'efforça de l'écarter de la main comme on chasse une mouche importune. Mais en vain.

— Madame Chandler, pourrais-je savoir ce que vous faites chez moi ?

La toisant de toute la hauteur des marches, il avait un air plus que menaçant. Eva comprit qu'elle ne gagnerait rien à faire de l'humour, cette fois.

— Je cherche l'outil dont vous vous êtes servi pour tuer votre femme, laissa-t-elle échapper, trop secouée pour songer à dissimuler la vérité. (Et rejetant les épaules en arrière, elle lui lança un regard étincelant.) Car vous l'avez assassinée, n'est-ce pas ? Tout le monde ici le sait, d'ailleurs.

— Les enquêteurs ont conclu à un accident, c'est là l'important. (Il descendit quelques marches, la forçant à reculer.) Surtout après toutes les rumeurs qu'ont fait courir mes charmants voisins... Je vous assure que les poulets ne m'ont pas fait de cadeaux, mais ils en ont été pour leurs frais !

— La police n'est pas complètement idiote, elle doit bien se douter que certains de ces bruits sont fondés. Qu'avez-vous fait d'Edward ?

Il lui fallait absolument chasser de sa voix la note d'hystérie qu'elle y sentait poindre. Sinon, elle se retrouverait à sa merci.

— Les femmes sont toutes les mêmes : une fois qu'elles ont mis le grappin sur un homme, elles s'imaginent pouvoir le faire tourner en bourrique. Je me suis posé des questions, figurez-vous, lorsque votre mari a commencé à venir tournicoter autour de moi et me faire des ronds de jambe après tout ce temps. Alors j'ai demandé à ma secrétaire de me téléphoner au restaurant, lui recommandant de dire que l'on m'attendait d'urgence au bureau. Et je me suis précipité ici. (Eva n'avait jamais trouvé Gates bel homme mais lorsqu'elle le vit sourire, l'air fat et content de soi, elle le trouva franchement hideux.) Votre époux continue de déjeuner.

— Oh... (Elle aurait dû laisser un message d'adieu à Edward... Elle avait été tellement sûre d'elle...) Et maintenant, que va-t-il se passer ? Vous ne comptez tout de même pas jouer votre petite comédie une seconde fois ?

— Non. D'autant que je me suis débarrassé du *skateboard*.

Devant son air choqué, il éclata de rire.

— Vous aviez deviné ? Très astucieux de votre part. Je l'avais acheté au centre commercial. Les oncles qui veulent gâter leurs neveux font toujours ce genre d'emplettes. Tout le temps que la police a été là, la planche était dans le coffre de ma voiture.

— Quelle méthode allez-vous utiliser pour vous débarrasser de moi ? (Elle se refusait à faire preuve de faiblesse et le supplier de l'épargner. C'était plus fort qu'elle. *Edward, mon chéri, donne-moi la force de tenir !*)

— Nous allons remonter au rez-de-chaussée. (Il s'effaça pour la laisser passer.) Je vais rentrer chez moi, venant du jardin, et aveuglé par le soudain changement de lumière, je vais tirer sur un inconnu venant à ma rencontre. Je ne me rendrai compte qu'il s'agit de vous qu'à la dernière minute. Et j'avais laissé ma porte fermée ce matin avant de partir au bureau.

Une arme à feu. Il ne restait plus à Eva qu'à se résigner à son sort. Devant un revolver, elle ne pesait pas lourd. Surtout un flingue qu'elle ne pouvait voir.

Où était-il, ce feu ? Les poches de la veste de Gates ne présentaient pas de bosse suspecte.

— A votre place, je ne tenterais rien, vous êtes cuite.

Se cramponnant à la rampe, elle se mit à reculer lentement de marche en marche. Il la suivit.

Eva n'avait rien d'une athlète mais la peur, le désespoir et l'envie farouche de revoir Edward décuplèrent ses forces. Le dos bien coincé contre la rampe, elle lança sa jambe droite raidie vers lui.

— Aïe !

La chaussure de jogging le cueillit de plein fouet à la hauteur du nombril, et il se plia en deux, essayant dans le même temps de l'empoigner. Elle décocha un second coup de pied à la main tâtonnante et pivota pour gravir les marches tant bien que mal.

Toujours courbée, elle traversa la cuisine au galop et se rua vers la porte de derrière. C'est alors que la sonnerie aigre du téléphone résonna dans les pièces désertes. Edward, sans doute, l'appelant pour lui annoncer que Gates avait filé. Des gémissements hystériques franchirent ses lèvres. Elle se plaqua une main sur la bouche.

— Je vous aurai !

Gates gravissait poussivement l'escalier tandis que descendant à toute vitesse les marches derrière elle courait d'une traite vers les arbres. Ses articulations avaient du mal à fonctionner tellement elle était crispée par la peur. Il allait certainement la rattraper et la tuer sous les frondaisons.

Lorsqu'elle atteignit le bosquet, les arbres semblèrent s'écarter devant elle tandis qu'elle louvoyait entre les troncs pour rejoindre l'autre côté.

— Je n'ai pas encore dit mon dernier mot ! l'entendit-elle hurler en s'élançant parmi la végétation.

Soudain, un bruit étrange la fit se retourner. Les arbres semblaient danser follement, exécutant une sabotière endiablée.

Un nouveau bruit jaillit, la faisant frémir de terreur. Elle resta plantée là, les mains plaquées sur les oreilles, pour étouffer les hurlements provenant du cœur du bosquet. Des mains l'agrippèrent. Elle se débattit jusqu'au moment où elle reconnut le visage angoissé d'Edward. Elle se jeta contre lui.

Edward lui maintenait d'une main la tête contre sa poitrine, mais elle continuait d'entendre l'atroce hurlement qu'on eût dit poussé par un animal sauvagement battu.

— Il m'a faussé compagnie. J'ai demandé à Roy Shaver d'appeler ici puis d'alerter la police. Je me suis précipité à la maison. Qu'est-ce qui se passe là-dedans, bon sang de bonsoir ? Tu as aperçu des chiens ?

— Aucun chien. Rien que les arbres.

— Mon Dieu ! Tu veux dire...

Un brouhaha de voix se détachant sur les hurlements leur fit tourner la tête vers la route. Des voitures étaient arrêtées. Leurs passagers rejoignirent les voisins plantés devant la pelouse.

Les hurlements d'animal aux abois s'estompèrent et disparurent, bientôt remplacés par le ululement d'une sirène. Deux officiers de police en uniforme coururent vers eux. La sabotière prit fin.

— Là-dedans, fit Edward en montrant les arbres. C'est Gates. Il a essayé d'assassiner ma femme.

— Et c'est vous qui l'avez tué ?

Le plus âgé des deux policiers demeura près des Chandler tandis que son coéquipier s'enfonçait sous le couvert des arbres.

— Bien sûr que non. Je ne l'ai même pas vu.

— Hé, Davis, rapplique un peu ici. Faut que tu voies ça.

Le jeune flic s'extirpa de sous les arbres, avec la mine de quelqu'un qui vient d'assister à la fin du monde.

— Qu'est-ce que c'est ?

Edward et Eva s'approchèrent, suivis lentement par les voisins.

— S'ils disent que c'est Gates, ça peut être que Gates, fit-il en hochant la tête d'un air incrédule.

— C'est pas les chiens qu'auraient fait ça ? Il arrêtait pas de se plaindre des clébards. Quelqu'un aurait pas vu des chiens sortir du bosquet ? s'enquit le plus âgé des deux flics en se tournant vers les badauds.

— Les chiens du voisinage sont tous attachés ; le préposé a embarqué les chiens errants, expliqua Edward.

— Pas possible que des chiens — ou quoi que ce soit d'autre — aient fait ça, marmonna le jeune flic.

Mais son visage disait clairement que des monstres

infernaux étaient tapis au milieu des arbres et qu'il les avait vus.

— Je t'avais bien dit...

Edward jeta un regard entendu à Eva, qui se tut.

Just the Trees.
Traduction de Dominique Wattwiller.

JEU DE PATIENCE

par JOE MACKEY

C'est la première fois que Diane met les pieds au *Crook*, dans la Quarante-Sixième Rue Ouest. Et aussitôt je me rends compte qu'elle est « différente ». Jusqu'où va cette différence, je ne le comprendrai qu'au moment où le sort en sera jeté.

Bien sûr, le *Crook* n'est pas ce que prétend l'enseigne vue du dehors, sur la marquise de l'entrée, et qui mentionne avec décence : BAR ET GRILL DE L'ÉLITE. Le surnom lui vient des habitués qui traînent dans le coin, y compris votre serviteur, Silky Collins.

Je suis là, à mater la poupée en connaisseur. Elle est jeune et jolie. Elle promène partout le regard de ses grands yeux un peu étonnés et s'assied à l'extrémité libre du bar, laissant entre elle et moi trois tabourets vacants. Johnny Bear, le barman, se lève pesamment et — d'un ton extraordinairement respectueux de sa part — lui demande quel sera son poison.

— Une grenadine, qu'elle répond.

Or, il s'écoule parfois plusieurs lunes avant que Johnny soit appelé à servir autre chose qu'un mélange composé de deux parts... dont l'une est invariablement de whisky. Néanmoins, il accueille la commande par un balancement poli de son énorme crâne en citrouille.

A ce moment, Doum-Doum Belladonna redresse la taille et lance à la nana un méchant coup d'œil :

— Tu prends un verre, chérie ?

— Non, merci, qu'elle fait, froide comme le zinc, j'en attends déjà un.

— Bon. Alors je t'offre le suivant.

Elle secoue sa tête mignonne.

Doum-Doum l'explore d'un long regard depuis les talons jusqu'aux cheveux, sans rien omettre en chemin :

— Tu as de la classe, ma jolie. Tu me plais.

— Merci. Le ton, toujours poli, toujours glacé.

Il se penche vers elle :

— Reste avec moi et tu porteras de beaux cailloux.

— Sans doute... lâche-t-elle en le toisant à son tour ... autour des chevilles, au fond de l'East River.

Moi, ça me fait marrer. Je m'arrête presque aussitôt parce que personne n'a intérêt à se payer la tête de Doum-Doum.

Mais il a bu sa ration de sang pour la journée, car il se contente de me faire une sale gueule. Puis il marmonne à la poulette :

— Ça sait causer, ça, madame...

— Mis en confiance par cette bonne réplique, puis-je, *moi*, t'offrir à boire ?

Je lui ai posé la question avec plus d'impulsivité que de matière grise, étant donné que j'ai la poisse au jeu depuis bientôt deux semaines et bien loin de réaliser la moindre de ces filouteries qui me valent le sobriquet de Silky. Bien qu'on ne réclame pas des prix exorbitants à la clientèle de *l'Antre aux Canailles*, mon pécule est actuellement dans un tel état d'anémie que même les boissons du pauvre s'avèrent encore trop chères pour lui.

Au cours de l'heure suivante, nous nous envoyons chacun trois verres (d'ordinaire je ne les compte pas, mais le manque à gagner incite à la mesure). J'apprends que Diane n'est pas de la ville, qu'elle habite seule et cherche du travail ; qu'elle est chouette (ça, je l'ai trouvé tout seul).

Une vraie journée caniculaire dans ce bon vieux New York !

Tout le monde sue. Tout le monde sauf *elle*. Elle, elle transpire. Car elle a réellement de la classe. Pas comme ces guêpes qu'on voit régulièrement ici : celles-là s'imaginent avoir de la classe quand elles diluent paresseusement leur citronnade dans de doubles whiskies ou quand elles soignent leur diction en proférant des insultes vulgairement obcènes.

Je me surprends à m'amuser sans même entrevoir aucune autre perspective. La compagnie de cette môme me plaît. Mais le spectre de mon portefeuille dégarni revient jeter une ombre au tableau quand je songe qu'il sera bientôt l'heure du casse-croûte et que je n'ai pas de quoi la nourrir, elle.

Un coup d'œil réflexe à mon poignet, là où je porte habituellement ma montre... mais ça me rappelle que je l'ai mise en gage.

— Vous avez un rendez-vous ? demande-t-elle.

— Ouais, que je lui réponds. (Mais, alors, quelque chose émanant d'elle me pousse à rectifier par ces paroles qui me ressemblent peu :)

— Au fait, non. La vérité est que je suis presque à sec.

— Oh, j'en suis navrée, dit-elle, l'air sincère. Vous auriez dû me le dire.

— Un gars n'admet pas volontiers qu'il n'a plus le sou.

Sa main touche la mienne :

— J'admire vraiment un tel trait de caractère.

En général, j'accepte ce genre de compliment avec un ricanement intérieur ; mais, avec elle, je ricane ouvertement. Après tout, je n'essaie pas de faire sa conquête.

— Dites-moi, vous n'êtes pas un *voleur*, n'est-ce pas ?

— Pas exactement.

— Et vous ne tuez ni n'assommez personne... ?

— Ça, non : ce n'est pas mon rayon.

— Eh bien, alors ? Vous n'êtes pas aussi mauvais que vous pourriez le croire.

Cette pauvre gosse est un amour. A cause d'elle je me sens meilleur. C'est là un sentiment neuf qui me purifie.

— Puis-je vous prêter quelques dollars ?

— Non, merci, dis-je. (Depuis des années, c'est bien la première fois que je décline une offre de cette espèce, encore que l'offre elle-même ne soit pas monnaie courante.) — Et je te prie de croire que j'ai habituellement du fric plein les poches. Mais, pour le moment, il vaut mieux que je te ramène chez toi.

— Rien ne vous y oblige, dit-elle.

Et je lui jette un coup d'œil scrutateur, me demandant si elle a peur de moi. Elle saisit ma pensée, car elle ajoute :

— Mais c'est bien aimable à vous de m'accompagner et cela me fait plaisir.

Dehors, je calcule que la mitraille qui me reste ne nous paierait pas une bien longue course en taxi, mais Diane m'informe que le vieux manoir où elle crèche se trouve dans la Soixante-Quatrième Rue Ouest ; déjà elle m'entraîne vers le métro...

A destination, la turne me paraît avoir connu des temps meilleurs. Sur les marches de pierre menant à l'entrée, Diane me déclare :

— Silky, je suis vraiment contente de vous avoir rencontré. Vous êtes un garçon intéressant et différez beaucoup des gens que j'ai connus.

— Ah... En quoi donc ?

— Je ne le sais pas au juste. Vous avez l'air dur et sombre alors que vous êtes aimable et de bonne compagnie.

Tu n'aurais aucune chance comme diseuse de bonne aventure, poupée, opine ma voix intérieure. Cependant il me faut bien admettre que, d'une façon ou d'une autre, ce tendron fait affleurer ce qu'il y a de meilleur en moi. Dangereux, ça. On ne saurait trop s'en méfier.

— Je suis réellement charmé d'avoir fait ta connaissance, Diane, lui dis-je à mon tour.

— Vous reverrai-je ?

— Certainement, que je lui assure sans conviction, je te ferai signe.

Et, avec un léger salut de la main en guise d'adieu, je me fraie un chemin de retour vers le métro.

***

Cette nuit-là, Diane m'est apparue en rêve. Et elle me hante l'esprit durant toute la journée suivante. Mais quand elle fait irruption dans *l'Antre aux Canailles* l'après-midi, je m'en trouve tout aussi fâché que content. Elle n'est guère à sa place dans ce milieu.

— Bonjour, Silky, fait-elle. Je suis heureuse de vous retrouver ici.

— Ce n'est pas réciproque, dis-je, parce que, toi, tu ne devrais pas y être.

Elle me regarde comme si je l'avais fessée. Mais j'ajoute en lui prenant la main :

— Ne vois-tu pas, mon ange, que ma fréquentation ne te vaut rien ?

— J'en suis seule juge.

Le mot *juge* me fait tiquer, mais je réponds quand même :

— Non, fillette, tu ignores ma véritable nature. Je ne suis pas ton genre.

— Quel est-il, mon genre ?

— Eh bien, sûrement pas Silky Collins et tout ce qu'il comporte.

— S-silky Collins... répète-t-elle avec douceur en plongeant son regard dans le mien.

Et je comprends alors que la môme en pince vraiment pour moi. C'en est trop. Je la pousse dehors et l'escorte jusqu'au métro.

— Tu es une charmante enfant, Diane. Bien trop tendre pour moi et mes pareils. Adieu donc... et bonne chance.

Elle étend le bras pour me retenir ; mais, expert aux jeux de mains, j'esquive la prise et disparais dans la foule.

***

Le lendemain, je touche une paie : ma part de butin provenant d'un joli coup monté avec Bad-Eye Moran — entre parenthèses, Moran vient de rentrer après une absence nécessaire de trois semaines ; d'où l'assèchement temporaire de mes fonds. Pour fêter ça, nous nous donnons du bon temps : une semaine entière de ribote incluant les filles et le jeu. Malgré cette débauche, je pense souvent à Diane, mais la rechasse aussitôt de mon cervelet.

Quand s'apaise enfin ma fringale d'orgies, je laisse à Moran le soin de mener les pépées au tripot. Et je suis en train de rêvasser devant un verre dans *l'Antre aux Canailles*, quand ce doux état d'âme est soudainement troublé par l'apparition de Cramponnette en personne, toujours légère comme la brise.

J'en suis à la fois content et mécontent.

— Si j'ai bonne souvenance, mon agnelle, je t'ai dit qu'il valait mieux pour toi ne pas fréquenter Silky Collins.

— Chose bizarre, réplique-t-elle, je n'ai point d'oreilles pour ce que je ne veux pas entendre.

Voilà une mignonne diablement résolue, que je me dis. Ne pouvant recourir à la force pour la détacher de moi, il ne me reste qu'à faire appel à ces bonnes vieilles méninges... En esprit donc, je dresse rapidement un plan selon lequel j'emmènerai Diane en tournée dans une ou deux boîtes où je suis connu ; là, je ne m'occuperai que des autres souris figurant sur ma liste. Ce qui, sans doute, lui donnera des vapeurs, démontrant par le fait même que je suis pour elle une mauvaise drogue.

— Okay, Diane, lui dis-je, allons faire un tour dans les boîtes aux environs.

— Avec joie, Silky, mais si vous êtes un peu à court, je partagerai volontiers les frais...

Je la regarde. Décidément, cette jolie gosse sort de l'ordinaire.

— Merci, mon ange, lui dis-je, mais aujourd'hui je suis plein aux as.

Nous échouons d'abord dans une de ces caves enfumées de la Huitième Avenue, près de Madison Square Garden. Il y fait tellement sombre qu'on aurait presque besoin de fixer une lampe de mineur à son chapeau.

Nous nous poussons vers le bar et Diane prend ma main dans la douce étreinte de la sienne.

— Voici un endroit digne d'intérêt, Silky, dit-elle. Mais j'y aurais peur sans vous.

A l'instant même, je me sens l'âme envahie d'une chaleur réconfortante qui m'inspire des sentiments protecteurs ; puis je me rappelle que je n'ai pas amené Diane en frangin, mais à seule fin de la dégoûter de moi à jamais. D'un coup d'œil, je repère à l'autre bout du comptoir une fille de ma connaissance — une certaine Flo — et je murmure à Diane :

— Excuse-moi un moment, je vois là une de mes copines.

Je longe le bar vers Flo... Celle-ci m'accueille par un sonore « Hello ! » et, d'une même haleine, me demande de lui payer à boire. Malgré moi, je note le contraste entre son attitude vénale et celle de Diane qui, elle, s'offre à partager les frais lorsque je suis fauché.

Néanmoins j'offre un verre à Flo et remarque qu'elle commande un whisky alors que, sur le comptoir, le cercle humide laissé par sa consommation précédente révèle qu'elle buvait de la bière avant mon arrivée.

Nous bavardons, et ça me donne à constater — surtout après une conversation avec Diane — que cette Flo ne débite que platitudes. Pourtant je décide de rester auprès d'elle assez longtemps pour mettre Diane en rage.

Je gaspille un quart d'heure et deux dollars avec Flo, puis je m'excuse pour aller rejoindre Diane, tandis que, par réflexe, Flo me lance son dernier cri du cœur :

— Paie-moi encore un verre avant de partir !

— Possible que je revienne, dis-je d'un ton évasif à cette punaise.

Je retourne à Diane, croyant la trouver mûre pour la bagarre, ce qui me permettrait de la plaquer. Mais elle se contente de sourire.

— Une ancienne amie, dis-je en manière d'explication.

Diane tourne les yeux vers Flo, au bout du comptoir :

— Elle a des cheveux magnifiques.

— Pas autant que les tiens, dis-je, réprimant ensuite une forte envie de me mordre la langue.

— Oh, merci, Silky. Pourquoi ne pas l'inviter à se joindre à nous ?

Ça, alors, ce serait le bouquet ! me dis-je. Pour le coup, j'en ai marre de Flo. Mon truc s'est écroulé. La réussite n'est pas pour ce soir.

Je reconduis Diane à son domicile, lui fixe rendez-vous pour la soirée du lendemain et me tire proprement dès que nous arrivons devant sa porte.

Je me fais alors un serment : à la prochaine occasion, je balaierai Cramponnette une fois pour toutes. Je la mènerai au zanzi pour la livrer à la tendre merci de quelques-uns de mes amis. Quand ils l'auront bien plumée, il est probable non seulement qu'elle se montrera moins romantique envers moi, mais qu'elle ne daignera même plus m'adresser la parole.

***

Le lendemain soir, je la conduis devant un haut building de la Trente-Huitième Rue Ouest, que je sais être l'endroit propre à servir mon dessein. Le guetteur de l'entrée, No-Brain Balaban, que je connais de longue date, se montre hésitant lorsqu'il me voit accompagné de Diane : pour plusieurs raisons, les femmes ne sont guère les bienvenues là-dedans.

— Qui est la nana, Silky ?

— Elle est de la Brigade Mondaine ! que je lui sers d'un ton gouailleur.

— C'est que... Enfin, on ne sait jamais, Silky. Les gars d'ici ne tiennent pas particulièrement — Pardon, m'ame — à ce qu'on admette les femmes au jeu.

— Oh, Silky, fait Diane, si c'est contraire au règlement, je ne désire pas me poser en intruse.

Sur ce, Frankenstein examine un instant ma compagne ; puis grommelle :

— Bon, je crois que pour vous ça ira, m'ame. Allez-y, montez.

Il s'incline et je vois qu'elle a fait sa conquête.

Au neuvième étage, où le jeu bat son plein, une dizaine de types se sont groupés autour d'une table recouverte d'un vert tapis de feutre épais. Tous, ils nous font les yeux ronds, puis s'interrogent du regard, et je constate qu'ils ne sont pas au comble de la joie. Plusieurs d'entre eux m'adressent un salut, mais rares sont ceux qui accueillent Diane d'un signe de tête, et c'est visiblement à contrecœur.

— Bonsoir, messieurs, dit-elle. Je ne suis pas de trop, j'espère... ?

Acey-Deucey[1], un petit tricheur de classe qui partage ses amours entre le sexe faible et le jeu, s'improvise porte-parole en disant :

— Pas du tout, m'ame. Nous sommes heureux de vous voir parmi nous.

1. De « deuce-ace » : deux et as, aux dés.

Il adresse un sourire en coin aux compères, et ceux-ci émettent un murmure d'acquiescement.

A la table, des joueurs s'écartent pour faire place à Diane qui proteste :

— Mais je vous en prie, messieurs, ne vous dérangez pas pour moi. Je ne voudrais pas vous gêner.

— Vous ne nous gênez pas le moins du monde... Pas vrai, les amis ? dit Acey ; et les autres approuvent en chœur. Dites donc, les gars ! s'écrie-t-il alors. L'un de vous pourrait au moins apporter un siège à la dame, non ? Que diable faites-vous de la galanterie ?

Déjà deux zèbres se bousculent dans leur hâte à trouver une chaise dans les parages, et Diane les prie de n'en rien faire, mais ils insistent...

Si ce guignol continue, que je me dis, Diane va se croire aux prises avec les élèves en savoir-vivre du Harvard Club.

— Vous connaissez ce jeu ? demande Acey-Deucey en s'adressant à Diane.

— Je crains que non.

— Comment trouvez-vous ça ? clame-t-il aux autres. Elle n'y pige rien et la voici pourtant bien tranquille, telle une petite dame à la bouche cousue, au lieu de nous assommer par un tas de questions comme la plupart des filles.

Les gars inclinent la tête en signe d'assentiment. Ils reconnaissent en Diane une perle rare.

— Aimeriez-vous essayer quelques coups ? lui propose Acey.

Elle m'interroge du regard.

— Bien sûr, vas-y, lui dis-je.

Je mise pour elle un billet de cinq dollars, aussitôt disparu.

Acey lui tend une paire de dés et je le vois adresser un furtif clin d'œil aux copains.

— Tâchez de faire un *sept* ou un *onze*, lui conseille Mike Meatball.

Elle jette les dés.

— Sept ! hurlent les gars.

— Ai-je gagné ? demande-t-elle.

— Oui, m'ame, répond Acey. Vous êtes bonne joueuse. Allez-y.

— Sept !

— Oh ! fait-elle, j'ai encore gagné.

— Assurément, m'ame, confirme Acey, souriant à la ronde. (Les joueurs de l'endroit vivent un de leurs meilleurs moments.) — J'estime qu'elle doit continuer ; et vous, les potes ?

Approbation unanime, et Diane relance les dés.

— Onze !

Là-dessus, je me décide :

— Ça suffit comme ça. Je ne veux pas qu'elle s'imagine — à cause de ces dés pipés appartenant à Acey — que le jeu offre pareille certitude de gagner à tout coup : elle pourrait en être mordue pour la vie.

— Très bien, Diane, lui dis-je, ramasse tes gains.

— Mais... est-ce vraiment bien de quitter au moment où je gagne ?

— Ne vous en faites pas pour ça, ma p'tite dame, dit Acey. Vous avez été la bienvenue à cette table. Nous n'accueillerons pas plus mal votre décision d'abandonner quand bon vous semblera. D'accord, les gars ?

— D'accord ! font les autres, d'une seule voix.

— Elle a un fameux petit coup de dés, celle qui est avec toi, veinard, dit Meatball.

— Ouais.

Je suis impatient d'emmener Diane hors de ce repaire de tricheurs.

Dans l'ascenseur, elle me dit :

— Quel merveilleux groupe d'amis vous avez là, Silky.

— Ouais.

A la sortie, No-Brain s'incline jusqu'à terre devant Diane, et j'ai une furieuse envie de lui balancer mon poing sur le blair.

Diane suggère que nous nous arrêtions ailleurs pour boire un café, mais je lui déclare que j'ai la migraine et que, avec sa permission, j'irai me coucher.

— Oh, Silky, bien sûr ! Il faut vous mettre au lit tout de suite. Et n'oubliez pas l'aspirine.

Je la quitte au métro et je me rends compte que nul calmant ne pourrait me soulager de mon réel mal de tête. Je me remets à ruminer : voilà deux soirs que je manœuvre en sorte qu'elle me tourne le dos, et mes deux tentatives se soldent par un échec. Conclusion : il faudra que j'emploie les grands moyens tout en m'assurant une bonne marge de sécurité.

Ayant élaboré une nouvelle combine, je téléphone à Diane pour lui fixer rendez-vous le lendemain, vers 4 heures de l'après-midi, dans un bouge de la Quarante-Quatrième Rue Ouest.

J'ai choisi cette tanière parce que le tenancier me doit une faveur pour services rendus, et cette heure-là car il n'y aura probablement aucun client.

Dare-dare je vais sur les lieux et j'expose mon plan à Sal, le patron. Le jour prévu, à l'heure dite, un de mes copains aura préalablement collé sous sa chemise une vessie en caoutchouc remplie de ketchup. Après l'arrivée de Diane, je me dispute avec le compère et, au cours de la bagarre qui s'ensuit, je le surine avec un de ces poignards de théâtre, à lame rentrante ; il s'affale, saignant toute la sauce... Aux yeux de Diane, j'apparais dès lors bien trop dangereux comme chaperon. Elle s'enfuit, épouvantée, et je ne la revois plus jamais.

Je dois fournir un certain effort de persuasion pour obtenir l'accord de Sal, mais il cède bientôt devant les dix dollars que je lui offre pour dorer la pilule. Il m'est encore plus facile de convaincre le copain Gong-Gong, un cogneur, à jouer le rôle du poignardé, surtout après ma promesse d'une nouvelle chemise, turquoise et jaune, pour remplacer celle que nous aurons saucée.

Juste avant le lever de rideau, le lendemain, je me poste au coin du bloc incluant le champ des opérations ; et ce jusqu'au moment où je vois venir Diane. Je désire qu'elle arrive la première au rendez-vous. Elle entre. Moi, je l'imite quelques minutes plus tard. Il n'y a là qu'elle, Sal et Gong-Gong. Ce dernier me lance, comme convenu, un vilain regard... que je lui retourne illico, et je vais rejoindre Diane à l'autre bout du comptoir.

— Bonjour, chéri, dit-elle.

— Idem, chérie.

Je souhaite que la pièce se joue avant la venue d'autres clients éventuels. Aussi, par-delà le comptoir, je regarde avec insistance le reflet de Gong-Gong dans le miroir tapissant le mur.

— Qu'est-ce que t'es en train d'zieuter ? grogne-t-il, montrant les dents.

Je lui fais ma plus sale bobine pour la réplique :

— A toi d'imaginer...

Je sens que Diane me tire la manche.

— Je t'en prie, Silky, me souffle-t-elle.

— C'est ça, nargue l'autre, cache-toi sous le tablier d'maman.

Me séparant de Diane, je me précipite sur Gong-Gong, bloque le gnon qu'il envoie à trente centimètres au-dessus de ma tête, et plonge le poignard truqué dans la vessie de ketchup.

Gong-Gong pousse un grognement plaintif, vacille sur ses jambes et fait à reculons deux ou trois pas chancelants avant de s'écrouler.

Diane est à mes côtés. Son regard va de Gong-Gong — qui gît maintenant sur le dos — à mon couteau dont la lame saille à nouveau dans sa position première.

— Barre-toi ! que je lui dis en la poussant vers la sortie. Moi, je me sauve par-derrière !

Elle m'agrippe le bras et veut m'entraîner vers la sortie de secours : c'est par là que *nous* devons fuir *ensemble.*

J'essaie de résister mais la poulette se révèle aussi vigoureuse que décidée.

Ouvrant la porte arrière, elle s'élance à travers la cuisine avec moi en remorque... D'un coup d'œil par-dessus mon épaule, je surprends le regard ébahi de Gong-Gong, toujours allongé...

Dans l'arrière-cour nous escaladons coup sur coup deux clôtures et aboutissons dans une venelle menant à la rue adjacente. Diane hèle un taxi qui passe, me pousse dedans et m'y suit d'un bond.

Je tente d'ouvrir la bouche, mais Diane met un doigt sur ses lèvres en me rappelant, d'un bref hochement de tête, la présence du chauffeur ; puis, du bout des doigts, elle m'adresse un silencieux baiser.

— Au port ! qu'elle donne comme adresse.

Ce qu'elle a dans l'idée, je me le demande. M'embarquer pour une destination lointaine ? Mais à peine avons-nous quitté le taxi que, déjà, elle me fait entrer par une porte dans la gare routière et ressortir par une autre...

— Au cas où nous serions suivis, me dit-elle à voix basse.

— A présent, écoute, Diane...

— Chchcht... fait-elle.

Elle hèle un autre taxi et donne au chauffeur sa propre adresse. Chaque fois que je veux parler, Diane hoche négativement la tête et sa main presse la mienne. Elle ne me laisse pas prononcer un seul mot avant que nous ne soyons arrivés dans son appartement.

Une fois à l'intérieur, elle donne un tour de clef, puis se laisse mollement aller contre la porte en exhalant un soupir.

— Maintenant, chéri, dit-elle, tu es sauvé.

— Te rends-tu compte que j'ai peut-être tué un homme ? La police doit me rechercher en ce moment même.

— Tu peux rester ici jusqu'à ce que tout danger soit écarté. Personne ne sait que tu es chez moi.

— Et ses amis ? Même si le type n'en meurt pas, c'est avec une férocité vengeresse qu'ils me poursuivront jusqu'ici pour me tomber dessus.

— Ça m'est égal, dit-elle, je t'aime.

Eh bien, vieux frère, que je me dis, fini de faire le mariole ! De quoi j'ai l'air, à présent ? D'un embusqué sinon d'un lâche ! Alors que j'ai fait tout mon possible pour terroriser la poupée afin qu'elle renonce à moi, c'est encore elle qui, me croyant en mauvaise posture, vient à la rescousse comme la cavalerie. J'en suis tout ému ; et parmi les sentiments qui me bouleversent, il y a, je le crains, de l'amour.

Vraiment à court de mots — chose rarissime dans ma vie — je demande à Diane si je peux m'étendre un moment. Tout habillé, je me flanque sur le canapé et m'efforce de ne plus penser à rien, malgré que les idées dansent une drôle de sarabande dans ma pauvre tête. Un peu plus tard, Diane vient me secouer en m'annonçant qu'elle a servi le souper.

Bien que la bouffe soit du tonnerre, mon appétit est nul. Diane met ça sur le compte du coup de poignard que j'ai donné à Gong-Gong ; mais, en réalité, c'est parce que je me reproche de continuer à lui mentir...

Je prends la décision de téléphoner. Mais, pour ça, il faut que j'éloigne Diane un moment. Après le repas, je lui dis que j'ai besoin de cigarettes. Comme par un fait exprès, elle en a sous la main, et de trois marques différentes. Je lui en cite donc une autre. C'est à contrecœur qu'elle accepte de sortir pour aller chercher les sèches demandées. Dès que j'entends claquer la porte d'en bas, je téléphone à Sal.

Je lui dis que je suis chez Diane et je le préviens que je rappellerai dans une dizaine de minutes : à ce moment, il devra me signaler que la blessure de Gong-Gong est légère et superficielle ; il ajoutera que les flics ignorent tout de la bagarre. Sal en reste muet d'étonnement. Après tout, ça se conçoit... Quant à moi, j'ai actuellement en vue un tout autre projet : je vais me marier. Une fille qui partage volontairement vos ennuis dans un tel pétrin fera une épouse en or.

Diane revient, et je l'avise que j'ai un coup de téléphone à donner aux fins de savoir, par Sal, si je suis réellement un meurtrier.

— Non ! qu'elle objecte. On pourrait découvrir d'où provient l'appel.

— Aucun danger, lui dis-je d'un ton rassurant.

Je contacte Sal. Il me communique la bonne nouvelle et j'en fais part à Diane.

— Chéri ! j'en suis si heureuse, dit-elle en m'entourant de ses bras. N'empêche que, avec toi, j'aurais traversé le meilleur et le pire.

— Je sais. Et c'est bien ce que je te demande à présent.

— Que veux-tu dire ? demande-t-elle.

— J'aimerais que tu deviennes Mrs. Silky Collins.

— Oh, mon chéri ! fait Diane qui m'embrasse alors avec une telle impétuosité que je dois lui rappeler le délai de quelques jours nous séparant encore de l'union matrimoniale.

***

Dans l'intervalle, nous nous sommes soumis à l'analyse du sang, nous avons obtenu la licence, etc. Nous voici maintenant à l'Hôtel de Ville avec, comme témoins, Moran et un autre de mes copains, surnommé « Le Petit Sam ». Subitement la cérémonie se termine et Moran nous propose :

— Vous venez en ville avec nous ? Les gars ont organisé une petite noce en votre honneur.

— Une noce ! fait Diane qui applaudit. Quelle charmante attention !

— Bah, rien d'extraordinaire, dit Moran. Bonne chère et un hectolitre de gnôle, bien sûr. Mais nous ne savions vraiment que choisir comme cadeaux de noces en un délai aussi court ; de sorte que nous avons uniquement prévu des cadeaux surprises.

— Des cadeaux surprises ? dit-elle. Mais c'est une idée géniale !

Au cours du trajet en taxi vers le centre, je demeure taciturne et plutôt renfrogné. Continuellement mon gros souci m'a pesé sur la conscience. C'est encore pis maintenant, après la cérémonie. Auparavant j'avais rejeté l'idée de confesser à Diane que toute l'affaire du coup de poignard n'était qu'une mystification, craignant qu'elle en soit fâchée et déçue au point de ne pas m'épouser. A présent, je m'en veux parce que ce mariage est fondé sur un mensonge. J'ai menti toute ma vie, mais ce mensonge-ci me tarabuste.

— Réjouis-toi, chéri, me dit Diane qui m'embrasse.

J'émerge enfin de mon cafard et constate que nous dépassons Times Square.

— Où se donne la fête ? que je demande.

Le Petit Sam me cite un hôtel de la Soixante-Douzième Rue.

Lorsque nous arrivons à hauteur du Capitol Theater, Diane prie le chauffeur de stopper et d'attendre : elle sera de retour dans quelques minutes, nous dit-elle. Déjà elle traverse la rue et la circulation l'engloutit.

Quand elle revient, je lui demande où elle est allée.

— Faire une emplette. Rien de spécial, répond-elle.

— Les vieux mariés ne devraient avoir aucun secret l'un envers l'autre, plaisante Moran... et je tressaille en songeant à *mon* coupable secret.

— C'est vrai, admet Diane, et de nouveau elle m'embrasse. Tu sauras plus tard où je suis allée, chéri.

Nous arrivons à l'hôtel en question et j'y trouve comme amis une véritable galerie de truands ainsi que d'autres, venus pour les félicitations. Tout ce monde évolue autour d'une profusion de sandwiches et hors-d'œuvre. L'alcool coule à flots.

On m'assaille de tapes dans le dos et de « Vous permettez que j'embrasse la mariée ? » Puis les gars racontent des blagues et entonnent des chansons drôles. Mais, tandis que Diane se mêle à cette foule de joyeux convives, j'observe que sa présence leur adoucit les mœurs sans toutefois agir en rabat-joie. Exemple : Moo-Caw Brady[1], qui d'ordinaire aime lancer à travers la fenêtre les bouteilles de gin qu'il a vidées, se contente ici de faire le clown après s'être coiffé d'un abat-jour, sous l'œil indulgent et amusé de Diane.

Au cours d'une accalmie dans les festivités, quelqu'un hurle :

— Qu'on nous laisse déballer les cadeaux !

Et on s'attaque aux emballages. Certains présents sont de véritables horreurs. Atteignant le bas de la pile, j'en déballe un que n'accompagne aucune carte...

Il s'agit d'un surin pour rire, à lame rentrante, semblable au joujou avec lequel j'ai « poignardé » Gong-Gong.

Comme je le disais il y a un instant, le cadeau est anonyme. Toutefois je relève, sur la boîte, le nom et l'adresse d'une sorte de bazar situé non loin du Capitol Theater.

Tout d'abord je suis piqué au vif. Puis, graduellement, j'en arrive à considérer l'humour et l'ironie de la situation : tel est pris qui croyait prendre...

Jetant un regard circulaire, j'aperçois Diane à quelques mètres de moi. Elle me fait signe de la rejoindre dans la pièce voisine. Je m'y rends tandis que les fêtards rivalisent de clins d'œil et quolibets.

Une fois seuls, Diane et moi, je lui reproche d'être une méchante fille. Réciproquement elle me traite de méchant garçon, non sans ajouter que ceci devrait me servir de leçon afin que je n'essaie plus jamais de la tromper en quoi que ce soit.

1. Brady, la Vache meuglante.

— Nous nous devons une mutuelle franchise, dit-elle. Je désire connaître tes mauvaises actions autant que les bonnes.

— Mes mauvaises actions ? dis-je en feignant la surprise.

— Entre autres choses, je veux savoir à quoi m'en tenir au sujet de tes petites amies.

— Pftt... Pour moi, elles ne valent pas tripette, ma chère.

— Parfait. Laissons cela pour le moment. Mais qu'en est-il au juste de tes activités professionnelles ? En tant qu'épouse, je dois le savoir.

Je bafouille un moment, mais vois qu'elle me soupçonne de ne pas exercer un métier des plus honorables. Je lui signale donc quelques-uns de mes tours. Une lueur dans ses yeux me suggère que mon agilité d'esprit l'impressionne. De sorte que, de fil en aiguille, je m'enhardis à lui dévoiler certains « coups » à la Silky Collins.

— Fameux, dit-elle après un silence. *C'en est même assez pour vous valoir un séjour plus ou moins long à l'ombre.*

— Hé ; mais... Qu'est-ce que c'est que cette salade ? dis-je en éprouvant comme un froid sur l'estomac.

Pour toute réponse elle exhibe un insigne. D'expérience, je le reconnais. Ce n'est sûrement pas un insigne de pompier.

— Quoi ? dis-je, incrédule. Mais alors... tout ce roman... ? *Vous* m'avez joué la comédie de A jusqu'à Z pour me soutirer des aveux... ?

— *Exactement.*

Silky Collins meets Dan Cupidity.
Traduction de Jean Laustenne.

JE CHANTE !

par CARROLL MAYERS

La nuit était d'une moiteur étouffante, sans un souffle d'air. A une heure du matin, renonçant à dormir, je sortis de mon lit, pris une douche, enfilai un pantalon et une chemise, puis montai en voiture. Mon intention était d'aller faire un petit tour sur une route de campagne pour tâcher de respirer un peu.

Ce n'était pas seulement la chaleur qui me tourmentait et me rendait le sommeil impossible : c'était aussi le fait qu'il manquait trois mille dollars dans mes comptes à la banque.

En temps normal, un tel déficit ne m'aurait pas affolé ; administrateur de biens, j'avais eu fréquemment l'occasion de manipuler des sommes de cette importance, prenant des paris dans des endroits plus ou moins louches, où étaient périodiquement effectuées des descentes de police mais qui continuaient à prospérer grâce à d'opportuns graissages de pattes. Bien entendu, étant donné la situation, je mettais de la discrétion dans ces paris et j'avais toujours pris soin de garder suffisamment de temps pour remettre en place les fonds empruntés.

Mais, cette fois-ci, je me trouvais pris de court. J'avais appris, de source bien informée, que des inspecteurs nous réservaient l'agréable surprise d'une visite à la banque dans deux jours. Le travail d'écritures ne m'inquiétait guère, car je savais suffisamment jongler avec les chiffres pour être capable de les mettre en ordre en quelques heures. Mais les trois mille dollars qui devaient accompagner ces chiffres, je ne les avais pas — et il m'était impossible de les réunir en quarante-huit heures.

Il ne me restait qu'une solution : présenter des comptes réellement en ordre, essayer d'en mettre plein la vue aux inspecteurs, jusqu'au moment où je parviendrais à obtenir une avance de la part de mes relations de jeu.

Je conduisais nerveusement, ressassant mes problèmes, sans même apprécier la brise légère qui avait commencé à me rafraîchir dès que j'avais quitté la ville pour m'engager sur une route secondaire. Tout à mes pensées moroses, je faillis ne pas voir la petite lueur qui brilla soudain derrière un bouquet d'arbres à quelques mètres devant moi. Surpris, je ralentis, cherchant à percer l'obscurité du regard pour voir ce qui se passait derrière ce fouillis d'arbres et de broussailles, tout en continuant d'avancer.

Un moment, je crus avoir imaginé cette lueur, car je ne voyais devant moi que d'épais feuillages ; puis, de nouveau, derrière le bouquet d'arbres, la lumière se remit à briller brièvement.

Intrigué, je freinai à fond, arrêtai mon moteur, éteignis les phares et descendis de voiture. La lune étant à son premier quartier, et en partie cachée par de sombres nuages précurseurs d'orage, on n'y voyait guère. Cependant je parvins à découvrir un petit chemin semé d'ornières qui tournait pour s'enfoncer vers le bouquet d'arbres. De plus, à l'endroit où je me trouvais, les broussailles avaient été écrasées ou arrachées, ce qui tendait à prouver qu'un véhicule quelconque avait dû récemment utiliser ce chemin.

Je n'imaginais guère un couple de jeunes amoureux venant s'ébattre au milieu des bois : l'endroit était trop éloigné de tout, pratiquement inaccessible. Cependant, quelqu'un était certainement passé par là il y avait peu de temps — et j'avais bien vu une lumière tremblotante briller dans la nuit.

La curiosité l'emportant sur la crainte, je me mis doucement en marche d'un pas que l'épaisse couche de mauvaises herbes assourdissait, et suivis le chemin creusé d'ornières. L'obscurité était presque totale ; j'avais beau écarquiller les yeux, je ne distinguais que des troncs d'arbres noueux et des ronces.

Soudain, apparaissant entre deux nuages, la lune me permit d'en voir davantage. Une voiture, ayant quitté le chemin, se trouvait là, au milieu des bois, l'avant tourné vers les arbres. Et, un peu plus loin, éclairé par le faisceau de sa lampe de poche, un homme en manches de chemise s'occupait activement à creuser le sol avec une bêche.

Je connaissais cet homme. Même à la faible lueur de la lune, je ne pouvais pas ne point reconnaître le profil anguleux et le crâne dénudé du conseiller municipal Roger Kobler.

Une satisfaction perverse m'envahit. Kobler, un célibataire qui avait trouvé dans son berceau une fortune considérable, mettait un point d'honneur à s'opposer à ce que ses concitoyens acquissent leur propre indépendance financière au moyen du jeu. La législation qui réprimait le jeu n'avait pas de défenseur plus acharné que lui. C'était pour moi un réel plaisir que de découvrir, par hasard, un homme de son espèce manifestement engagé dans une activité clandestine.

Je m'avançai un peu dans la petite clairière en demandant :

— Vous avez besoin d'aide, Monsieur le Conseiller ?

Ces mots, prononcés d'un ton nonchalant, firent l'effet d'un coup de tonnerre. Kobler se raidit comme s'il avait reçu une décharge électrique ; les lèvres tremblantes, il se pencha davantage sur sa bêche ; puis, laissant lentement retomber celle-ci, il se redressa et me regarda, les traits figés en une expression d'intense désespoir. Ses lèvres continuaient à trembler et il ne pouvait prononcer un seul mot.

Je remuai le couteau dans la plaie :

— Vous cherchez des vers pour la pêche, Kobler ?

Il m'avait reconnu pour m'avoir vu plusieurs fois à la banque. Lorsque enfin il réussit à parler, ce fut d'une voix étouffée :

— Je... je peux expliquer tout ceci, Bridges.

Mais non, bien entendu, il ne le pouvait pas. Sa hâte fiévreuse à creuser la terre, le ton angoissé de sa voix, rendaient d'avance invraisemblables toutes les explications qu'il aurait pu fournir. Néanmoins, je fis un signe de tête approbateur :

— Bien sûr.

— Ce... ce n'est pas ce que vous croyez.

— Et *qu'est-ce* que je crois ? questionnai-je.

— Je veux dire...

Il s'interrompit, bafouillant, incapable de continuer à feindre et également incapable — je le remarquai soudain — de s'empêcher de jeter de temps à autre vers sa voiture un coup d'œil oblique.

Je me dirigeai vers l'automobile. Il n'y avait rien ni sur le siège avant, ni sur le siège arrière. J'ouvris la porte du coffre et aperçus sur le plancher un paquet sombre, enveloppé dans une couverture. Je me baissai pour écarter la couverture et, malgré la pénombre je pus voir le visage tacheté et les traits crispés d'une jeune femme blonde.

— Elle est morte. Je l'ai étranglée, prononça la voix morne de Kobler derrière moi.

Je me retournai pour le dévisager. Maintenant que le moment des découvertes — et des aveux — était passé, il ne semblait plus éprouver la moindre émotion. La mine piteuse, il ne faisait plus aucun effort pour se justifier.

Déjà, une petite cloche tintait à mon oreille.

— Vous avez envie de me raconter comment ? demandai-je d'une voix calme, dans laquelle il n'y avait plus la moindre nuance de sarcasme.

Il se raidit de nouveau à cette demande, qu'il n'attendait apparemment pas.

— Hein ? fit-il.

— Donnez-moi votre version de l'histoire, suggérai-je.

Mon attitude le laissait hésitant. Lorsqu'il se décida à parler, ce fut sans passion, presque mécaniquement.

— Elle était venue en ville pour chercher du travail comme serveuse dans un bar. Je l'ai rencontrée un soir dans un parking : sa voiture ne voulait pas démarrer. Elle avait une sorte de vitalité irrésistible qui m'a tout de suite fasciné...

J'appréciai l'euphémisme. Selon toute apparence, la blonde devait être dotée d'un tempérament impétueux, comme Kobler n'en avait encore jamais connu et auquel il n'avait pas su résister. Le reste de l'histoire n'était pas difficile à deviner, mais je tenais à le lui laisser raconter.

— Et alors ? demandai-je.

Il passa sa langue sur ses lèvres sèches.

— Je l'ai rencontrée en cachette. Nous avons eu une liaison. Il y a un mois, elle m'a dit qu'elle allait avoir un enfant, mais que, si je lui remettais deux mille dollars, elle s'en irait tranquillement, sans rien demander d'autre.

Les épaules de Kobler s'affaissèrent.

— Cette histoire d'enfant était peut-être un mensonge, bien sûr, reprit-il, mais je ne pouvais risquer le scandale ; c'est pourquoi je lui ai donné l'argent. Mais elle n'est pas partie et, ce soir, elle m'a demandé deux mille dollars de plus.

— C'est généralement l'inconvénient du chantage, dis-je d'un ton bref, en secouant la tête.

— J'ai compris qu'elle ne s'en tiendrait pas là, poursuivit Kobler, cherchant enfin à se justifier. Nous nous sommes disputés. Furieux, je l'ai giflée et elle m'a craché à la figure. Alors, j'ai perdu la tête...

L'étincelle qui avait un instant brillé dans son regard s'éteignit. S'appuyant lourdement contre sa voiture, il acheva d'un ton amer :

— J'ai agi comme un imbécile. Elle m'avait rendu visite en cachette, comme d'habitude. Elle était venue dans cette ville seule, comme une épave. Elle aurait pu repartir de la même façon.

Il fit un geste vague en direction de la terre qu'il venait de creuser.

— J'ai pensé que, peut-être, si je l'enterrais sans rien dire...

Sa voix se perdit dans un murmure :

— J'ai agi comme un imbécile...

La petite cloche qui résonnait à mon oreille se faisait entendre, plus fort maintenant.

— Ce n'est pas prouvé, dis-je en secouant de nouveau la tête.

Pendant un moment, Kobler parut ne pas avoir entendu cette remarque ; mais soudain, il se redressa, s'écarta de la voiture et me dévisagea en questionnant :

— Que voulez-vous dire au juste, Bridges ?

— Simplement que, à mon avis, votre sangsue blonde n'a eu que ce qu'elle méritait, répondis-je.

Puis, montrant du doigt la bêche :

— Recommencez donc à creuser. Nous pouvons être partis dans vingt minutes.

Il me scruta du regard puis, sans un mot, reprit la bêche.

Je m'étais montré un peu trop optimiste en ne prévoyant que vingt minutes pour achever le travail commencé : les broussailles étaient épineuses, le sol très dur. Une bonne demi-heure s'écoula avant que nous ayons enfoui le corps, remis en place la terre et les broussailles, sans laisser aucune trace apparente. Kobler, qui suait à grosses gouttes, alla fourrer la bêche dans le coffre de sa voiture et, me regardant de nouveau intensément, demanda :

— Et maintenant ?

— Maintenant, répondis-je en me passant une main sur le front, je crois que nous aurions tous deux bien besoin de prendre un verre. Puis j'ajoutai après coup, avec un sourire : Je vais vous accompagner chez vous.

Il poussa un profond soupir.

— Bien sûr, répondit-il d'une voix sans timbre en montant dans sa voiture.

Je compris à son attitude que, s'il avait pu jusqu'alors avoir des doutes sur la suite de l'histoire, il n'en éprouvait plus maintenant. La seule question qu'il se posait désormais était celle de savoir à combien se monteraient mes exigences. Mon intention n'était pas de le laisser longtemps dans l'incertitudc à ce sujet. J'avais besoin de trois mille dollars pour régulariser ma situation à la banque, mais la fameuse petite cloche génératrice d'inspiration me suggérait de réaliser un léger profit.

Chez lui, Kobler ne perdit pas de temps à me confirmer qu'il avait compris ce que j'attendais de lui. Me regardant d'un œil hagard par-dessus son verre de whisky, il me demanda simplement :

— Combien, Bridges ?

Je ne pus résister au plaisir de jouer avec lui au chat et à la souris.

— Hein ? Quoi ? questionnai-je en feignant la surprise.

— Allons, ne lanternons pas, me dit-il. En m'aidant, vous vous êtes compromis ; vous êtes devenu le complice d'un meurtre après coup. Un homme ne fait pas cela sans penser à lui-même.

— Vous êtes cynique, Kobler, lui fis-je remarquer. *Certains* hommes peuvent le faire.

Il secoua la tête avec lassitude en rétorquant :

— Mais pas vous. Je vous connais, je connais vos projets d'avenir. Je crois que, si vous m'avez aidé ce soir, c'est parce que vous êtes coincé vous-même — et avez besoin rapidement d'espèces sonnantes pour vous permettre de réaliser ces projets.

Je bus une longue gorgée de whisky, qui eut sur moi un effet stimulant.

— Voilà qui est bien pensé ! appréciai-je d'un ton aimable. Puisque vous voyez les choses de cette façon, en effet, je reconnais qu'un peu d'argent serait le bienvenu. Mettons, par exemple, cinq mille dollars.

Il eut un sourire dépourvu d'humour.

— Comme vous l'avez fait remarquer tout à l'heure, me dit-il, le chantage présente des inconvénients.

— J'ai dit : *généralement*, rectifiai-je en posant mon verre. Dans mon cas, cinq mille dollars mettront fin à l'affaire.

— Vous mentez.

Je me maîtrisai pour répondre, d'un ton calme :

— Vous avez ma parole.

Kobler resta assis sans bouger pendant quelques instants. Puis, d'un air las, il se leva et alla déplacer un tableau qui laissa apparaître un gros coffre mural. La liasse de billets qu'il me lança eut sur moi un effet plus stimulant encore que celui de l'alcool.

— Bonne nuit, Bridges, me dit Kobler d'une voix morne, en me jetant un regard sombre.

— Bonne nuit, répondis-je d'un ton jovial.

Son regard sombre continua de me suivre tandis que je quittais la pièce. Mais il m'était parfaitement indifférent qu'il passât une mauvaise nuit.

J'arrivai de bonne heure à mon bureau le lendemain matin. Je dus réfléchir profondément et prendre pas mal de dispositions, mais, lorsque la banque ouvrit ses portes, à neuf heures, j'avais terminé : mes comptes *et* les fonds qu'ils représentaient étaient en complet accord. Rien ne manquait.

Je me sentais en forme. Malgré la « parole » donnée à Kobler, je savais bien que j'avais trouvé là un filon inépuisable. Sans vouloir me montrer trop gourmand, chaque fois que j'aurais besoin d'un millier de dollars, je n'aurais qu'à aller le pressurer, bien fort.

Mais, à dix heures et demie, j'éprouvai un choc. C'était l'heure de la pause-café et j'étais allé prendre un pot dans un petit bistrot voisin de la banque. La serveuse avait ouvert la radio juste au moment où on diffusait les nouvelles locales.

C'est ainsi que j'appris que le conseiller municipal Roger Kobler avait mis fin à ses jours. Une heure plus tôt, la femme de ménage avait découvert, dans l'appartement, le corps du conseiller pendu à la tringle du rideau de la douche.

Je compris alors que j'aurais dû m'attendre au suicide de Kobler. Le meurtre qu'il avait commis, ses efforts pour le dissimuler, la pression que j'avais exercée sur lui — et que, sans aucun doute, il avait correctement interprétée comme n'étant qu'un début, tout comme la demande de la blonde n'avait été que la première d'une série — tout cela, c'était trop pour lui. Après mon départ, il avait dû ruminer de sombres pensées et, finalement, ses nerfs avaient craqué.

Le coup, pour moi, était rude. Outre que je perdais la source de revenus sur laquelle j'avais compté, je pouvais parfaitement me trouver moi-même dans le pétrin : si Kobler avait parlé, s'il avait laissé un message pour expliquer ou justifier son acte...

Je me fis un sang d'encre, ce matin-là, m'attendant à tout instant à recevoir la visite de la police. Mais personne ne vint. A l'heure du déjeuner, je pris les nouvelles à la radio ; mais on ne fit que mentionner de nouveau le suicide de Kobler, sans donner de commentaires ni faire allusion à une enquête en cours.

Je me repris à respirer. N'ayant toujours reçu aucune visite au moment de quitter mon bureau, je me sentis plus soulagé encore. Quand vint le soir, j'étais certain de ne plus courir aucun danger :

Kobler n'avait rien dit ni écrit qui pût me compromettre.

Vers neuf heures, j'étais en train de boire un gin pour me réconforter quand on sonna à ma porte. J'allai ouvrir et me trouvai en face d'un individu efflanqué, que ses cheveux blonds coupés en brosse faisaient ressembler un peu à un étudiant de première année. Mais le regard perspicace de ses yeux gris montrait bien qu'il ne s'agissait pas d'un bizuth.

— Vous êtes Mr. Lee Bridges ? me demanda-t-il.

— C'est exact.

— Brigadier Cannon, de la Police judiciaire, reprit-il en me présentant sa carte. J'aimerais m'entretenir quelques minutes avec vous.

Je sentis mon estomac se serrer, mais m'armai de courage ; tant que je ne savais pas où nous en étions...

— Très bien, brigadier, répondis-je. Entrez donc. De quoi s'agit-il ?

— J'avais été désigné dans l'affaire Kobler, commença-t-il d'un ton assez désinvolte.

Ainsi j'étais bien impliqué dans cette affaire, mais j'ignorais encore jusqu'à quel point. Je m'efforçai de feindre une indifférence polie.

— Oui, c'est un grand malheur que ce suicide. J'en ai entendu parler tout à l'heure à la radio.

Je m'arrêtai court, le sens possible de ce « j'avais été désigné » m'apparaissant tout à coup. Je sentis mon pouls battre plus vite.

— Je vois que vous avez compris, Bridges, reprit Cannon avec un clin d'œil entendu. Il ne s'agit pas d'une visite officielle. On pourrait peut-être appeler cela un rendez-vous au clair de lune, ajouta-t-il avec un pâle sourire.

Je compris tout à fait, alors, et l'ironie de la situation me laissa dans la bouche un goût d'amertume. C'était un astucieux opportuniste qu'on avait chargé d'enquêter sur le suicide de Kobler — un opportuniste comme ceux qui laissaient prospérer le jeu, contre lequel le conseiller municipal avait tant lutté. Le brigadier Cannon était un ripoux.

Je sentais mes aisselles devenir moites, mais je réussis à rendre à Cannon son regard.

— Vous me faites perdre mon temps, dis-je d'une voix tendue.

Il secoua la tête :

— Je ne crois pas. Vous espériez sans doute que Kobler n'avait pas laissé de message, mais il l'a fait.

Tout en parlant, il tira de sa poche une feuille de papier pliée.

— C'est une confession, qui vous nomme très explicitement et raconte le rôle que vous avez joué. La femme de ménage ne l'avait pas vue. Et, quand je l'ai trouvée, je l'ai... disons : déplacée.

Il s'interrompit un instant pour me dévisager.

— Et, pour plus de sûreté, acheva-t-il, j'ai été repérer la tombe.

Mes tempes battaient violemment. J'étais pris ; il ne me restait qu'une seule ressource. Presque inconsciemment, je répétai la question que Kobler m'avait posée, peu de temps auparavant :

— C... combien ?

— Mettons mille dollars, pour faire un chiffre rond, répondit Cannon. Ça pourra aller... pour commencer...

The Trouble With Blackmail.
Traduction de Denise Hersant.

BON DÉBARRAS !

par Ree Montgomery

Il n'y avait pas un souffle de vent. Bientôt il ferait nuit.

Seul le bruit monotone de la pluie cinglant les pins vert foncé troublait le silence qui environnait la cabane nichée profondément dans la pinède. L'eau ruisselait le long des branches et s'égouttait mollement sur l'épais tapis brun d'aiguilles de pins. Une nappe de brume s'élevait du sol, voilant les arbres d'une gaze arachnéenne qui s'assombrissait avec la tombée du crépuscule.

Sur le seuil de la cabane dont la porte d'entrée était grande ouverte, se tenait une femme qui, tournant la tête avec lenteur de droite à gauche, s'efforçait de percer du regard la brume devenue dense.

— Ton père va bientôt rentrer, lança-t-elle par-dessus son épaule.

Derrière elle, à l'intérieur de la baraque et debout devant une petite table poussée contre la paroi du fond, une jolie fille, pieds nus, lavait la vaisselle en écoutant la musique de jazz diffusée par un minuscule récepteur à transistors. De l'évier devant elle, l'interpellée retira sans répondre une assiette savonneuse qu'elle mit à sécher au bord de la table, là où elle avait préalablement étalé une serviette.

— Hé ! Dis donc, je te cause, ma fille. Tu m'entends ? reprit la femme. Tu ferais mieux de remiser ta radio. Tu sais bien que ton père n'aime pas ça.

N'obtenant toujours pas de réponse, elle poursuivit comme pour elle seule :

— Allez donc comprendre la jeunesse d'aujourd'hui ! Ça vit au rythme d'une musique exécrable, ça danse et ça se contorsionne sans arrêt... Il y a de quoi faire se retourner ma défunte mère dans sa tombe !

Elle s'essuya les mains à son tablier, non sans exhaler un profond soupir tandis que ses moindres mouvements faisaient saillir les muscles sous la peau hâlée de ses bras. C'était une robuste matrone. Il y avait près d'un quart de siècle qu'elle et son mari vivaient isolés dans la montagne. Un mauvais chemin de terre, en pente raide, absolument désertique, jamais entretenu et long d'une bonne dizaine de kilomètres les séparait de La Grande, la ville la plus proche au sud. Cette voie au tracé capricieux et presque ignorée s'amorçait aux confins de la ville, contournait la ferme des boues, traversait le vaste terrain réservé aux décharges publiques de La Grande et serpentait encore sur quatre ou cinq lieues avant de rejoindre une voie plus importante et empierrée, au sommet du mont Emily.

— Je doute fort que père revienne ce soir, dit enfin la jeune fille. Par un temps pareil, il ne va pas se risquer avec la guimbarde sur ce casse-cou de chemin qui monte à travers le dépotoir. Et comme il est trop fainéant pour faire le détour par la route du mont Emily...

— Tais-toi ! tança vertement la femme qui, tournant le dos à l'entrée, fit quelques pas à l'intérieur pour venir se planter devant la jeune insolente. Ne parle pas de ton père avec un tel irrespect. Ce n'est pas un fainéant et tu le sais bien. On ne peut le taxer de paresse parce qu'il n'a pas de situation en ville et ne nous fournit pas les moyens de vivre en citadins. Je me demande vraiment ce qu'on t'enseigne à l'école. Sûrement pas le respect filial, en tout cas !

— Désolée, m'man. Je retire ce que j'ai dit. Bien sûr que père n'est pas un paresseux.

C'était une belle fille aux formes pleines et harmonieuses. Son opulente chevelure d'un noir d'ébène se répandait sur toute la largeur de son dos jusqu'à la taille. De toutes parts ses charmes épanouis tendaient sur eux la robe de cotonnade plutôt courte qu'elle portait.

— Je serai contente quand ton père t'aura rapporté une robe convenable, bougonna la mère qui, les mains aux hanches, examinait d'un œil critique la tenue en question. Celle-ci n'est même plus décente. Tu as poussé trop vite pour que tu puisses user ta dernière robe de gamine. Non, mais regarde ça ! A la taille, la tirette de la fermeture éclair n'arrive plus à fin de course !

A deux mains elle tenta vainement de fermer le corsage distendu et bâillant.

— Impossible de le boutonner du haut... Et par-derrière, ça te moule la croupe comme une seconde peau...

— Ho ! mère ! se récria la jeune fille, excédée, en se reculant hors d'atteinte. Tu ne me dis rien que je ne sache déjà ! Mais comme mes robes sortables sont en nombre très limité, je continue à mettre cette défroque pour faire le ménage. Qu'est-ce que ça peut te faire, au fond, que je sois un peu débraillée dans la baraque ?

Encore une fois sa mère soupira.

— Je suppose que si tu pouvais agir à ta guise, tu oserais circuler nue comme Eve dans la cabane et même alentour ?

— Comment donc, que je le ferais... si le temps était moins froid !

La mère sourit.

— Tu ne manques pas de toupet ! Et quelle fougue avec ça ! Mais en un sens, je ne t'en blâme point. (Ses yeux se firent rêveurs.) Je me souviens de l'époque où j'avais ton âge...

Rieuse, elle détailla sa fille une fois de plus.

— J'étais aussi jolie que toi... Peut-être pas aussi développée du buste et des hanches... mais assez tout de même pour que ma silhouette accroche le regard de ton père.

La jeune fille se retourna face à la table.

— Et voilà, dit-elle. La vaisselle est faite.

Par les poignées, elle souleva la bassine qu'elle transporta en direction de la porte qui se découpait dans la paroi du fond, juste à côté de la table. La mère en ouvrit le battant afin que sa fille pût vider le récipient d'un seul jet depuis le seuil.

La cabane était perchée sur la pente, au bord d'un escarpement rocheux. A l'origine, la porte présentement ouverte avait été percée pour se prolonger en un porche formant une petite terrasse d'où l'on aurait eu une vue panoramique de la vallée. Toutefois, le père de la jeune fille n'avait jamais achevé la tâche entreprise. De sorte qu'à la longue cette issue s'était muée pratiquement en un vide-ordures d'autant plus commode que les immondices n'allaient s'amonceler qu'une trentaine de mètres plus bas.

D'une main refermée sur l'arête du battant, la mère maintint cette porte ouverte, se pencha au-dehors et attrapa de l'autre main une corde qui pendait du crampon enfoncé dans une poutre dépassante. Au bout de cette corde, se balançait un énorme jambon que la femme attira dans la cabane, sans toutefois le détacher. Elle renifla le morceau... Après quoi, satisfaite, elle le renvoya se balancer dehors au bout de la corde.

— Pas du tout avarié par la flotte, soliloqua-t-elle. A peine avait-elle refermé la « porte de service » qu'elle s'immobilisa, prêtant l'oreille...

La fille se figea également en voyant l'expression de sa mère. Au bout de quelques secondes d'immobilité muette, elle chuchota :

— Qu'est-ce qu'il y a, m'man ?

La femme parut se décontracter.

— Je croyais avoir entendu une auto. Pas celle de ton père. Plutôt une de ces voitures de luxe comme on en voit en ville. Éteins le poste.

D'un geste sec la jeune fille obéit.

— J'ai dû me tromper, reprit la mère après une pause attentive. Parfois on entend d'ici le bruit de la circulation automobile sur la grand-route au fond de la vallée.

Elle alla se pencher par-dessus la petite table, décrocha un seau d'eau claire fixé à un long crochet mural, déversa une partie du liquide dans une bassine et mit cette eau à chauffer sur la cuisinière à bois. D'un nouveau geste prompt la fille ralluma la radio, et son corps aux courbes frémissantes se mit à onduler au rythme scandé par un orchestre de rock. Sa mère pivota brusquement vers elle et hocha la tête :

— S'il n'y a pas de quoi me faire sortir de mes gonds !... Qu'as-tu donc à te trémousser ainsi ? C'est franchement... euh... je ne peux même pas me résoudre à prononcer le mot !

— C'est comme ça qu'on danse à l'heure actuelle, trancha l'insoumise.

— Ouais ? Eh bien, tu réserveras ce genre d'exhibition pour plus tard, dans la chambre nuptiale, répliqua sévèrement la mère qui se détourna pour dissimuler la rougeur qui lui montait au front.

— Je me demande pourquoi mon frère a demandé à papa d'aller trouver le shérif, dit la jeune fille. Frérot doit rentrer de Walla Walla le mois prochain, à sa sortie de prison. Je ne m'explique pas l'anxiété de père. Il avait l'air inquiet, bouleversé même. Il ne t'a rien dit ?

— Ne t'occupe pas de ça. Ton père est assez grand pour se tirer d'affaire tout seul. Je regrette pourtant que nous ne l'ayons pas accompagné lorsqu'il est parti pour se rendre au bureau du shérif. Je me serais fait moins de souci.

— Il y a certainement anguille sous roche ! insista la jeune fille. A son retour de Walla Walla, père semblait alarmé. Ah ! oui, alors ! Et ça ne lui ressemble guère. Est-ce que ça pourrait être à cause d'une information que mon frère lui aurait communiquée au cours de la visite, au parloir de la prison ? Peut-être que Frérot ne pourra pas rentrer au bercail, après tout ?

— Mais si, voyons ! assura vivement la mère. Ne te monte pas la tête comme ça. Pour ton frère, tout ira bien. S'il achète une conduite après sa libération, il ne sera plus jamais inquiété par la police. Il pourra travailler avec nous, ici, à la ferme. Tu verras...

— Qu'est-ce qui t'agite alors, si tu n'as vraiment aucune appréhension ?

— Je voudrais que ton père soit déjà de retour, répondit la mère en retournant au seuil de la porte d'entrée. Deux femmes seules se trouvent plutôt en mauvaise posture dans une cabane isolée comme celle-ci.

— Pourquoi t'en faire, m'man ? Qui d'autre que papa prendrait la peine de grimper jusqu'à la cabane ? D'ailleurs, qui se douterait qu'on puisse même *vouloir* habiter une baraque à flanc de montagne ? Autant vivre sur un îlot perdu en plein océan !

De nouveau la mère poussa un long soupir.

— C'est ce qu'a souhaité ton père et moi aussi. Je me rappelle le jour où il m'a conduite ici pour la première fois. Nous avions pris place dans la cabine de son camion. A la sortie de la ville, ton père a engagé le véhicule sur le vieux chemin du dépotoir. *Pourquoi m'emmènes-tu là-haut* ? que je lui ai demandé. *J'espère que tu ne songes pas à nous parquer dans un coin de nature pour y faire des folies en plein jour* ! Il s'est contenté de rire... sans changer de direction. Au bout d'un moment, il a dû mettre le moteur en prise et la mécanique a regimbé, renâclé comme si elle allait rendre l'âme. Elle a tenu le coup, pourtant, et nous avons poursuivi cette promenade idyllique en gravissant le raidillon qui serpente à travers des hectares de détritus, un cimetière de bagnoles réduites à l'état de ferraille, de vieux frigos et d'antiques lits en fer, des monceaux de boîtes à conserves et... Pouah ! Quelle odeur !

« Contre toute attente, nous avons fini par nous enfoncer au cœur d'un bois magnifique ! D'une beauté sauvage et prenante dont je garde le souvenir... Des pins altiers, partout un tapis de gazon émaillé de fleurs (c'était le printemps), un paysage qu'égayait le chant des oiseaux. Et le murmure de la brise, si doux à l'oreille... Quand nous nous sommes arrêtés au terme de cette excursion qui avait constitué notre voyage de noces, j'ai sauté à bas du camion et me suis lancée dans une danse éperdue. Je chantais et je criais comme une folle. Puis... (Du coin de son tablier elle essuya une larme.) Ainsi allait la vie en ce temps-là, reprit-elle après un silence ému. Travailler, boire, manger, dormir et...

La jeune fille qui, entre-temps, s'était approchée à pas de loup derrière elle, compléta en un souffle :

— Et s'aimer ?

La mère se retourna tout d'une pièce et lui appliqua sur le postérieur une claque sonore. La fille s'écarta d'un bond de pouliche en poussant un cri aigu ; puis elle alla près de la cuisinière, en se frottant les fesses. Elle avança sa lèvre inférieure en une moue mi-boudeuse, mi-souriante :

— Dis donc, m'man, ça fait mal ! Je ne porte absolument rien sous ma robe.

— Que cela te serve de leçon, riposta la mère.

Elle alla prendre la bassine d'eau tiède sur la cuisinière et vint la poser sur la petite table :

— Vas-y, rince la vaisselle.

Tandis que la jeune fille plongeait les assiettes dans l'eau claire, la mère se pencha soudain vers la radio qu'elle éteignit.

— Je le savais bien ! s'exclama-t-elle.

A présent, toutes deux percevaient distinctement le ronflement poussif d'une voiture grimpant, en prise, à travers le no man's land du dépotoir. La plainte mécanique s'amplifiait de seconde en seconde.

— C'est peut-être le shérif, suggéra la fille.

— En tout cas, ce n'est pas ton père, trancha la

femme en courant à la porte d'entrée qu'elle ouvrit en grand.

Une voiture apparut au sommet de la côte, et vira dans la cour qui s'étendait devant la cabane. Une voiture luisante de pluie avait les pneus empâtés de boue. Les deux femmes distinguèrent dans le noir deux silhouettes masculines.

— Va prendre ma carabine ! glissa la mère, haletante, par-dessus son épaule. Et reste là-haut. Ne te montre pas. C'est compris ?

Deux hommes surgirent de la voiture, mirent pied à terre. Ils pataugèrent dans les flaques d'eau boueuse jusqu'au petit porche d'entrée. Le cœur de la femme battit plus vite. Qui étaient-ils ? Son mari accompagné du shérif ? Le véhicule n'était pas de la police. Non, c'étaient deux inconnus. Elle vit alors le revolver tenu par le plus grand des deux hommes.

— Vous désirez ? s'enquit-elle.

— Ce chemin est un vrai bourbier, répondit le grand. Il nous faut un abri pour attendre qu'il cesse de pleuvoir.

Il fit un signe à son compagnon, de petite taille, qui passa devant la femme pour entrer dans la cabane sans y être invité.

— Pourquoi ce revolver au poing ? interrogea-t-elle, en espérant que sa fille saurait se servir de la carabine.

Puis elle se souvint l'avoir cachée. Sa fille la découvrirait-elle à temps ?

— Ne posez pas de questions, madame. On ne vous veut aucun mal, répliqua le grand.

Le petit homme, lui, se mit à circuler dans la cabane, et ne tarda pas à monter l'escalier...

— Il n'y a rien là-haut ! lui cria la femme, d'une voix assez forte pour avertir sa fille.

D'en bas, on perçut une brève altercation, puis un bruit de pas dévalant les marches.

— Restez où vous êtes ! intima le grand qui ponctua son ordre d'un geste menaçant du bras au bout duquel le revolver était braqué sur la femme.

— Zieute un peu ce morceau de roi ! Tu parles d'une trouvaille ! jubila le petit homme en descendant l'escalier. (Ce faisant, il poussait devant lui la jeune fille dont il avait tordu le bras en arrière.) Roulée à faire craquer sa pelure comme la peau d'une pêche qui attend d'être cueillie !

D'un mouvement brutal il envoya valser la jouvencelle auprès de sa mère. Elle n'avait pas trouvé la carabine — mais l'homme non plus.

Le grand émit un sifflement d'admiration :

— Fichtre !... Non, mais vise un peu ça !

Le jeune fille avait empoigné à deux mains les bords de son corsage afin de les maintenir rapprochés l'un de l'autre.

— Et quelle peau de satin ! s'extasia le petit. (Les yeux lui sortaient de la tête et il avait le souffle court.) Une vraie beauté, ma parole !

— Comment s'éclaire-t-on dans cette bicoque ? demanda le grand en s'adressant à la mère. Allons, répondez !

La femme se dirigea sans mot dire vers un coin de la pièce, où une console supportait une lampe à pétrole.

— La nuit tombe vite dans la montagne, reprit le grand.

Il alluma la lampe. Lorsqu'il en eut replacé le verre, il se remit à lorgner la fille et fit bientôt un pas vers elle.

Immédiatement la mère s'interposa :

— Halte là, mon gaillard ! Il faudra que vous me

passiez sur le corps avant de toucher à un seul de ses cheveux !

Si elle pouvait monter à l'étage pour s'armer de la carabine qu'elle y avait cachée...

— Je n'hésiterai pas si vous m'y forcez, riposta le grand.

— Mon homme va rentrer d'une minute à l'autre, dit encore la femme. C'est un excellent tireur et, lui aussi, se balade toujours armé... au cas où il apercevrait un daim.

— La chasse au daim en cette saison ! railla le petit.

— Dans ces parages, il n'y a pas de saison qui tienne. Qu'est-ce que vous voulez, en définitive ? Il ne pleut plus et vous feriez mieux de déguerpir !

Les deux hommes se consultèrent du regard.

— A mon avis, le gosse est réglo et a su la boucler, opina le petit. Pour nous, cette baraque serait une bonne planque ! On pourrait y rester pendant des mois. Qui aurait l'idée de nous rechercher dans ce coin perdu ?

— Vous êtes des évadés de Walla Walla ! s'écria la mère. Voilà ce que mon fils avait dit à son père !

— Tout juste, ricana le petit. Votre fiston nous avait renseignés sur cette cabane isolée, avant même notre évasion. Et maintenant, allez vous asseoir là, toutes les deux, à la table !

Elles obéirent cependant que les deux hommes se concertaient à voix basse. Ensuite le petit explora méthodiquement la cabane. Son inspection se termina devant la porte « de service » dont il ignorait l'usage. Il en tira le battant.

— Dis donc, il fait noir comme dans un four par-là ! Puis, tourné vers les deux femmes :

— Qu'est-ce qu'il y a là-dedans ?

— Rien qui vaille, répondit la mère. C'est le cabinet de débarras.

Elle souhaita qu'il en franchît le seuil afin de vérifier ses dires, mais il se contenta de sourire en refermant la porte avec bruit.

— A part elles, nous sommes seuls dans la cambuse ! lança-t-il à l'adresse de l'autre.

— Vous avez des pétards dans la baraque ? s'enquit le grand qui dévisageait tour à tour la mère et la fille.

Elles soutinrent son regard sans desserrer les lèvres. Le petit remonta l'escalier afin d'aller poursuivre ses investigations à l'étage. Bientôt il redescendit au trot en poussant un cri de triomphe :

— Hé ! Vois donc ce que j'ai trouvé !

Il tenait à la main la carabine.

Les deux femmes eurent un serrement de cœur. Leur unique espoir, à présent, c'était le retour du maître de logis. En homme avisé et circonspect, il trouverait étrange la présence d'une autre voiture dans la cour, et cette anomalie le rendrait méfiant.

— Tu ne crois pas qu'on ferait bien de garer la bagnole hors de vue ? demanda le petit.

— Excellente idée, reconnut le grand. J'ai remarqué une grange de l'autre côté du chemin. Va donc y planquer la tire.

L'angoisse étreignit encore davantage les deux femmes. Sans la voiture inconnue, le père, ne remarquant rien de suspect, donnerait en plein dans un piège. Le petit homme sortit pour aller dissimuler le véhicule tandis que le grand prenait place à califourchon sur une chaise. De là, il surveilla les deux habitantes du lieu. Son revolver pendait négligemment au bout de ses doigts. Il en vint à ne plus quitter des yeux la jeune fille et, de temps à autre, il passait la langue sur ses lèvres. Au bout d'un long moment, le petit réapparut enfin.

— Occupe-toi de la vieille, lui enjoignit le grand, d'une voix râpeuse.

Le courtaud lui passa l'arme et empoigna la femme par les bras, mais elle se dégagea violemment, se dressa d'une vigoureuse détente de jarrets et envoya son adversaire au plancher. Aussitôt le grand pointa vers elle le canon de son revolver, et elle se rassit.

— Bigre ! haleta le petit homme en se remettant debout. Elle est aussi forte qu'une jument !

— Bravo, madame, dit alors le grand. Puisque vous insistez, nous emploierons la manière forte ! (Il tendit son revolver au petit.) Tiens-la en respect. Au moindre geste, tu lui envoies un pruneau dans le lard.

Il pivota vers la fille. Celle-ci se leva d'un bond et se recula dans un coin de la pièce. Le grand avait les yeux rivés sur le corsage trop étroit qu'elle ne retenait plus que d'une seule main tandis que, de l'autre, elle serrait autour de ses cuisses charnues la courte robe craquante. Alors, subitement, le visage de la fille s'éclaira, et elle parut se détendre. Elle sourit au grand escogriffe de toutes ses dents éclatantes de blancheur à la lumière de la lampe toute proche. Lâchant le haut et le bas de sa robe, elle ramena les bras le long du corps.

— Vrai ! ce qu'elle a de belles dents ! Un sourire à damner un saint ! Et quoi qu'elle fasse pour fermer son corsage, le contenu débordera toujours !

La mère était horrifiée. Son regard allait de sa fille aux deux truands et vice versa. Elle éprouvait une sensation d'engourdissement, mais son cœur battait à tout rompre.

— Que signifie... ? émit-elle d'une voix enrouée d'émoi, en interrogeant sa fille du regard.

La belle s'esclaffa et, désignant du pouce sa mère stupéfaite :

— Elle n'est pas dans la course ! Il y a des mois qu'elle me séquestre sur ces hauteurs comme une oiselle en cage ; et si elle s'imagine que ça me laisse froide de recevoir la visite de deux mecs culottés comme vous l'êtes, elle se trompe joliment !

Puis, à sa mère :

— Attrape, ma vieille !

— Oh ! je te tuerai ! cria la mère, d'une voix perçante.

Elle fit un pas vers sa fille. Le grand l'empoigna à bras-le-corps et la propulsa dans un fauteuil. Mais comme elle avait déjà agrippé sa fille par le pan de sa robe, elle arracha dans sa trajectoire la moitié du vêtement... Maintenant affalée de tout son long dans le fauteuil, elle tenait encore d'une main crispée le pan arraché de la robe. Le petit homme pointa le revolver dans sa direction, visiblement prêt à appuyer sur la détente.

— Non ! s'exclama la fille. Laissez-lui l'occasion de voir ça ! Histoire de parfaire son instruction !

L'homme eut une brève hésitation, puis relâcha la pression de son doigt sur la détente.

La jeune fille, abdiquant toute pudeur, alla se poser en évidence devant la table, face aux deux bandits.

— Pourquoi ne pas la ligoter ? proposa-t-elle en désignant sa mère.

Elle prit, sur une étagère qui surplombait partiellement la table, deux ou trois torchons à vaisselle et les lança au grand :

— Tenez, servez-vous de ça.

Le colosse la tint sous son regard qu'elle lui

retourna d'une manière non moins appuyée et avec un sourire taquin. Il attacha rapidement la mère au fauteuil. La femme se bornait à fixer des yeux sa fille tandis que des larmes roulaient lentement sur ses joues marquées de fines rides.

D'un geste vif la jeune fille ralluma la radio et, les bras écartés de ses hanches ondulantes que dénudait en partie la robe en lambeaux, elle se mit à danser. Les deux mâles, fascinés, la dévoraient des yeux. Maintenu sous le charme, le petit ramena progressivement le long du corps son bras armé du revolver. Tous deux s'étaient statufiés et, muets, contemplaient l'affolante sauvageonne dont les évolutions faisaient ondoyer derrière elle le flot noir de ses longs cheveux qui rehaussait l'éclat doré de sa chair à la clarté de la lampe.

— Savez-vous quoi ? leur lança-t-elle tout à coup en s'arrêtant au milieu de la cabane, mais sans interrompre ses déhanchements lascifs au rythme de la musique. Je vais me sauver dans la remise obscure. Et le premier de vous deux qui me rattrapera... D'accord ?

Émoustillés, presque envoûtés par la danseuse à demi nue, les deux évadés acquiescèrent en chœur.

— A vos marques ! lança-t-elle.

Elle rejeta la tête en arrière, puis la projeta en avant :

— Prêts ?

Elle adopta l'attitude du coureur qui va prendre son élan, bien qu'elle fît encore rouler ses épaules et son buste en cadence :

— *Parrr... tez* !

Fonçant droit devant elle, la fille ouvrit à toute volée la porte « du débarras » et en franchit d'un bond le seuil. Instantanément les deux hommes s'élancèrent à sa poursuite...

La mère eut le souffle coupé en entendant leurs hurlements qui décrurent rapidement. Il lui sembla qu'une éternité s'écoulait avant qu'elle perçût le bruit de leurs os se brisant sur le roc, à flanc de montagne, puis le fracas des branches cassées sous les corps qui roulaient dans les buissons, encore plus bas...

D'une voix déchirante, elle hurla le nom de sa fille.

Celle-ci vint s'encadrer dans l'ouverture béante du « débarras », les bras encore levés comme si elle se tenait suspendue dans le vide. Et elle riait, riait...

— Quelle bonne idée tu avais eue, m'man, dit-elle enfin, d'attacher le jambon à une corde aussi solide !

Cabin on the Old Dump Road.
Traduction de Jean Laustenne.

ESPRIT VAGABOND

par JEFFRY SCOTT

L'Amérique est tellement vaste et si étonnamment variée que celui qui s'y rend pour la première fois peut y trouver confirmation de tous les clichés et poncifs diffusés par les médias à son sujet. Une confirmation qui prend parfois une forme inattendue...

Nell et moi, nous en fîmes l'expérience, à nos dépens. En fait, notre séjour aux États-Unis avait commencé par nous faire perdre nos préjugés et la plupart des idées fausses que nous avions sur nos grands frères américains. Et pourtant, ce que nous avions craint le plus en partant, la violence aveugle, les meurtres et les histoires de superflics et de gangsters qui font le bonheur des producteurs de séries télévisuelles étaient bien présents et beaucoup plus près que nous ne pouvions l'imaginer.

Mais, même ainsi, le souvenir que nous gardons de l'Amérique n'a rien de tragique ou de mélodramatique. Non, ce qui nous reste, c'est plutôt un vague sentiment de culpabilité, une sorte de gêne.

C'est difficile à expliquer, mais je vais tout de même essayer.

Un jour, en fin de soirée, un coup de téléphone avait eu l'effet d'une bombe dans notre foyer d'ordinaire si paisible. On me proposait un poste d'écrivain-conférencier à Marofak. Marofak... Un nom bizarre qui fait penser à une marque de corn-flakes ou à quelque mixture végétarienne, mais qui est, en réalité, le nom d'un collège privé ultra-moderne et ultra-chic où des jeunes gens de bonne famille s'initient aux arts et aux lettres dans une ambiance studieuse et feutrée.

Hormis un bref séjour en Malaisie sous les drapeaux de Sa Majesté (Engagez-vous, vous verrez du pays !), je n'avais jamais quitté le sol de mon Angleterre natale. Ma femme, pour sa part, avait traversé au moins trois fois la Manche avec quelques-unes de ses amies pour aller dévaliser les supermarchés français.

Conditionnés par les journaux et la télévision, Nell et moi avions une opinion très négative des États-Unis, où le Far West peuplé de cow-boys et d'Indiens livrait ses dernières batailles contre des villes tentaculaires qui fourmillaient de prédicateurs plus ou moins fous, de drogués et de petits voyous prêts à vous poignarder pour quelques dollars ou un simple regard de travers.

La réalité ne ressemblait en rien à cette vision apocalyptique.

***

Nous avions la ferme intention de refuser. Mais, bien entendu, le lendemain, quand nous eûmes le frère de ma femme, Ted, au téléphone, nous lui parlâmes de cette offre. Il a épousé une Américaine et habite New York depuis 1970. Ensuite, tout se passa très vite. Quelques heures plus tard, Mary-Jo (un prénom bien américain) nous rappela pour nous dire qu'elle s'était renseignée sur Marofak et que nous ne pouvions pas refuser une aussi merveilleuse opportunité. « Je n'aime pas trop l'architecture du collège — tout ce béton et ce verre fumé, c'est un peu froid — mais le directeur est adorable et il m'a assuré que vous serez choyés comme des coqs en pâte. De plus, avait-elle ajouté, je vous ai trouvé une ravissante petite maison en lisière de la forêt. A vingt minutes à peine du collège ! Le loyer était dérisoire et, bien entendu, j'ai sauté sur l'occasion ! »

Les maîtresses de maison américaines ont sans doute des défauts, mais on ne peut les accuser de manquer d'énergie ou d'esprit d'initiative. Je suis beaucoup trop bien élevé pour employer d'autres termes qui, bien que plus appropriés, pourraient paraître offensants.

Nous ne passâmes que soixante-douze heures chez Ted et Mary-Jo, car je voulais être à Marofak pour le début du semestre. Un séjour new-yorkais dont nous ne regrettâmes pas la brièveté, car Manhattan, avec sa circulation incessante, son bruit omniprésent et l'agitation permanente de ses habitants, ne confirmait que trop nos pires inquiétudes. Le quatrième jour après notre arrivée sur le continent américain, nous prîmes donc un train à destination du nord de l'État de New York. Un train qui nous surprit agréablement par sa propreté et son silence. Nous descendîmes à Tarston, la petite ville dans la banlieue de laquelle a été édifié le collège de Marofak. Quand nous sortîmes de la gare, Nell me donna un coup de coude.

— Tu as vu comme c'est pittoresque, Johnny ! s'exclama-t-elle d'une voix émerveillée.

Pittoresque était le mot juste et c'était vraiment le dernier adjectif que nous pensions pouvoir employer un jour pour qualifier les États-Unis d'Amérique. Bien que larges, les rues de Tarston n'avaient rien de moderne. Les chaussées étaient encore pavées, comme autrefois, et le long de ses trottoirs s'alignaient des petites maisons de bois et de pierre, bâties au temps où les hommes se déplaçaient à cheval et s'éclairaient à la bougie. Ma stupéfaction était telle que je faillis en laisser tomber ma valise.

Hank et Beverly Snow nous attendaient dans leur voiture. Ils nous accueillirent fort aimablement et nous conduisirent jusqu'à leur maison, une ancienne ferme qui datait du XVIIIe siècle, avec un rez-de-chaussée en pierre grossièrement appareillée et un étage en bois. Il y avait des jardinières de fleurs à toutes les fenêtres et l'intérieur avait été restauré avec beaucoup de goût.

Les Snow étaient ravis de laisser leur maison à des Anglais d'un certain âge qui n'avaient ni chien, ni enfant, et dont l'évidente bonne éducation leur permettait d'espérer qu'ils ne mettraient pas à sac leur ravissant nid d'amour. Ils avaient décidé de consacrer le reste de l'année à « faire l'Europe » et ils nous montrèrent les lieux à la hâte, tellement ils étaient pressés d'aller prendre leur avion.

Nos préjugés à l'égard de l'Amérique reçurent un sérieux coup lorsque Nell demanda les clefs de la maison à Beverly Snow. La jeune femme regarda son mari d'un air embarrassé et, après quelques hésitations, ils dénichèrent un vieux trousseau de clefs dans une boîte au fond d'un placard.

— Nous ne fermons jamais, expliqua Hank. Il y

a presque toujours quelqu'un à la maison et il n'y a jamais eu de vol dans le quartier. Mais si cela peut faire que vous vous sentiez plus en sécurité...

Un comble pour un pays qui a si mauvaise réputation !

***

De façon imperceptible, nous nous transformâmes peu à peu en citoyens d'outre-Atlantique. Bientôt l'accent de Nell se modifia et le mien se transforma sans doute également, bien que je ne m'en rendisse pas compte. Nos attitudes aussi changèrent. Nous devînmes plus impatients. Par exemple, quand le vieux tacot que nous avions acheté tombait en panne, nous exigions qu'il soit réparé dans la journée, quelle que fût la gravité de la panne. En Angleterre, nous ne commencions à protester que lorsque notre véhicule était immobilisé plus d'une semaine.

Nous passions une grande partie de notre temps libre à explorer les environs. Nous n'allions jamais très loin et nous ne voyions en général rien de très spectaculaire, en dépit de quoi, c'était pour nous de vrais voyages de découverte. Nous aimions aussi beaucoup parler avec les gens. Des gens qui, à Tarston et dans la région avoisinante, sont beaucoup moins mobiles que dans le reste des États-Unis, où l'on a calculé qu'une famille déménage en moyenne une fois tous les trois ans. Les vieilles personnes, surtout, étaient intéressantes car, souvent, elles étaient très ouvertes et avaient beaucoup de choses à nous raconter sur les temps anciens, quand les États-Unis vivaient encore au rythme des chevaux et du chemin de fer.

Un paysan me dit un jour n'avoir jamais été à la ville de toute sa vie.

— Vous voulez parler de Washington, sans doute ? suggérai-je.

Il me regarda d'un air ébahi et secoua la tête.

— Non, Gettysburg...

Une ville qui n'est guère qu'à une quarantaine de kilomètres de Tarston et qui, quoique historique, n'a rien d'une grande cité.

Très vite, Nell et moi crûmes connaître Tarston comme le fond de notre poche. Tout le monde nous saluait et Nell avait même un inoffensif admirateur, une sorte d'idiot du village, maigre à faire peur et vêtu de haillons, qui hantait les abords de la station-service et lui offrait solennellement des bouquets de fleurs sauvages chaque fois que nous nous arrêtions pour faire le plein.

Nous ne nous rendions pas compte que, en fait, ils ressemblaient à tous les villageois du monde, en dépit de quelques différences superficielles. Ils étaient toujours polis et sincèrement serviables, quand on ne les traitait pas de haut ; mais, au fond d'eux-mêmes, ils se méfiaient des étrangers.

Nous nous étions envolés pour un pays imaginaire, nous avions découvert une réalité chaleureuse et humaine ; nous en fûmes d'autant plus déçus lorsque les choses se gâtèrent.

***

Mon poste à Marofak ressemblait beaucoup à une sinécure, ce qui n'était pas pour me déplaire. Hormis quelques conférences et la participation à la vie mondaine et académique du collège, j'étais libre de poursuivre mes travaux personnels et, pour ce faire, on avait mis à ma disposition tout ce dont je pouvais avoir besoin : bureau, secrétaire et documentation. J'étais, en quelque sorte, l'une des images de marque du collège, au même titre que la piscine olympique, les courts de tennis et les solariums à chaque étage de la luxueuse résidence où étaient hébergés les étudiants.

Au début, j'avais un peu mauvaise conscience de laisser Nell toute seule de neuf heures du matin à cinq heures de l'après-midi, mais elle refusa tout net que je passe plus de temps à la maison pour lui tenir compagnie. Elle était très heureuse comme cela et n'avait aucune envie que je vienne lui gâcher son bonheur. A vrai dire, je comprenais assez bien son point de vue. L'isolement n'est pas un fardeau quand on habite une confortable maison au milieu d'un aussi magnifique cadre champêtre. Et puis, elle n'était pas vraiment seule : deux chats de gouttière, trop gras pour ne pas mener une double vie, nous avaient adoptés dès le lendemain de notre arrivée. Sans parler des soins qu'il fallait donner à la demi-douzaine d'oies de Beverly Snow... Ses journées étaient donc bien remplies et, le soir, nous avions presque toujours de la visite, quand nous n'étions pas invités chez l'un ou l'autre de mes collègues pour y savourer l'un de ces splendides barbecues dont les Américains ont le secret. Une fois par mois, Ted et Mary-Jo venaient passer le week-end avec nous.

Mais l'ennui avec les idylles, c'est qu'elles ne durent jamais assez longtemps.

Un samedi matin, alors que je somnolais dans mon hamac, Nell sortit brusquement sur la terrasse. J'ouvris un œil et tout de suite je compris que le moment n'était pas à la plaisanterie ou au badinage. Il y a des signes qui ne trompent pas — tous les maris me comprendront à demi-mot.

— Comment as-tu pu acheter une horreur pareille ? questionna-t-elle en brandissant un vase devant mes yeux.

Je me redressai et considérai avec répulsion le corps du délit. Le terme qu'avait employé Nell n'était pas trop fort. D'une soixantaine de centimètres de haut, ventru en proportion — ou plutôt en disproportion — l'objet était d'un bleu électrique avec des nuances de mauve et de vert faisant penser à des tranches de jambon qui auraient longtemps séjourné dans une vitrine. A en croire les grosses lettres dorées qui ornaient sa panse — et je n'avais aucune raison d'en douter — il s'agissait d'un souvenir de Point Pleasant, New Jersey, 1928.

C'était la première fois que mes yeux se posaient sur cette monstruosité. J'aurais pu en jurer, d'autant plus facilement que c'était le genre d'objet qu'on n'oublie pas.

Par ailleurs, Tarston fourmille de boutiques et d'antiquaires et je m'étais plusieurs fois laissé tenter par des bibelots, ce qui m'avait valu déjà des reproches, sous prétexte que les compagnies aériennes demandent un prix exorbitant pour les excédents de bagages. Cette fois, cependant, je n'étais pas coupable et je me défendis avec véhémence.

Nell ne me crut pas. Elle venait de découvrir ce vase posé ostensiblement sur un guéridon et si jamais je recommençais une chose pareille...

L'atmosphère virait à l'orage.

En quelques phrases bien senties, Nell me signifia que si je n'avais pas acheté cet objet ignoble, je l'avais exhumé d'un fond de placard et déposé distraitement dans le salon. J'étais donc soit un panier percé, soit un incorrigible étourdi et, dans les deux cas, j'avais un goût absolument déplorable.

Même dans les mariages les plus heureux, il y a des jours comme ça.

— Enfin, il a bien fallu que quelqu'un le pose sur ce guéridon ! conclut-elle sur un ton définitif. Je veux bien croire à la génération spontanée quand il s'agit d'un microbe, mais sûrement pas pour un vase !

Continuer de nier n'aurait servi à rien.

J'oubliai l'incident, mais Nell ne l'oublia pas. Deux jours plus tard, alors que nous étions assis au coin du feu, elle posa brusquement son tricot et déclara d'une voix angoissée :

— Il y a quelqu'un qui se promène dans la maison quand j'ai le dos tourné !

— Quand donc ? En ce moment même ? m'enquis-je sur un ton moqueur.

La maison était à cinq cents mètres au bout d'un chemin qui ne conduisait nulle part ailleurs et, depuis que nous étions arrivés, jamais aucun étranger ne s'était aventuré jusque chez nous.

Nell se mordit les lèvres.

— Ne fais pas l'idiot, Johnny. Quelqu'un est venu ici et cela à plusieurs reprises. Tu n'es pas là pendant toute la journée et, de mon côté, il m'arrive souvent d'aller me promener en forêt. Ils n'ont que l'embarras du choix pour...

De façon absurde, nous baissâmes tous deux la voix.

— Je viens juste d'en avoir la certitude, poursuivit-elle. Regarde le tableau à côté de la porte... J'avais eu l'intention de le remettre droit, puis Hélène est venue prendre le thé, nous sommes allées faire des courses en ville et je n'y ai plus pensé. Quelqu'un l'a redressé.

C'était exact.

— Ce n'est pas toi, ajouta-t-elle, car tu ne redresses jamais un tableau.

C'était vrai. Nos regards se croisèrent et la même idée nous vint à l'esprit.

— Le vase !

— Attends, objectai-je tout de suite, il y a quelque chose qui ne colle pas. Un cambrioleur emporte des objets. Or, rien n'a été volé...

Une telle constatation n'avait rien de réconfortant en soi, et je m'en rendis compte dans le même temps que je la formulais. S'il n'était pas venu pour voler, il avait peut-être une autre idée en tête... Et, même si ce n'était pas le cas, Nell ne pourrait qu'imaginer le pire. Cela signifiait l'obligation de trouver une nouvelle maison, au moins temporairement, et de continuer à payer pour celle-ci, car le bail que Mary-Jo avait signé en notre nom stipulait que nous devions payer la totalité du loyer, même si nous décidions de partir avant la date prévue.

A l'évidence, Nell avait envisagé les mêmes conséquences.

— Je n'ai jamais parlé d'un voleur, murmura-t-elle. Mais, malgré tout, il y a quelqu'un qui s'est introduit dans la maison pendant que je n'y étais pas...

Les femmes ont une relation avec leur maison qui est différente de celle des hommes ; je veux parler de la plupart des femmes et de la plupart des hommes, bien entendu. C'est pour cette raison, je suppose, qu'elles supportent très mal les cambriolages. Pour elles, il s'agit d'une sorte d'atteinte à leur intimité.

— Je sais ce que tu vas me dire, poursuivit-elle en grimaçant. « Quelqu'un qui redresse les tableaux et apporte des vases, même s'ils sont d'une laideur repoussante, ne peut être qu'inoffensif. » Par ailleurs, les Snow ont pu demander à l'un de leurs amis de venir faire un petit tour dans la maison pendant leur absence, juste pour vérifier que tout se passait bien.

Ce n'était pas impossible, mais, néanmoins...

Aucune explication ne pouvait nous satisfaire et nous le savions aussi bien l'un que l'autre. La maison était isolée, ou, du moins, nous n'avions aucun voisin à portée de voix. Et, quand on est étrangers dans un pays où l'on sait que le crime est l'une des premières industries nationales, il ne faut pas grand-chose pour que l'on s'affole. Quelques minutes plus tard, nous étions en route pour Tarston, avec l'intention d'aller trouver le shérif Cibber.

***

Mac Cibber était l'un de nos meilleurs amis. La première fois que je l'avais rencontré, lors du renouvellement de notre titre de séjour, je m'étais fourvoyé en suggérant qu'il était peut-être apparenté avec Colley Cibber, le poète du XVIIIe siècle, mais il ne nous en avait pas tenu rigueur, et, une fois cet incident passé, nous avions eu d'excellentes relations avec lui. Homme de poids, au propre et au figuré, il était doué d'une très grande patience et d'un bon sens à toute épreuve, mais, dans son esprit, le mot « poète » devait être étroitement associé à « marginal ».

A une heure aussi tardive, n'étant plus en service, Cibber avait troqué son uniforme contre un jean et un magnifique T-shirt orné d'un cœur et d'une légende à la gloire de la Nouvelle-Angleterre, « la patrie des amoureux ». Il nous reçut dans son bureau, une pièce qui eut le don de mettre à vif les nerfs de Nell. Elle a horreur des armes à feu et Cibber, en passionné de chasse et de tir, comme tant d'Américains moyens, avait exposé sur les murs ses plus belles carabines, fusils à répétition et pistolets de collection au-dessous des trophées qu'il avait rapportés de ses expéditions cynégétiques. D'une autre pièce, nous parvenait le ronron fastidieux d'un téléviseur, plus ou moins couvert par le bourdonnement sourd des climatiseurs, fond sonore qui est l'une des caractéristiques de la plupart des foyers d'outre-Atlantique.

En quelques phrases, nous lui racontâmes les faits bizarres que nous avions constatés et lui fîmes part de nos inquiétudes quant aux intentions de ce mystérieux intrus qui redressait nos tableaux et abandonnait chez nous des vases d'un goût douteux.

Mais, avant même que nous ayons terminé, le shérif se renversa dans son fauteuil et sourit en hochant la tête d'un air entendu.

— Oh, il doit s'agir de Reeves, déclara-t-il finalement. Herbert Olivier Reeves.

— Reeves ? répétai-je. Qui est-ce ? Un ami des Snow ?

Cibber nous regarda en fronçant les sourcils.

— Allons, vous n'allez tout de même pas me dire que vous ne connaissez pas H.O. Reeves ?

Nell affirma que elle non plus ne connaissait aucun Herbert Olivier Reeves.

Nos dénégations l'amusaient beaucoup et il faisait un gros effort pour ne pas éclater de rire.

— Pas vous, tout de même, madame Glover ! Vous bavardez avec lui chaque fois que votre mari fait le plein de votre voiture... Votre admirateur, celui qui vous offre de si jolis bouquets de fleurs sauvages !

— Mon clochard ! s'exclama Nell.

Le shérif grimaça.

— Il n'a pas toujours été un vagabond, dit-il d'une voix dans laquelle je crus déceler à la fois de la gêne et un peu d'irritation. Il avait une affaire qui marchait bien et il était apprécié autant que respecté quand je suis parti pour le Vietnam dans les années soixante.

Cela nous éloignait de notre sujet, mais Nell ne put s'empêcher de demander ce qu'il lui était arrivé.

— Sa femme a été assassinée, répondit Cibber en soupirant. Un après-midi, on l'a découverte morte chez elle, au milieu du salon. Une balle en plein cœur. On n'a jamais retrouvé l'arme et encore moins l'assassin. De nombreuses personnes ont été soupçonnées, car la défunte fricotait avec tous les gigolos qui venaient à passer par là et avaient cinq minutes à lui accorder. Veuillez m'excuser d'avoir parlé crûment, madame Glover.

— Pauvre homme... C'est affreux ! murmura Nell. Mais... euh... pourquoi rôde-t-il autour de notre maison ?

— Herbert a été le premier suspect, poursuivit Cibber comme s'il ne l'avait pas entendue. Mais il s'est complètement effondré quand Charlie Prender — mon prédécesseur — est allé à son bureau pour lui annoncer la nouvelle. C'est un peu comme si la mort de sa femme avait fait sauter la moitié de ses fusibles. L'affaire n'a jamais été éclaircie. Herbert a passé six ou sept ans dans un hôpital psychiatrique, puis il est rentré chez lui. Aujourd'hui, il est inoffensif, mais il lui arrive d'avoir des crises pendant lesquelles il ne sait plus qui il est ni où il habite. Dans ces moments-là, il entre chez les gens quand il n'y a personne et dérobe une chose ou une autre. Comme ces oiseaux qui s'emparent de tous les objets qui brillent et les emportent dans leur nid.

Mais ensuite, une fois la crise passée, ce cher vieux Herbert retrouve ses esprits — le peu qui lui en reste, du moins —, se rend compte de ce qu'il a fait et rapporte son butin. L'ennui, c'est que — hum — il ne se souvient pas toujours de l'endroit exact où il a pris tel ou tel objet.

Il avait écarté les bras et son visage avait pris une expression tellement comique, que nous ne pûmes nous empêcher de rire.

— Oui, acquiesça-t-il en hochant la tête, c'est plutôt cocasse. Triste et cocasse à la fois.

Il se leva et le parquet gémit sous son poids.

— Les gens d'ici, poursuivit-il, ont l'habitude des petites visites de Herbert Reeves et je suis désolé que vous ayez pu en être effrayée, madame Glover, mais je vous donne ma parole qu'il est incapable de faire du mal à une mouche. Cependant, si cela peut vous tranquilliser, je ferai en sorte qu'il ne vienne plus vous importuner.

— Ne soyez pas trop dur avec lui, Mac, murmura Nell d'une voix pleine de regrets. Si j'avais su que c'était lui et connu le drame qu'il a vécu, jamais je n'aurais laissé Johnny venir se plaindre à vous.

Les femmes sont ainsi. Quand cela les arrange, elles ont un véritable don pour vous donner la paternité des démarches qu'elles vous ont poussé à faire.

— Nous n'avons fait que bavarder, chère madame, la rassura Cibber en m'adressant un clin d'œil entendu. Maintenant, permettez-moi de vous offrir un petit digestif. Il ne sera pas dit que quelqu'un aura quitté ma maison sans avoir goûté mon eau-de-vie de prune !

***

A partir de ce moment-là, nous fîmes des efforts pour être encore plus gentils avec Herbert Olivier Reeves. Aussi étrange que cela puisse paraître, nous nous sentions un peu coupables envers lui, comme si nous avions commis une faute en allant le dénoncer. (A propos, nous ne découvrîmes jamais à qui appartenait l'horrible vase à la gloire de Point Pleasant.)

Après réflexion, nous fûmes convaincus qu'il était plus jeune qu'il n'en avait l'air. Ses longs cheveux mal soignés et presque blancs, les traits marqués de son visage, son dos voûté, tout se conjuguait pour le vieillir prématurément. Mais, dans ses yeux gris et clairs, il y avait quelque chose d'innocent, de presque enfantin.

Pour ma part, j'avoue que j'avais d'autres préoccupations et ne pensais pas très souvent à lui. J'étais rassuré pour Nell, et peu m'importait qu'un gentil fou se promène dans notre maison à notre insu et y dépose des objets dérobés chez d'autres personnes. Mais il n'en allait pas de même pour Nell. Plusieurs fois, je la surpris à regarder fixement vers le jardin, comme si elle espérait voir apparaître H.O. Reeves.

Tout aurait pu en rester là, s'il n'y avait eu un rebondissement inattendu. Je venais de prendre ma douche et j'étais en train de me raser, lorsque, tout d'un coup, un hurlement me fit sursauter. C'était Nell... Elle venait de descendre à la cuisine pour préparer le petit déjeuner. Le visage plein de mousse à raser, je me précipitai dans l'escalier et, comme de bien entendu, je ratai une marche et finis ma course comme je pus au milieu de la salle de séjour (les vieilles échelles de meunier sont très pittoresques, mais affreusement raides et glissantes).

Ignorant la douleur, je me relevai et courus en

boitillant jusqu'à la cuisine. Mon cœur battait à se rompre. Le cri de Nell me résonnait encore dans la tête. Un cri pareil... Qu'avait-il bien pu lui arriver ?

Elle était debout, comme pétrifiée, devant l'évier et regardait fixement quelque chose sur l'égouttoir. Je ne voyais pas, car il m'était caché par son dos. L'espace d'un instant, je crus qu'un serpent avait réussi à se glisser dans le trou du siphon et s'apprêtait à se jeter sur elle.

— Enlève-moi ça, Johnny ! s'exclama-t-elle d'une voix encore toute tremblante.

« Ça » se révéla être un pistolet automatique. Ce n'était pas un Browning — j'en ai assez manié au temps où j'étais dans l'armée pour en reconnaître un au premier coup d'œil. — Peut-être un Colt. En tout cas, il n'avait pas servi depuis longtemps. Il était couvert de poussière et le métal était terne, avec des points de rouille au niveau de la crosse. Je l'examinai attentivement et le petit Sherlock Holmes qui sommeille en moi conclut qu'il avait séjourné en deux endroits différents, d'abord dans un lieu humide, une gouttière, par exemple, puis sur le plancher d'un grenier (une araignée avait élu domicile dans le canon et un bout de paille était resté accroché à la détente).

La terreur panique que Nell éprouve à l'égard des armes à feu est compréhensible. Quand elle était enfant, elle a failli perdre un œil à la suite d'un accident stupide — un cousin qui jouait avec un pistolet à air comprimé. Puis, quelques années plus tard, son parrain, qui était aussi son oncle, s'est suicidé en se tirant une balle dans la tête. Je pense qu'elle aurait été moins choquée si un serpent l'avait accueillie au saut du lit.

Furieux, comme on l'est souvent après avoir

éprouvé une émotion inutile, je me retournai vers elle et l'apostrophai :

— A-t-on idée de se mettre dans un état pareil pour un bout de métal inoffensif !

Mais elle refusa avec véhémence qu'un tel objet reste, ne fût-ce que quelques jours sous le même toit qu'elle. (Mon contrat à Marofak se terminait quinze jours plus tard.) Par ailleurs, il était hors de question que je le jette n'importe où, au risque qu'un enfant le trouve et se blesse avec, ni que je le mette dans une poubelle. Nous avions donc un problème, mais il ne me fallut pas longtemps pour trouver la solution.

En me rendant au collège, je fis un arrêt au commissariat de Tarston. Cibber, plus impressionnant encore en uniforme qu'en civil, se leva lourdement de son fauteuil pour m'accueillir, mais son sourire se figea lorsque j'eus posé le corps du délit sur son bureau.

— Que voulez-vous que je fasse de ça ? questionna-t-il avec une vague répulsion.

— Il n'est pas à moi, en tout cas... répondis-je avec un peu d'irritation.

En quelques phrases, je lui expliquai comment Nell avait réagi en le découvrant sur l'égouttoir et il se détendit légèrement, mais, néanmoins, ne fit pas le moindre geste pour le prendre.

— En Angleterre, insistai-je, nous avons l'habitude d'apporter ce genre de choses à la police.

Il haussa les épaules et son regard évita de croiser le mien.

— Ce n'est qu'un bout de ferraille inutilisable, fit-il observer.

— Peut-être, acquiesçai-je, mais il y a une législation sur les armes, ici comme ailleurs, et il n'est pas impossible que j'aie enfreint une loi ou une autre simplement en apportant ce pistolet ici. J'aimerais donc que vous m'en débarrassiez. Je ne veux pas avoir d'ennuis.

— Bon, d'accord, consentit-il à contrecœur. Vous pouvez vaquer à vos occupations. Je m'en charge.

***

Trois jours plus tard, Nell poussa à nouveau un cri. Je sursautai dans mon fauteuil où, comme d'habitude, je m'étais assoupi, et, dès que le brouillard qui embrumait mon esprit se fut un peu dissipé, je réalisai que c'était l'heure des nouvelles locales à la télévision. Il y avait un visage sur l'écran, un visage que j'eus à peine le temps de reconnaître avant qu'il ne disparaisse.

Le visage de Herbert Olivier Reeves, plus émacié, plus torturé que jamais. Mais maintenant un speaker insipide l'avait remplacé et débitait des banalités à propos d'une quelconque foire agricole.

— Herbert a été arrêté, murmura Nell d'une voix tremblante. C'est lui qui aurait tué sa femme il y a vingt ans... Comme si on avait le droit de punir un pauvre hère comme lui après tant d'années...

Tout d'un coup, elle me saisit la main et son visage devint très pâle.

— Et si c'était de notre faute, Johnny ?

***

Le shérif Cibber m'accueillit avec un sourire mi-figue, mi-raisin.

— Je me doutais bien que vous n'alliez pas tarder à me rendre visite, monsieur Glover, déclara-t-il en me tendant la main. Vous n'avez pas de souci à vous faire. H.O. Reeves a été emmené dans un hôpital psychiatrique et il n'y aura pas de véritable procès. L'état du prévenu ne le permet pas. Ainsi, vous n'aurez pas à témoigner et vous allez pouvoir rentrer tranquillement dans votre bonne ville de Londres.

Ce n'était pas le moment de lui faire remarquer que nous habitions Reading.

— Vous savez très bien que ce n'était pas du tout à cause de cela que j'étais inquiet ! protestai-je.

Cibber grimaça.

— Veuillez me pardonner, s'excusa-t-il. Je suis un peu nerveux depuis quelques jours, sans doute à cause de ce pauvre Herbert.

J'attendis qu'il continue. Il me regarda d'un air ambigu, puis haussa les épaules avec fatalisme.

— Quand vous m'avez eu confié cette pièce à conviction, il fallait bien que je fasse les choses selon les règles. J'ai envoyé l'arme au laboratoire de la police criminelle. C'est la procédure habituelle. Ils l'ont désossée et ont trouvé les empreintes de Reeves. Des deux côtés du chargeur. Le pouce, l'index et le majeur.

— Allons donc ! m'exclamai-je. Il est évident que c'est lui qui a trouvé ce pistolet et l'a apporté chez nous. Cela signifie qu'il l'a eu entre ses mains et manipulé, mais n'importe quel bon avocat...

— Ne vous fatiguez pas, monsieur Glover, m'interrompit-il en ouvrant un tiroir et y prenant un pistolet flambant neuf, dont il retira le chargeur d'un geste précis. Voici l'endroit où il a laissé ses empreintes, de part et d'autre de cette pièce métallique qui coulisse dans la crosse et à l'intérieur de laquelle on met les balles. La base de la crosse du pistolet que vous m'avez apporté était rouillée et le chargeur ne coulissait plus. Des empreintes fossilisées, en quelque sorte... Donc, poursuivit-il avec un sourire amer, elles ont été déposées là en 62, quand il a chargé l'arme, avant qu'il ne tire sur sa femme. Les techniciens du labo ont bien fait leur boulot. Ils ont tout noté sur leurs petites fiches, puis transmis les informations à l'ordinateur central et, boum, le gros lot est sorti. Tout correspondait : le calibre des balles et les empreintes.

— Mais, c'est lui qui a apporté ce pistolet chez nous ! protestai-je faiblement. Et puis, s'il a perdu l'esprit juste après la mort de sa femme, il peut avoir trouvé cette arme à ce moment-là et...

— Non, m'interrompit-il en secouant la tête. Il ne sert plus à rien maintenant de chercher à le disculper. Pour moi, il a tué sa femme dans une crise de colère et de jalousie, puis il a caché l'arme de façon provisoire, en se disant qu'il viendrait la rechercher quand les choses se seraient un peu tassées, mais, entre-temps, ses petites cellules grises ont disjoncté. Des années plus tard, un vague souvenir l'a ramené à la cachette et il a rapporté le pistolet chez lui, où, dans l'un des éclairs de lucidité qu'il avait parfois, il a dû le cacher à nouveau. Puis, récemment, il l'a découvert une deuxième fois, a cru l'avoir volé et l'a rapporté là où il pensait l'avoir pris.

Au fond de moi-même, je ne pus m'empêcher de jurer. Je me sentais affreusement coupable et, pourtant, je n'avais fait que rendre un meurtrier à la justice.

Mon regard croisa celui de Cibber et, tout d'un coup, je me mordis les lèvres.

— Vous le saviez ! bredouillai-je. Depuis le début, vous saviez que c'était lui qui avait tué sa femme !

— Peut-être en avais-je l'intuition, concéda-t-il d'une voix neutre. Et je n'étais pas le seul à Tarston. Il y a des êtres humains qui tuent une fois dans leur vie et dont on sait qu'ils ne recommenceront jamais. Il m'a été donné d'en arrêter plusieurs. La justice est passée, faisant ainsi deux victimes au lieu d'une. Pour moi et pour d'autres, sans doute, H.O. Reeves avait déjà subi son châtiment... Mais vous n'y êtes pour rien, monsieur Glover, et il est inutile que vous vous culpabilisiez, ajouta-t-il après un instant de silence. Il fallait que cela arrive. C'était son destin. Un destin qui a été scellé le jour où il a épousé sa femme. Oubliez cette triste affaire et rentrez dans votre chère vieille Angleterre.

The Burglar Who Worked Back to Front.
Traduction L. de Pierrefeu.

RELATIONS DE VOISINAGE

par C.J. WATTS

Tout a commencé quand notre voisin Skyler Funk s'est gravement blessé à la jambe et a décidé d'abandonner la ferme.

Non que l'exploitation de Skyler fût florissante. Il possédait une trentaine d'hectares, des bois et des marécages pour l'essentiel, avec le reste en pommiers et pêchers, un peu de vigne et un grand potager dont il vendait les produits. Il laissait mes enfants « l'aider » au verger et nous faisions tous la cueillette pour lui quand arrivait la saison des pommes et des pêches. Le vieux Skyler n'avait jamais été bien riche et sa maison était une bicoque délabrée, traversée par les courants d'air. Il avait trop de cœur et pas assez d'oreille pour être un bon homme d'affaires.

Par-dessus le marché, Skyler était le plus grand bonimenteur que j'aie jamais rencontré. A l'entendre, Gambles Mill regorgeait d'ours et de chats sauvages cinquante ans plus tôt, et les truites de la rivière étaient aussi grosses que des nouveau-nés. Sa femme avait abattu le travail de trois hommes et il avait eu en sa possession une paire de bœufs qu'il nourrissait de biscuits au gingembre et attelait avec un bout de bois de cinq centimètres d'épaisseur et de dix de large. Tout ce que le monde avait à offrir aujourd'hui n'était qu'une pâle copie de ce que Skyler avait connu dans sa jeunesse. Cela dit, il n'était pas facile de l'interroger. D'abord, il parlait sans arrêt. Ensuite, il ne pouvait pas vous entendre, quels que fussent vos efforts. Et pour finir, tout individu âgé de moins de soixante ans était à ses yeux un innocent encore dans ses langes.

Ce n'en était pas moins un homme généreux et chaleureux, aussi me suis-je inquiétée en apprenant qu'il allait mettre sa ferme en vente.

— Tu ne penses pas que nous devrions lui parler ? demandai-je à Cloyd, mon mari.

— Pour quoi faire ? Même s'il pouvait nous entendre, il ne nous écouterait pas. Il nous prend pour des demeurés.

— Oh, allons, Cloyd ! On ne va pas le laisser se faire gruger par un avocat véreux pour la seule raison qu'il te tape un peu sur les nerfs.

— Un peu ?

Les pieds de Cloyd quittèrent la rambarde de la véranda et heurtèrent le sol.

— Passe encore qu'il me réponde que tout va bien lorsque je lui demande l'heure, mais la dernière fois que je lui ai donné un coup de main pour son vieux tracteur, il n'a cessé de me dire que je faisais tout de travers. Ce serait plus supportable s'il y mettait moins de gentillesse. (Cloyd se racla la gorge et imita la voix de Skyler.) « Tu fais de ton mieux, mon p'tit gars. Tiens-moi donc ça. » Et quand la clef a dérapé, m'écrabouillant le pouce, il a aussitôt évoqué le jour où le sien avait été écrasé dix fois plus fort.

— C'est un vieil homme. Tu dois te montrer diplomate.

— Ah, vraiment ? demanda Cloyd en m'adressant un sourire en coin. Et depuis quand ne lui as-tu pas préparé de biscuits au gingembre ?

Je sentis se dresser le duvet sur ma nuque.

— Il a *dit* qu'il les aimait. Mais qu'ils ne sont pas tout à fait aussi bons que ceux de Mildred, c'est tout.

— Ouais, c'est ça.

Cloyd reprit la voix de Skyler.

— Mildred, elle, sortait après la pleine lune pour chercher du gingembre et elle y passait toute la journée suivante...

— Ça va, j'ai compris. Mais je les ai entièrement faits moi-même, ses biscuits, tu sais.

— Pas si tu as utilisé du gingembre de chez l'épicier. Tu es quand même une bonne fille. Continue simplement à reconnaître sa supériorité.

— Je n'ai jamais entendu dire qu'il poussait du gingembre par ici. Du ginseng, peut-être.

— Ça doit pousser près de la Fourche noire, là où il a pris deux truites qui lui ont permis de nourrir sa famille pendant un mois.

— N'empêche, il n'y a personne pour veiller sur ses intérêts. Je vais aller le voir demain.

Quand ma voiture arriva au bout de l'allée de Skyler, le lendemain matin, il était assis dans la véranda à l'avant de la maison, sa mauvaise jambe appuyée sur des coussins.

— Salut, ma jolie ! s'écria-t-il en agitant la main. Qui est avec toi ? Est-ce donc Mollie ?

Cloyd et moi avons quatre enfants, Mollie étant l'aînée.

— Non, celle-ci, c'est Ellie, criai-je à pleins poumons. Mollie est en quatrième, maintenant !

Nous savions toujours quand Skyler ne nous avait pas entendus. Il affichait un sourire idiot et hochait la tête. C'était justement ce qui était en train de se produire.

— Je vous ai apporté de la soupe de légumes pour le dîner, je vais la poser dans la cuisine, lui annonçai-je en lui passant le bébé.

Revenue dans la véranda, je trouvai Skyler en train de parler à Ellie.

— Cette montre-ci, c'est ma femme Mildred qui me l'a donnée quand nous nous sommes mariés. Maintenant, écoute bien.

Il tourna le remontoir de la montre de poche et une sonnerie retentit. Les petites mains d'Ellie reculèrent d'effroi, puis elle gloussa et essaya de s'emparer de la montre. Skyler gloussa à son tour.

— Vous devriez vous méfier, l'avertis-je. Laissez-la y toucher et vous verrez comme le temps passe !

Il ne m'entendit pas. En revanche, il s'empressa de me montrer ses points de suture.

— Ils m'en ont mis quarante-deux ! annonça-t-il fièrement.

La plaie courait de la cheville au genou.

— J'en avais jamais eu autant à la fois. Billy Pugh, lui, il s'est fait taillader lors d'une bagarre dans un bar, pendant la guerre. Je crois bien qu'il en a eu près d'une centaine. C'est passé à deux centimètres de son œil. Évidemment, il a arraché l'oreille du type avec des dents. Il l'a portée sur lui pendant quelque temps, une sorte de porte-bonheur. A la Légion, on l'appelait Billy-trois-oreilles. Il n'est plus avec nous. Mort de la polio dans les années quarante. On l'a enterré avec sa troisième oreille. Mildred a dit qu'il aurait besoin d'en avoir trois si St. Pierre s'avisait d'appeler des gens comme lui.

J'avais déjà entendu cette histoire. C'était celle que mon fils préférait. Maintenant, Skyler allait sûrement me réciter la liste des gens qui étaient morts de la polio à Gambles Mill.

— Skyler, criai-je, j'ai vu votre petite annonce dans le journal. Vous avez eu des réponses ?

— Oui, j'ai été heureux dans cet endroit, répondit-il en hochant la tête, un large sourire aux lèvres. Mais le moment est venu de le céder à des jeunes. Le révérend Spoke est venu me voir. Il l'aimerait bien pour sa nouvelle église mais le problème, c'est qu'il n'a pas les moyens de lutter contre l'offre de l'autre type, et je ne peux pas négliger cet aspect des choses. En plus, le jeune gars m'a proposé de payer tout de suite, et en espèces. Il dit qu'il veut continuer d'exploiter la terre. Ça m'a bien plu. Il envisage de m'acheter tout le matériel en plus.

Vu l'état général des machines de Skyler, c'était plutôt une drôle de nouvelle.

— Qui est-ce ? demandai-je.

— Qui ?

— L'acheteur à qui vous avez parlé.

— Oh, Spoke ? C'est un grand type chauve qui aime bien parler, pour sûr. Il me fait penser au révérend Mitchell qui...

— Non ! L'autre ! Qui est l'autre acheteur ?

— Ah, oui ! Je ne l'avais jamais vu avant. Un jeune type intelligent. Un prof, je crois bien. Il voudrait que je parte d'ici une semaine. J'ai l'impression que je vais aller aux Elms. L'endroit me semble agréable. J'y vais souvent voir Clarence Thatcher. Ils ont de gentils petits appartements. Pas du tout l'idée qu'on se fait d'une maison de retraite pour vieillards, vraiment...

— Je sais. Ma cousine Sara Jo Cooper travaille là-bas. Elle est infirmière spécialisée en gériatrie.

— Comment ? (Il inclina la tête.)

— Je dis que ma cousine est infirmière là-bas ! Vous savez, en gériatrie.

— Je ne crois pas. J'ai connu une Jerry Adkins dans le temps. Bête comme ses pieds. Pas foutue de verser l'eau contenue dans une botte si le mode d'emploi était inscrit sur le talon...

Nous restâmes là encore une petite heure. A vrai dire, nous étions là, mais cinquante ans plus tôt, quand le maïs poussait aussi haut que les arbres et que Mildred abattait le travail de trois hommes en chantant comme un ange à l'église.

***

— A-t-on jamais entendu parler d'un professeur capable de payer une ferme tout de suite, et en espèces ? demandai-je le soir même à Cloyd, qui haussa les épaules.

— De nos jours, personne n'est capable de payer quoi que ce soit tout de suite, et en espèces. Au fait, est-ce que Skyler a parlé de son vieux camion ?

Cloyd aurait bien voulu récupérer le Model A qui croupissait dans la grange de Skyler depuis que nous nous étions installés dans le coin.

— Non, il a dit que le prof avait proposé d'acheter tout son matériel. Cela m'a paru bizarre. La moitié n'est même pas assez bonne pour la décharge. Roy, finis ta soupe.

Mes enfants n'aiment pas la soupe que je leur prépare. Leurs organismes ne se sentent pas en accord avec ce genre d'aliment.

La sonnerie du téléphone retentit. Cloyd et moi poussâmes un soupir à l'unisson.

— Qui que ce soit, dis-lui de rappeler, demanda Cloyd.

— Si au moins nous avions un répondeur, commença Mollie, mais elle s'arrêta en voyant l'expression de son père.

— Il y a rien d'autre à manger ? grommela Suzi.

— Mange.

Suzi grogna.

— Est-ce que le vieux Skyler a parlé de l'oreille de Billy Pugh ? demanda Roy.

— Oui, il en a parlé. Mais ne l'appelle pas « le vieux Skyler », je te prie, ce n'est pas respectueux. On a l'impression que tu parles d'un chien.

— Comment Billy Pugh a-t-il pu arracher une oreille entière avec ses dents ? Est-ce qu'il avait une très grande bouche ?

— Je l'ignore. Je n'étais même pas née quand il est mort.

— Il est mort ? s'écrièrent Roy et Suzi d'une seule voix, stupéfaits.

— Oui, il est mort !

Cloyd gloussa. Mollie toussota.

— Eh bien, maman, déclara-t-elle d'un ton légèrement condescendant, cela devrait justifier que l'on traite Skyler de vieux, tu ne trouves pas ?

— Sans doute, admis-je à regret tandis que Cloyd et les enfants s'esclaffaient. C'est vrai qu'il est vieux.

— Et qu'il lâche des gaz ! s'exclama Roy en riant. Papa dit que le vieux Skyler pète autant que des grains de maïs sur le feu.

Ce soir-là, après avoir eu un entretien prolongé avec Roy sur ses écarts de langage, je téléphonai à mon cousin Harry Butt. Harry est agent immobilier et il peut vous dire la valeur marchande de n'importe quelle maison dans le secteur. J'appelai ensuite Stella McCall, la secrétaire paroissiale du révérend Spoke.

— Voilà, tout semble clair, déclarai-je à Cloyd en

m'affalant sur la balancelle de la véranda. Skyler est en train de se faire rouler, aucun doute là-dessus.

— Comment ça ?

— Ce professeur, ou je ne sais quoi, a une idée derrière la tête. Il a proposé à Skyler près du double de ce que lui offrait le révérend Spoke.

— Comment le sais-tu ?

— Eh bien, j'ai appelé Harry, et il m'a renseignée sur la valeur de la ferme de Skyler.

— Comment va-t-il, ce vieux Harry ?

— Très bien. Il gagne un argent fou avec tous ces gens qui veulent s'installer dans le coin. Les prix sont en train de monter.

— Et comment va Ophelia ?

— Très bien.

— Et la petite Anita ?

— Très bien aussi. Cela t'intéresse de savoir ce que j'ai découvert, ou pas ?

— Excuse-moi. (Il s'assit près de moi sur la balancelle et me prit la main.) Alors, de quoi s'agit-il ?

— Voilà. J'ai appris par Stella McCall combien le révérend Spoke avait offert à Skyler. Eu égard à ce que Harry m'avait dit, c'était un prix très raisonnable. Mais Skyler m'a déclaré que l'autre acheteur lui avait proposé beaucoup plus, proposant en outre de payer tout de suite, et en espèces. Pauvre Skyler.

— Pauvre Skyler ! Mais Clara, tu avais peur qu'il se fasse rouler et maintenant, tu t'inquiètes parce qu'on veut lui donner plus d'argent que la ferme n'en vaut !

— Je sais que ça a l'air idiot, mais tu ne trouves pas qu'il y a quelque chose de louche ? Il s'agit peut-être de faux billets, à moins que le sous-sol ne renferme un gisement de minerai précieux, ou autre chose ? En tout cas, ce n'est pas normal.

Normal ou pas, Skyler vendit sa ferme à Stanley Spitler, le professeur qui venait de Washington.

Avant que Skyler n'aille s'installer aux Elms, Cloyd trouva le courage de lui demander franchement s'il était prêt à vendre le Model A. Quand Skyler finit par comprendre ce qu'il voulait, il exprima son étonnement de voir quelqu'un s'intéresser à ce vieux tacot.

— Va le chercher là-bas, mon garçon, et vois ce que tu peux en sortir.

Il ne voulut pas accepter le moindre sou.

— J'ai plus d'argent que je ne pourrai jamais en dépenser, affirma-t-il.

Il paraissait s'acclimater très bien aux Elms. En dehors de son vieux copain Clarence Thatcher, il avait là-bas une espèce de fiancée nommée Bernice. C'était une dame très effacée, qui prépara le déjeuner pour nous lors de ma troisième visite. Il la couvrit de louanges et ne cita pas une seule fois le nom de Mildred, ce qui était en soi un immense compliment, même si Bernice ne pouvait s'en douter. L'une des choses qu'elle réussit à obtenir, avec sa manière douce, fut de lui faire porter un sonotone. La première fois que je lui dis bonjour, après cette innovation, il faillit tomber de sa chaise.

— Bernice peint sur de la tôle et adore jardiner. Elle m'a dit que si je pouvais lui trouver un vieux bidon à lait, elle le peindrait pour moi.

Cloyd faisant des heures supplémentaires, j'allais dîner avec lui à l'aéroport où il travaille.

— Donc, lui expliquai-je, Skyler a dit qu'il restait environ quatre de ces bidons à lait dans le grenier de sa grange. J'ai pensé que nous pourrions aller les récupérer ce soir avec la camionnette. Tu penses avoir terminé à huit heures ?

Cloyd s'était arrêté de manger. Il me regardait en souriant comme le chat qui aurait avalé le canari.

— Je vois, dit-il.

— Que vois-tu ? m'indignai-je.

— Simplement que tu vas enfin pouvoir rencontrer notre riche et mystérieux voisin.

— C'est-à-dire que... Il est réellement mystérieux, tu sais. Il n'enseigne nulle part dans les environs. J'ai vérifié.

— Tu crois toujours qu'il se passe quelque chose de bizarre, n'est-ce pas ?

Cloyd hocha la tête d'un air résigné et poursuivit son repas.

En regardant mon mari, j'éprouvai un bref remords. Je lui en fais vraiment voir de toutes les couleurs. Plus d'une fois, mon imagination débordante m'a lancée sur une piste à laquelle je me suis cramponnée comme un chien à son os. La plupart du temps, c'est inoffensif, comme les jours où il me retrouve en pleine inspiration, écrivant une nouvelle sur la table de la cuisine au milieu de piles d'assiettes sales, avec le linge à laver qui s'accumule par terre. Il ne s'en plaint pas trop. Les enfants et lui continuent de vaquer à leurs occupations ; lorsqu'ils ont besoin de me demander quelque chose, ils savent maintenant faire la différence entre un grognement « oui » et un grognement « non ». Mais il y a aussi eu des occasions où ma nature fouineuse et soupçonneuse m'a entraînée dans des mésaventures dont je me serais bien passée, et où Cloyd a dû intervenir pour me défendre contre moi-même. Cela en prenait encore le chemin. Pauvre Cloyd.

— Que regardes-tu comme ça ? Il y a de la mayonnaise sur ma barbe ou quoi ?

Il s'essuya la bouche du revers de la main.
— Non, répondis-je, le regard toujours fixe.
Cloyd tourna la tête pour regarder derrière son épaule droite, puis gauche, et me fit face à nouveau.
— A quoi penses-tu au juste, Clara ?
— Comment marche ton travail ?
— Très bien. J'ai dû fixer un ADI sur l'Aztec de Kevin North et installer un ELT sur le Cherokee de la société.
(Vous aimez les mystères ? Essayez d'avoir une conversation normale avec un mécanicien d'avions.)
— Cloyd, nous n'avons pas vraiment besoin d'aller là-bas.
— Oh, mais si. Comme ça, tu pourras te débarrasser de toutes tes idées folles, et ensuite tu ne me regarderas plus avec cet air absent.
Je rentrai à la maison avec mon air absent.
Plus tard dans la soirée, nous étions parvenus, Cloyd et moi, à la moitié du chemin de Skyler quand un homme jaillit de la porte d'entrée et vint se poster sur la pelouse de devant.
— Il n'a pas l'air très content, dit Cloyd en garant la camionnette.
Je pris la boîte de biscuits au gingembre posée sur mes genoux et affichai mon plus beau sourire.
— Bonjour, voisin !
Les énormes mains du gros costaud qui nous attendait sur la pelouse étaient posées sur ses solides hanches. Rien dans son attitude n'indiquait qu'il fût disposé à voisiner aimablement.
— Mon nom est Clara Cates et voici mon mari, Cloyd.
— Qu'est-ce que vous voulez ?
— Eh bien... Tenez. (Je lui tendis la boîte.) Ce sont des biscuits au gingembre, monsieur Spitler.

— Je ne suis pas M. Spitler. Il est à l'intérieur, en train d'écrire son roman.

— Son roman ! Quelle coïncidence ! Moi aussi, j'écris...

— Qu'est-ce que vous voulez ?

— Doucement, mon vieux, fit Cloyd, ce n'est pas la peine de...

— Nous sommes venus ici pour avoir la paix. (Il pointa son index vers Cloyd.) Compris ?

J'agrippai le bras de Cloyd, devenu dur comme du bois vu qu'il serrait le poing.

— Écoutez, Monsieur, intervins-je. Skyler Funk nous a demandé de venir récupérer des bidons à lait dans la grange, voilà tout. Nous allons juste les prendre et nous repartirons tout de suite, d'accord ?

— Non, ce n'est pas d'accord. Funk a vendu sa ferme. Elle appartient désormais à M. Spitler et je vous demande de partir.

La prochaine fois que j'apporterai des biscuits à mes voisins, j'en mettrai deux boîtes, mais la pâte sera saupoudrée de laxatif.

La colère de Cloyd n'était pas retombée quand nous nous couchâmes.

— Je suis désolée, chéri. Toi qui n'avais pas du tout envie d'y aller !

— Eh bien, tu sais quoi ? Je suis ravi d'y être allé. A mon avis, Clara, tu as raison. Il se passe quelque chose de louche là-bas.

***

Quand j'ai raconté l'incident à Skyler, j'ai cru qu'il allait sauter au plafond.

— Je n'ai pas vendu le moindre bidon à ce garçon ! Je vais aller là-bas lui apprendre les bonnes manières !

— Skyler, le type qui nous a accueillis avait l'air mauvais comme une teigne. Ce n'est pas si grave, après tout, n'est-ce pas, Bernice ?

— Non, répondit Bernice en tapotant le bras de Skyler. Nous en trouverons facilement...

— A quoi peuvent-ils bien lui servir, de toute façon ? explosa Skyler. De la pure malveillance, voilà ce que c'est ! Ça me fait penser à Ernest Polk quand ils sont venus reprendre ses cochons. Avant leur arrivée, il a empoisonné toutes les bêtes. Ça a été le plus beau, le plus grand gâchis de porcs que j'aie vu de ma vie. J'aurais dû vendre ma ferme au révérend. Je l'aurais sûrement fait si ce garçon ne m'avait pas montré cette valise remplie de billets de banque.

Il se dirigea en sautillant vers un placard dont il sortit une valise.

— Regardez-moi ça.

Nous restâmes bouche bée quand Skyler souleva le couvercle. Effectivement, elle était remplie de billets.

— Skyler ! hurla Bernice, cette douce créature aux manières distinguées. Mais qu'est-ce que vous faites avec tout cet argent ? Allez déposer ça immédiatement à la banque !

— A la banque ! ricana Skyler en faisant claquer le couvercle. Je n'ai pas mis les pieds dans une banque depuis 1931.

Je dus m'asseoir tant la vue de tout cet argent m'avait tourné la tête. Cela avait réveillé l'avarice profonde qui se cachait au fond de mon âme.

— Skyler, dis-je, interrompant sa tirade contre les établissements bancaires de notre pays, accepteriez-vous de m'accompagner chez Jerry Bridger ?

— Comme shérif, ce garçon n'arrive pas à la cheville de son grand-père.

— Même si vous avez raison, il n'en est pas moins vrai qu'il se trafique quelque chose de louche dans votre ferme.

Avec l'aide de Bernice, je parvins enfin à l'installer dans la voiture, ainsi que son argent, et nous filâmes chez le shérif.

Jerry Bridger III, suivant les traces de son père et de son grand-père, était chargé de faire respecter la loi. J'avais plus d'une fois mis sa patience à rude épreuve avec mes soupçons et mes questions. Quand j'eus fini de raconter l'histoire de Skyler et qu'il eut vu l'argent, il resta assis quelques minutes à se curer les dents. Finalement, il déclara :

— Bon, il y a deux choses que je peux vous dire. D'abord, cet homme a raison en ce qui concerne la présence de l'un de vous sur son domaine. Vous avez vendu la ferme, Skyler. Si vous y allez maintenant, c'est une violation de domicile.

— J'ai vécu plus de soixante ans dans cette ferme... balbutia Skyler.

Jerry leva la main.

— C'est un fait, mais cet argent-là nous prouve qu'elle n'est plus à vous. Non seulement ce serait illégal d'y aller, mais dangereux aussi, si j'en crois Clara concernant l'homme qui les a accueillis. Clara, vous m'avez bien dit que ce type est sorti de la maison alors que vous étiez juste à la moitié du chemin ?

— C'est cela. Pourquoi ?

— Rien de spécial, mais c'est intéressant. Bien, la deuxième chose que je dois vous dire est la suivante. Ce que vous m'avez raconté me donne des soupçons très précis. Skyler, j'aimerais pouvoir garder cette valise et l'argent qu'elle contient. Je vais vous signer un chèque pour couvrir vos dépenses habituelles pendant les quinze jours à venir et vous remettre un reçu pour l'argent.

Skyler ne voulut rien entendre jusqu'au moment où Jerry lui confia qu'ils allaient relever les empreintes qui se trouvaient sur la valise et les billets, afin de les comparer ensuite à celles de leur fichier criminel.

— Je ne pense pas que M. Spitler ait imaginé que vous alliez garder une telle somme en espèces dans un placard de votre appartement, expliqua-t-il.

De retour dans la voiture, Skyler n'était toujours pas satisfait.

— Le grand-père de ce garçon, lui, serait parti là-bas avec une vingtaine d'hommes, fusil à la main. Juste pour leur faire comprendre comment ça se passe, à Gambles Mill.

Je n'avais pas beaucoup vu Cloyd depuis que Skyler lui avait fait cadeau du Model A. Ce soir-là, j'allai le regarder travailler au garage. Le Model A était pour ainsi dire prêt à être peint.

— Il va être magnifique, Clara. Nous devrions le faire participer au défilé du 4 juillet. Regarde-le, il y a plus de tôle sur une seule porte que dans toute notre voiture. Ça n'a pas été vraiment un gros effort physique.

— Tant mieux. Mais tu as toujours été doué pour l'effort physique, non ?

Comme je m'y attendais, cette remarque retint son attention.

— Je crois bien que oui, dit-il en souriant et se rapprochant de moi.

Au même moment, nous entendîmes aboyer, puis les enfants se mirent à crier.

Nous nous précipitâmes dehors et les découvrîmes devant la véranda, formant un demi-cercle autour de notre chien, Disney.

— On lui a tiré dessus ! hurla Mollie.

Suzi et le petit Roy pleuraient, tandis que Disney, couchée sur le ventre, laissait échapper une longue plainte surnaturelle, à vous donner des frissons dans le dos.

Elle avait reçu une charge de chevrotine dans l'arrière-train, ce qui était catastrophique, vu qu'elle avait déjà le cerveau en mauvais état.

— On va la conduire chez le vétérinaire, dit Cloyd en serrant les enfants contre lui. Tout va bien se passer. Nous allons la faire soigner.

— C'est de ma faute ! C'est de ma faute ! cria Suzi. Je l'ai laissée sortir ! C'est moi qui ai tué Disney !

— Tu n'as pas tué Disney, affirmai-je en lui caressant la tête.

La queue de Disney était en piteux état. Son arrière-train et le dos de ces pattes étaient constellés de plaques de sang séché et de poils gluants.

— Enfin, qui irait faire une chose pareille ? demandai-je avec colère, mais avant même d'avoir fini ma phrase, je croisai le regard de Cloyd.

Nous savions très bien qui. Disney avait l'habitude de filer chez Skyler, qui gardait même une boîte de biscuits spécialement pour elle. C'était inutile d'en parler. Nous savions.

— Je vais chercher une serviette, dis-je en m'élançant à l'intérieur de la maison.

Cloyd enveloppa Disney et l'allongea dans la voiture. Il autorisa les trois aînés à l'accompagner. Ellie et moi agitâmes la main en les regardant descendre l'allée.

Ma colère augmentait d'instant en instant. Il n'était pas question d'aller faire un scandale là-bas, Jerry m'en avait dissuadée et je ne souhaitais pas connaître le même sort que Disney. Mais Jerry ne m'avait pas interdit de commencer mon enquête à partir de ma propre cour, que je sache ?

J'installai Ellie dans sa balançoire, sous l'érable, et lui donnai de l'élan, puis j'allai chercher dans la maison le télescope que nous avions acheté l'année du passage de la comète de Halley. Je réussis, non sans mal, à le hisser dans la cabane que Roy s'était construite en haut de l'arbre et l'orientai sur la ferme de Skyler.

Pour commencer, je vis la ferme telle que je la connaissais. Le nouveau propriétaire était installé depuis plus d'un mois, mais aucune amélioration n'était visible. Les vergers, en particulier, semblaient plus à l'abandon que jamais.

C'est alors que je vis un camion de déménagement remonter l'allée. L'ayant perdu de vue au moment où il amorçait le virage, je fis revenir le télescope sur la cour. Il y avait maintenant sept hommes près de la porte de la cave. Le camion avança très lentement et s'arrêta près du groupe. L'arrière fut ouvert, la rampe inclinée et ils se mirent à décharger de gros bidons qui avaient l'air de contenir un produit chimique ou quelque chose de ce genre. La seule chose que je réussis à identifier fut l'inscription « Inflammable » en grandes lettres rouges. Plusieurs choses me traversèrent l'esprit, à commencer par les déchets toxiques et la guerre bactériologique. Ce qui entraîna évidemment des visions de nazis, de guerre nucléaire et de savants fous. Il faut absolument que je cesse de regarder la télévision tard dans la nuit. Le déchargement ne dura que quelques minutes et les hommes entrèrent dans la maison.

Je déplaçai le télescope. Tous les rideaux étaient tirés et il n'y avait aucun signe d'activité. Mais en m'orientant sur une fenêtre du grenier, je vis quelque chose bouger.

Je faillis en tomber de mon arbre. Un télescope deux fois plus gros que le mien était installé à la fenêtre. Il n'était plus pointé vers la pelouse mais droit sur moi.

Je me figeai sur place, trop effrayée pour faire un geste. Plus je m'efforçais de rester immobile, plus je prenais conscience de mon corps. La plante d'un de mes pieds me démangeait furieusement, j'avais des crampes dans les jambes, un couple de moustiques vint siffler à mes oreilles puis tenta de s'établir dans mes narines, et j'avais un besoin urgent d'aller à la salle de bains. Quant à Ellie, en contrebas, elle s'agitait dans sa balançoire qui n'avait plus d'élan.

Au bout de ce qui me parut une éternité, l'autre télescope clignota et reprit lentement sa position d'origine. Je me dégageai doucement de mon abri dans les branches, redescendis l'échelle en hâte, agrippai Ellie au passage et regagnai la maison à petites foulées.

— Tu restes en dehors de ça, tu n'accordes même pas une pensée à ces gens, m'ordonna Cloyd lorsque je lui eus raconté ce qui s'était passé.

Jerry Bridger me dit en substance la même chose quand je lui téléphonai le lendemain.

— Clara, je ne vous en confierai pas plus, mais nous soupçonnons qu'il se passe quelque chose de bizarre et nous menons une enquête. Ne tentez rien qui puisse être dangereux pour vous ou qui risque de nous mettre des bâtons dans les roues, compris ?

— Oui, j'ai compris. Savez-vous qu'on a dû amputer la queue de Disney ? Elle a maintenant un petit moignon enveloppé d'un bandage, Suzi fond en larmes chaque fois qu'elle la regarde.

Il me semble bien l'avoir entendu glousser à l'autre bout de la ligne. Je trouve que le shérif Bridger a un sens de l'humour plutôt pervers.

Une autre semaine passa et la seule activité que je notai du côté de chez Skyler fut les travaux de réfection de la chaussée, qui en avait bien besoin.

— Il était temps, dit Cloyd. Ils auraient mieux fait de s'en occuper avant que leurs nids-de-poules ne bousillent mes amortisseurs.

Cloyd et moi décidâmes de ne rien dire à Skyler de ce qui était arrivé à Disney. Malheureusement, nous oubliâmes de passer la consigne aux enfants et un après-midi où Skyler s'était arrêté chez nous avec Bernice, Roy leur raconta la sordide histoire. Bernice dut cacher ses clefs de voiture pour empêcher Skyler de foncer chez le voisin.

Cloyd ayant fini de retaper le Model A, nous allâmes le week-end suivant aux Elms pour le montrer à Skyler.

— Ça, mon garçon, c'est vraiment du beau travail ! apprécia-t-il en tapant sur l'épaule de Cloyd. Aucun doute, elle est encore plus belle que le jour où je l'ai achetée.

Cloyd faillit en avaler sa pipe. Il était pourtant persuadé que Skyler allait lui parler de quelqu'un, dans les années 30, qui avait réussi à construire une Rolls Royce à partir d'un arbre de transmission et d'un pare-chocs.

Plus tard, après que Bernice et Skyler furent allés faire un tour en Model A, ce dernier me demanda quand j'allais lui confectionner mes merveilleux biscuits au gingembre.

— Ce doit être l'influence de Bernice, dit Cloyd sur le chemin du retour.

— Qu'elle soit bénie, répondis-je. A les voir ainsi tous les deux, j'ai presque envie de vieillir. Tu as remarqué comme elle a dompté ce vieil ours, sans jamais élever le ton ? Est-ce que tu seras comme ça ?

— Je suis déjà comme ça. Mais en vieillissant, j'ai l'intention d'être irascible et négligent. Si ça ne passe pas, quand tu commenceras à me donner des instructions, je débrancherai mon sonotone.

— Eh bien, ce sonotone, et Bernice, ont fait des merveilles pour Skyler. Il ressemble à un bon gros vieux chat, maintenant.

— Oui, et il n'a plus l'air aussi préoccupé par sa ferme.

— Je crois qu'il n'y pense plus, acquiesçai-je.

Nous avions complètement tort. Skyler avait simplement attendu son heure en échafaudant un plan.

Cela se passa trois jours plus tard. Cloyd était au travail, Roy et Suzi à la piscine, et Mollie au téléphone. Je venais juste de coucher Ellie pour sa sieste quand j'entendis le moteur.

Ayant immédiatement reconnu le bruit du Model A, je dévalai l'escalier et atteignis la véranda juste à temps pour le voir s'éloigner sur notre chemin. Skyler était au volant.

— Mollie ! m'écriai-je en rentrant en trombe dans notre chambre d'où elle téléphonait, affalée sur le lit entre l'appareil, un paquet de chips et un bol de gelée de fruits. As-tu parlé à Skyler ?

— Attends une minute, dit-elle à son interlocuteur. Skyler ? Non. Il est là ?

— Il vient de prendre le Model A.

— Vraiment ? Pourquoi ?

— Je n'en sais rien ! Raccroche vite, il faut que j'appelle ton père !

Mollie avait à peine raccroché que la sonnerie retentit. C'était Bernice.

— Clara, est-ce que Skyler est chez vous ?

Elle semblait inquiète.

— Il vient juste de prendre le Model A. Est-ce qu'il vous a dit quelque chose ?

— Oh, Clara, j'ai si peur ! Il m'a remis un tas de papiers hier soir. Son testament, le reçu de l'argent déposé chez le shérif et quelques actions. Il m'a dit de les enfermer dans mon coffre-fort. Et puis, ce matin, je l'ai vu prendre un taxi. Clara, il a emporté son fusil.

— Appelez Jerry Bridger tout de suite. Cet idiot va se faire tirer dessus !

Je raccrochai et dis à ma fille :

— Mollie, téléphone à Papa et raconte-lui ce qui s'est passé.

J'étais déjà au milieu de l'escalier.

— Je pars à la poursuite de Skyler pour essayer de l'arrêter avant qu'il n'arrive à la ferme.

Je sortais de la maison en courant quand une idée m'arrêta. Skyler, quoi qu'on pût penser à l'entendre, n'était pas un imbécile. J'escaladai l'échelle qui mène à la cabane et cherchai le Model A avec le télescope. Skyler avait déjà quitté la route et longeait un chemin détourné qui traverse le champ de pommiers.

Je conduisis aussi vite que possible, mais le temps d'arriver à l'endroit où le Model A était garé, Skyler avait déjà gagné la pommeraie, se dirigeant vers l'arrière de la maison. Je courus après lui et l'appelai en criant. Il disparut dans un bouquet d'arbres derrière la maison.

Quand j'y arrivai, tout était silencieux et Skyler s'était volatilisé. J'étais maintenant trop près de la maison pour crier, aussi me mis-je à crapahuter aussi silencieusement que possible vers la porte de la cave.

Il n'y avait personne dans la cour et l'on n'entendait aucun bruit provenant de la maison. Cela faisait une drôle d'impression. Je me trouvais par une belle journée ensoleillée dans la vieille propriété de Skyler, qui m'était si familière, et pourtant, je me sentais glacée jusqu'à la moelle.

Je me glissai sous la fenêtre de la cuisine et risquai un coup d'œil à l'intérieur. Le store était baissé mais il y avait suffisamment d'espace, entre le tissu et le rebord de la fenêtre, pour que je puisse distinguer ce qui se passait dans la pièce.

La cuisine de Skyler était meublée de plusieurs grandes tables recouvertes de feuilles de papier sulfurisé. Un homme se tenait dans le coin, fumant une cigarette. Quelques balances doubles et plusieurs sacs contenant des sortes de rochers laiteux reposaient sur le comptoir. Ma boîte de biscuits au gingembre était également là. On l'avait négligemment jetée sur le réfrigérateur. Dans l'angle, il y avait un fusil et, je n'en crus pas mes yeux, une mitraillette. Le type qui fumait la cigarette sursauta brusquement. Je me baissai aussitôt. La porte d'entrée claqua. Mon pied recommençait à me démanger et j'avais plus que jamais besoin d'aller à la salle de bains.

— Ce sont encore ces types qui réparent la chaussée, dit une voix en provenance de la véranda.

Quelqu'un d'autre jura.

— Je vais chercher de l'eau.

Au même moment, un coup de fusil retentit au-dessus du bouquet d'arbres, suivi de cris et d'une grande agitation. Me trouvant prise entre les hommes qui se tenaient sur la véranda et les inconnus du bois, je choisis la seule solution raisonnable et poussai vivement la porte de la cave, manquant tomber en dévalant les marches. J'eus le temps de constater que les bidons qu'ils avaient déchargés sous mes yeux contenaient de l'acétone. Tout s'ajusta instantanément dans mon esprit.

— Hé, vous ! cria une voix du haut de l'escalier. Sortez de là !

Je gravis comme une flèche les marches qui menaient à la cuisine. Il y avait un couteau près de ma boîte de biscuits. Je m'emparai de l'un et de l'autre, puis me retournai pour affronter mon poursuivant en commençant à marmonner une prière.

— Laissez tomber, dit la voix depuis l'escalier. Police.

— Police ? Vraiment ?

Le couteau heurta le sol.

Une fois dehors, le policier me remit entre les mains du shérif Jerry Bridger.

— Bouclez-la, dit celui-ci en souriant. Détention de biscuits au gingembre.

Je retrouvai Skyler près du camion dont nous pensions qu'il appartenait aux cantonniers, bavardant avec l'un d'eux.

— Salut ma fille ! Nous avons mis la main sur un réseau de trafiquants d'opium !

— Moi, j'aimerais bien vous mettre la main sur la figure !

— En réalité, c'était un laboratoire pour fabriquer de la cocaïne... commença le pseudo-cantonnier.

Mais il ne put finir sa phrase, car je me mis à invectiver Skyler comme je ne l'avais jamais fait.

— J'ai vraiment envie de vous taper dessus... Vous auriez pu vous faire tuer !

Il écarquilla les yeux.

— Clara, je suis désolé que vous ayez passé un sale quart d'heure, mais j'ai attrapé un de leurs gars dans le bois. Il s'était lancé à votre poursuite. Quand il vous a entendue crier, il s'est mis à courir. Je me suis caché dans l'affût ménagé pour la chasse au cerf, faisant assez de bruit pour le détourner de vous et l'attirer vers moi. Ensuite, quand vous avez été en sécurité dans la cour, j'ai visé ses grosses fesses et appuyé sur la détente. Comme je vous le dis ! (Skyler se tapa la cuisse en gloussant.) Il m'a offert une belle cible, celui-là !

Je le dévisageai avec stupeur, comprenant soudain que je pouvais le remercier de m'avoir sauvé la vie, même si c'était lui qui, au départ, m'avait entraînée dans cette aventure. (Maintenant, je comprends ce qu'éprouve Cloyd.)

Justement, Cloyd arrivait en courant. Je ne sais lequel de nous deux il avait envie de gifler en premier. Il se planta devant nous et nous regarda tour à tour, bougeant les lèvres sans qu'aucun son ne sorte de sa bouche.

Plus tard dans la soirée, Jerry Bridger vint prendre une tasse de café et bavarder avec nous.

Le laboratoire avait une capacité de production de cinq cents livres de cocaïne toutes les huit heures. Ils avaient mis la main sur soixante-dix livres qui avaient une valeur marchande de vingt millions de dollars.

— Et tout ça à cause de quelques bidons à lait, dis-je d'un air songeur.

— Cela prouve que c'est une bonne chose de voisiner, répondit Jerry. Si Skyler et vous n'aviez pas commencé à bavarder, ils auraient pu continuer leur trafic pendant des mois. Mais le fait que Skyler ait touché une somme excessive — et en espèces de surcroît — a éveillé mes soupçons. En vérifiant leur note d'électricité, nous avons découvert qu'ils en consommaient dix fois plus que Skyler. Et l'examen des empreintes digitales sur les billets nous a conduits à quelques individus arrêtés pour trafic de drogue. Alors, j'ai demandé du renfort. En plus du télescope, ils avaient un rayon laser de l'autre côté du chemin, là où il y a un tournant. Ce n'était pas une opération d'enfants de chœur, Clara, vous auriez très bien pu vous faire tuer.

— Ce que je n'arrive pas à croire, dit Cloyd, c'est ce type qui a transporté une telle quantité d'éther et d'acétone. Vous imaginez l'explosion que cela aurait produit, s'il avait eu un accident ?

— L'équivalent de plusieurs milliers de bâtons de dynamite, confirma Jerry. Je vais vous avouer une chose ; ce travail est de plus en plus dangereux.

Sentant mes jambes fléchir, je m'appuyai contre Cloyd.

— Avec toutes ces armes et ces explosifs, c'est un miracle que personne n'ait été tué, murmurai-je.

— Mais avec toute cette cocaïne, répondit Cloyd en me serrant contre lui, il est certain que quelqu'un est mort, quelque part.

Skyler ne fut pas poursuivi pour avoir tiré sur le policier car on établit qu'il l'avait fait dans l'intention de me protéger. Bernice et lui se marièrent le 11 août. Leur union fut bénie par le révérend Spoke, qui s'apprêtait à racheter la ferme au gouvernement. Ensuite, Cloyd emmena les jeunes mariés faire un tour en ville à bord du Model A, dans un concert de chaussures et de boîtes de conserves attachées au pare-chocs arrière. Disney, les oreilles frémissant au vent et la langue pendante, effectua le parcours à côté de Cloyd, agitant ce qui lui restait de queue pour battre la mesure.

The Neighborly Clara Cates.
Traduction de Marie-Caroline Aubert.

ENTERREMENT

par THOMASINA WEBER

Jack Lawson revint à sa voiture en se frayant avec peine un chemin à travers les ronces et les buissons, jeta sa bêche et sa torche dans le coffre dont il rabattit la porte d'un geste sec. Il avait choisi un bon endroit. Personne n'avait pu le voir ou l'entendre, car il n'y avait pas âme qui vive à des kilomètres à la ronde. Pour manœuvrer, par contre, ce n'était pas l'endroit idéal, se dit-il, après avoir évité de justesse un tronc d'arbre et avoir patiné pendant plusieurs minutes dans une ornière. Finalement, il réussit à rejoindre la route goudronnée et se mit à siffloter. La corvée était terminée. Grâce à Dieu, la nature ne refusait jamais de reprendre ce qui lui appartenait.

Le lendemain matin, il descendit au village et poussa la porte de l'unique magasin de la petite localité. Un magasin où l'on trouvait à peu près tout ce dont un être humain peut avoir besoin.

— Salut, Jack ! l'accueillit Calvin, tout en continuant de ranger des boîtes de conserve dans son arrière-boutique.

D'un rapide pas de côté, Jack évita le retour du battant de la porte. Ayant toujours vécu à Willow Junction, cela faisait longtemps qu'il ne se laissait plus prendre au piège. Comme la plupart des gens du village — ceux de son âge, du moins —, il était persuadé que si Calvin avait fait installer un ressort aussi puissant, c'était uniquement parce qu'il détestait les gosses et se délectait à les voir bousculés par son dispositif diabolique chaque fois qu'ils franchissaient le seuil de sa boutique.

— Salut, Calvin. Tu as de la bière fraîche ?

— Est-ce qu'il m'est jamais arrivé de ne pas en avoir ? répliqua l'épicier en bougonnant.

Grand et maigre, Calvin ne souriait jamais. Quand il marchait, ses articulations craquaient, défaut que les gamins du village s'amusaient à imiter pour se moquer de lui. Il avait un vieux chapeau, toujours vissé sur la tête, chapeau hérité d'un arrière-grand-oncle, un vétéran de la Guerre de Sécession — du moins, c'était ce qu'affirmait la rumeur publique. Jack n'était pas loin de penser que la chemise provenait du même héritage.

— Tu ne sais pas la dernière ? questionna Calvin.

Comme c'était son entrée en matière favorite, Jack ne marqua même pas un temps d'arrêt et ouvrit la porte de la vitrine réfrigérée à l'intérieur de laquelle Calvin gardait ses boissons au frais. La « dernière », cela pouvait être aussi bien les nouvelles frasques de la fille des Jones que la naissance d'une énième portée de chats chez les Jenkins.

— Sally est partie.

Jack n'interrompit pas sa première gorgée. C'était la première qui était toujours la meilleure.

— Partie ? répéta-t-il en s'essuyant la bouche avec le revers de sa manche. Où cela ?

— Personne ne le sait.

— La perte n'est pas bien grande.

— Ce n'est pas très gentil de dire ça, fit observer l'épicier. Le vieux Tom n'avait plus qu'elle.

— Il ne s'en portera peut-être pas plus mal.

— Tu as l'air de croire qu'elle ne reviendra pas...

Jack haussa les épaules.

— Qui sait ? C'est probablement quelqu'un de la ville qui l'a enlevée.

Il sourit, mais Calvin ne sembla guère apprécier son humour.

— Tu sais bien qu'elle n'a jamais eu d'yeux que pour toi.

— Ne m'en parle pas, grommela Jack en grimaçant. Un vrai pot de colle !

— Tu es difficile. Elle n'a pas inventé la poudre, mais c'est quand même un joli brin de fille.

— C'est une idiote et, en plus, ce n'est pas mon genre, répliqua Jack en buvant une autre gorgée de bière.

Il se targuait d'être plutôt bien bâti et savait qu'il plaisait assez aux filles pour ne pas avoir besoin de se rabattre sur une petite gourde comme Sally.

— Elle est allée faire un tour après le dîner hier soir et elle n'est pas rentrée, déclara Calvin en le regardant entre ses paupières mi-closes.

— Peut-être a-t-elle fait de l'auto-stop pour aller en ville ? suggéra Jack.

— Elle ne l'a jamais fait auparavant.

— Il y a un commencement à tout, rétorqua Jack en posant la bouteille vide sur le comptoir. Pourrais-tu me donner également une bouteille de lait et deux côtes de porc ? Tu mets ça sur mon compte, comme d'habitude.

En quittant le magasin, Jack souriait. Sans Sally, la vie allait être beaucoup plus agréable à Willow Junction.

Quand il arriva chez lui, il vit avec surprise que la voiture du vieux Tom était garée devant sa porte. Tom ne sortait jamais sa voiture, sauf le jeudi, quand il allait faire ses courses en ville. Des courses qu'il faisait également pour ses voisins, des gens âgés qui ne pouvaient plus conduire.

Tom n'était pas au volant de sa voiture. Personne ne fermait jamais la porte de sa maison à Willow Junction et Jack se dit qu'il avait dû entrer pour l'attendre à l'intérieur.

— Tom ? appela-t-il en poussant la porte de sa cuisine.

— Je suis ici, répondit une voix derrière lui.

Il se retourna et vit le vieil homme sortir du hangar au fond de la cour.

— Qu'est-ce que vous faisiez là-bas ? questionna-t-il en fronçant les sourcils.

— J'ai trouvé quelque chose en entrant dans ta cuisine, tout à l'heure, répondit Tom en sortant un sac de femme de derrière son dos. Il était posé sur une chaise. C'est celui de Sally. Je le lui ai offert l'an dernier, pour son anniversaire.

Jack ne se troubla pas.

— Je l'ai trouvé au bord de la route, la nuit dernière, expliqua-t-il. Je comptais le lui rapporter tout à l'heure.

— Il y a eu de la pluie, cette nuit.

— Et alors ?

— Ce sac n'est pas mouillé.

— Cela n'a rien d'étonnant. Je suis rentré avant la pluie et, en plus, il était sous un buisson.

— Comment l'as-tu vu dans le noir ?

— Je venais de freiner et de donner un coup de

volant pour éviter un lapin. J'allais repartir, lorsque j'ai aperçu quelque chose qui brillait dans la lumière de mes phares. Je suis descendu. C'était ce sac.

A l'évidence, le vieux Tom n'en croyait pas un mot.

— Il est déjà arrivé des choses plus extraordinaires, ajouta-t-il sur un ton défensif.

— Tu as vu Sally la nuit dernière ?

— Moi ? Pourquoi l'aurais-je vue ?

— Elle m'a dit que tu devais l'emmener faire un tour.

Jack haussa les épaules.

— Je n'étais pas au courant. C'est peut-être le seul prétexte qu'elle a trouvé pour sortir... Elle a toujours eu le don de raconter des histoires. Pour ma part, je suis allé en ville.

— Quoi faire ?

— Cela ne vous regarde pas.

Tom fit un pas en avant, les poings serrés, et Jack sentit une sourde inquiétude monter en lui. En dépit de son âge, le père de Sally n'avait rien perdu de sa vigueur de bûcheron.

— Comme Sally m'a dit qu'elle devait sortir avec toi, cela me regarde.

— J'avais rendez-vous avec une serveuse de bar.

— Comment s'appelle-t-elle ?

— Je ne peux pas vous le dire. Vous voudriez qu'elle perde son job ? Son patron lui interdit de sortir avec les clients.

Brusquement, Tom le saisit par les revers de sa chemise et se mit à crier :

— Je veux savoir son nom, tu m'entends ?

— Je... je ne sais pas, bredouilla Jack. Elle... euh... devait quitter la ville ce matin. Pour aller voir sa mère qui est malade.

Tom le lâcha et le repoussa en arrière d'une violente bourrade.

— Tu as toujours été un mauvais gars, déclara-t-il avec mépris. Déjà quand tu étais gosse, tu étais un menteur et un bon à rien, et je comprends que tes parents soient partis dès que tu as été en âge de te débrouiller tout seul. Je me demande même comment ils ont fait pour rester aussi longtemps avec toi ! C'étaient des braves gens, eux.

Sur ces mots, il lui tourna le dos et se dirigea non pas vers sa voiture, mais vers celle de Jack.

Jack le rattrapa alors qu'il avait déjà la main sur la poignée du coffre.

— Qu'est-ce que vous faites, Tom ? Il n'y a rien là-dedans !

D'un geste brusque, le vieil homme le repoussa et souleva la porte

— Tu es allé creuser, Jack ? questionna-t-il en sortant la bêche.

D'un seul coup, son visage était devenu très pâle.

— Oui.

— Pour enterrer quelque chose ?

— C'est amusant que vous me posiez la question, répondit Jack en s'efforçant de maîtriser le tremblement de sa voix. La nuit dernière, j'ai écrasé par mégarde le chat des Jenkins. Comme je savais que la pauvre vieille dame serait bouleversée si elle venait à apprendre la nouvelle, je suis allé enterrer le cadavre dans les bois. Je me suis dit que, de cette façon, elle croira que son chat s'est sauvé et a trouvé une autre maison.

— Ce n'est guère ton genre d'avoir autant de prévenances pour les autres, fit observer Tom. Où l'as-tu enterré ?

— Dans les bois. Vous savez comment sont les

chiens du village. Ils creusent des trous partout et je ne voulais pas que l'un d'entre eux le déterre.

— Tu as toujours eu réponse à tout, grommela Tom en remettant la bêche dans le coffre. Allez, monte en voiture. On y va.

— Où cela ?

— A l'endroit où tu as enterré cette bête.

— Hé, Tom, vous n'allez pas m'obliger à retourner là-bas ? protesta-t-il faiblement.

Tom fit un geste menaçant dans sa direction et Jack se mit avec précipitation derrière le volant.

— Je ne sais pas si je vais réussir à le retrouver, murmura-t-il, tandis que Tom montait à côté de lui.

— Tu as intérêt, sinon c'est ta propre tombe qu'il va te falloir creuser.

— Tout cela à cause d'un malheureux chat ?

Tom ne répondit pas et Jack concentra son attention sur la route. Le vieux Tom vivait seul avec sa fille depuis la mort de sa femme, quinze ans plus tôt, et comme il était en plus d'un tempérament taciturne, de nombreuses rumeurs avaient couru sur lui dans le village. Des rumeurs toutes plus fantaisistes les unes que les autres. Quand il avait une douzaine d'années, par exemple, Jack et ses camarades d'école s'étaient imaginé qu'il retenait des voyageurs prisonniers dans sa cave et les torturait. Une fois, après une semaine de pluie diluvienne, ils avaient cru apercevoir, à travers l'un des soupiraux, un bras humain qui flottait sur l'eau qui avait inondé tout le sous-sol de sa maison. Trois jours de suite, ils étaient revenus voir et, finalement, ils avaient cédé à la tentation. C'était Jack qui avait été choisi comme « enquêteur » par ses camarades et il s'était faufilé à l'intérieur de la cave où, heureusement, le niveau d'eau avait bien baissé. Le « bras » n'était qu'un morceau de bois qui avait été laborieusement écorcé et poli, sans doute par Sally qui passait beaucoup de temps à faire des choses inutiles ou absurdes. Il furetait dans la cave, à la recherche d'autres « indices », lorsque le vieux Tom était apparu en haut de l'escalier. Surpris, Jack avait crié et s'était précipité vers le soupirail, mais pas assez vite... C'était le pied du vieil homme, appliqué sans ménagement sur la partie la plus tendre de son anatomie, qui avait achevé de l'éjecter à l'extérieur. Un souvenir cuisant... Mais, pourquoi fallait-il qu'il choisisse un moment pareil pour se rappeler cette mésaventure plutôt cocasse ? Il avait bien d'autres sujets d'inquiétude pour ne pas avoir besoin d'en rajouter !

— C'est une bonne fille, déclara le vieux Tom d'une voix empreinte d'émotion. Si quelqu'un lui a fait du mal, il va s'en repentir, crois-moi !

— Je vous ai déjà dit qu'il n'y avait qu'un malheureux chat dans ce trou ! protesta Jack.

— Nous allons bien voir.

Jack surveillait le bord de la route, à la recherche des points de repère qui lui indiqueraient quand il devrait tourner. Lorsqu'il ralentit et s'engagea dans un étroit chemin, Tom lui jeta un regard noir.

— Tu cherches à jouer au plus malin, Jack ? questionna-t-il. Ce chemin ne mène nulle part.

— J'ai enterré ce chat dans les bois, pas loin d'ici, expliqua-t-il en coupant le moteur.

— Pourquoi as-tu choisi un endroit aussi isolé pour enterrer un chat ?

— Je vous l'ai déjà dit : pour que les chiens ne viennent pas le déterrer.

Tom n'ajouta rien. Il économise ses forces, se dit Jack. Une idée qui n'avait rien pour le rassurer. Jack avait l'impression que ses muscles étaient en train de se liquéfier. C'était son problème majeur

— le seul peut-être à cause duquel il ne s'était jamais aventuré très loin de Willow Junction. Il était solide et robuste, mais il lui manquait cette force de caractère sans laquelle on ne peut rien faire dans la vie. Dès qu'il y avait un écueil, il perdait tous ses moyens.

S'il laissait Tom descendre le premier, il pourrait peut-être l'écraser avec sa voiture, se dit-il fugitivement, mais, au fond de lui-même, il savait que cela ne marcherait pas. L'autre était sur la défensive et surveillait chacun de ses gestes.

— D'accord, on y va, déclara Tom en ouvrant sa portière. Tu passes le premier. Prends la bêche dans le coffre.

Jack obtempéra et regarda autour de lui en hésitant.

— Il faisait nuit, Tom, et je ne sais pas si je vais retrouver ce maudit endroit...

— Si tu ne le retrouves pas, tu es mort.

Jack savait exactement dans quelle direction aller, mais il continua de faire semblant d'hésiter et rebroussa même plusieurs fois chemin pour donner le change au vieil homme.

— C'est ici, annonça-t-il enfin.

— Bien. Commence à creuser.

— Moi ? s'exclama Jack.

— Oui, toi.

— Oh ! Tom, vous n'allez pas m'obliger à le déterrer ? Je ne peux pas supporter de voir un animal mort et cette nuit, quand j'ai dû...

— Creuse ! l'interrompit le vieil homme en le regardant avec des yeux aussi bleus et aussi froids que de la glace.

Jack obéit. A chaque pelletée, il jetait un coup d'œil en direction de Tom et se demandait si le moment n'était pas venu d'agir. Le père de Sally avait le regard rivé sur la bêche et semblait totalement absorbé par ses pensées, mais Jack le sentait néanmoins sur ses gardes. Un vieux briscard comme lui n'était pas du genre à se laisser surprendre et Jack savait qu'il ne serait pas de taille contre lui si les choses venaient à tourner mal.

Ses pelletées n'étaient qu'à demi pleines, bien qu'il eût envie d'en terminer aussi vite que possible. Tom respirait bruyamment et serrait si fort les poings que les articulations de ses mains en étaient blanches.

— Je... je crois que j'y suis, bredouilla Jack.

— Tu l'as enterrée aussi peu profond ? s'étonna Tom.

Jack se redressa et regarda Tom dans les yeux.

— Ce n'était qu'un chat, et pas bien gros encore...

Sally avait gâché toute sa soirée avec sa maudite crédulité. Il lui avait promis de l'emmener au cinéma, mais sur un ton tellement moqueur que n'importe quelle autre fille ne l'aurait jamais pris au sérieux. Elle, si. Au village, tout le monde se moquait d'elle parce qu'elle croyait tout ce qu'on lui disait. Une soirée pour laquelle il avait bien d'autres projets. Cela faisait un mois qu'il essayait de lever une serveuse, une fille super, et il venait enfin d'obtenir un rendez-vous avec elle. Juste au moment où il partait de chez lui, le cœur en fête à l'idée de ce qui l'attendait, le chat des Jenkins avait déboulé devant ses phares. Instinctivement, il avait accéléré — il avait horreur des chats et de celui-là en particulier — mais la bestiole lui aurait sans doute échappé si Sally n'avait choisi juste ce moment-là pour sortir de l'ombre et l'appeler. Il avait hésité et cette hésitation lui avait été fatale.

Là-dessus, cette gourde de Sally s'était mise à hurler et s'était précipitée vers le petit cadavre. Elle l'avait ramassé et l'avait pressé contre elle, ce qui avait maculé sa robe de sang et rendu le tableau encore plus dramatique. A la fois confus et furieux, il était descendu de voiture et avait d'abord essayé de la calmer. Mais rien n'y faisait. Elle était comme folle et finalement, excédé, il l'avait frappée. Elle était tombée en arrière et, comme elle ne bougeait plus, il avait d'abord cru qu'elle faisait du cinéma. Il avait alors failli remonter dans sa voiture, mais le visage du vieux Tom était passé devant ses yeux et il avait eu peur des conséquences. Il le connaissait assez pour savoir qu'il n'apprécierait pas du tout qu'il ait laissé sa fille ainsi au bord de la route. Il s'était donc penché sur elle avec l'intention de l'aider simplement à se relever. Elle était toute molle et avait réellement perdu connaissance. Sa tête avait porté contre un rocher...

Il avait posé son oreille contre sa poitrine.

Le cœur ne battait plus.

Là, il s'était affolé et un tourbillon de pensées contradictoires avait traversé son esprit. Il avait juré, avait giflé cette gourde dans l'espoir qu'elle revienne à elle, puis, tout d'un coup, il avait compris que tout était fini. Elle était morte.

Aller prévenir Tom ? Ce vieux fou n'écouterait même pas ses explications et il n'avait aucune envie de mourir. La police ? Il n'avait pas voulu la tuer, mais là aussi ce serait difficile à prouver et la perspective de devoir passer les plus belles années de sa vie en prison n'avait rien de réjouissant.

En fin de compte, il avait traîné le corps de la jeune fille jusqu'à sa voiture et l'avait chargé dans son coffre, sans essayer d'enlever le cadavre du chat qu'elle tenait toujours serré dans ses bras. Puis, il s'était efforcé de faire disparaître toute trace de l'« accident », et c'est alors qu'il avait trouvé le sac et l'avait jeté également dans le coffre. Ensuite, il était remonté dans sa voiture et avait roulé, jusqu'à ce qu'il réussisse à prendre une décision. Alors qu'il rentrait chez lui, après s'être débarrassé de son encombrant fardeau, la pluie s'était mise à tomber et, en repassant devant le lieu de l'« accident », il avait remercié le ciel car cette pluie providentielle allait effacer les dernières traces de ce qui s'était passé.

Si seulement il n'avait pas oublié le sac quand il l'avait enterrée ! Il l'avait retrouvé ce matin, lorsqu'il avait ouvert son coffre pour vérifier qu'il n'avait laissé aucune tache de sang compromettante. Il l'avait pris et posé dans sa cuisine avec l'intention de le brûler le soir même dans sa chaudière. Là-dessus, Tom avait eu la malencontreuse idée de venir chez lui et avait découvert ce maudit sac.

— Alors, où est-il ce chat ? demanda le vieil homme d'une voix blanche.

Une lueur meurtrière brillait dans ses yeux. Jack soutint son regard pendant une seconde ou deux, puis, du bout de sa bêche, exhuma le petit cadavre.

— C'est bien le chat des Jenkins, n'est-ce pas ? J'espère que vous me croyez maintenant...

Sur ces mots, il laissa retomber le cadavre dans le trou et entreprit tout de suite de le recouvrir de terre.

Tom le regarda faire en silence et n'essaya pas de l'arrêter.

— Nous pouvons peut-être rentrer, maintenant ? suggéra Jack, quand il eut tassé le sol, puis recouvert avec soin la tombe avec de la mousse et des épines de pin.

Le vieil homme resta immobile et Jack éprouva un fugitif sentiment de pitié.

— Sally est une bonne fille, murmura-t-il enfin d'une voix sans timbre.

— Oui, elle était plutôt gentille, acquiesça-t-il.

Il se sentait presque joyeux, à présent que le danger était passé. Il avait réussi à doubler ce vieux fou en gémissant juste assez pour qu'il l'oblige à creuser lui-même. Si c'était Tom qui avait manié la bêche, il n'aurait pas manqué de sentir qu'il y avait quelque chose de mou et de souple en dessous du chat. Il aurait continué de creuser et aurait trouvé le corps de Sally.

— Qu'est-ce que tu as dit ?

La voix de Tom le ramena à la réalité.

— Quand cela ?

— Juste maintenant. Ne m'as-tu pas dit que Sally était plutôt gentille ?

— Oui, pourquoi ? Je n'avais rien contre elle.

— Elle était gentille, tu n'avais rien contre elle, répéta Tom. Tu parles d'elle comme si elle était morte...

Il s'approcha de lui, presque à le toucher, et le regarda droit dans les yeux.

— Ma Sally est morte et c'est toi qui l'as tuée !

— Hé, attendez un instant, Tom...

Mais le vieil homme ne l'écoutait plus.

***

Le lendemain était un jeudi et, comme tous les jeudis, Tom prit sa voiture pour aller faire ses courses en ville. Bien entendu, en traversant Willow Junction, il s'arrêta chez Calvin. C'était rituel. Il prenait toujours un verre chez lui avant de poursuivre sa route.

— Salut, Tom, l'accueillit l'épicier.

— Salut, Calvin.